この、あざやかな闇

行きずりの人たちのスナップショットでたどる現代社会

ジェフ・シャーレット　　　安達眞弓＝訳　　駒草出版

Thirira True
BOOK

これは本当のことを書いた本

本当の名が別にある太陽と、本当の名が別にある月へ。

　時間どおりに学校まで娘を迎えに行こうと急ぐ
道すがら、ふと足を止めてしまうほど美しい光を
目にして、スマホのカメラでありのままを捉える
のは、とても難しい。だが、スマホのカメラだか
らこそ、できることもある。見る人に考える余地
を十分に与えるだけの距離感を持ち、そうした考
える余地と光そのものとの間に立つことだ。スマ
ホのカメラは仲介者だ。技術上非の打ち所がない
カメラは、仲介を一切排した画像という幻を生み
出す。そんなとんでもない写真は、はたして迫真
の画像に見えるのだろうか？　まやかしだ。そう
じゃないかと思えるもの、僕が見たようなもの、
僕が感じたようなもの——それが真実なのだ。

目次

ひるがえって考えてみると、写真用具とは、元々高級家具や精密機器の技術から生まれてきたものである。写真機とは要するに、ものを見る時計だった。

　　　　　　　——ロラン・バルト『明るい部屋—写真についての覚書』[*1]

7時20分。午前でも午後でもいい。

　時計の針が7時20分を指しているのは、時計がここ数年止まっているからで、写真を撮ったのは、7時20分を過ぎてからのことだった。ドアの写真を撮るつもりだった。ドアの向かいにある部屋は執筆用だ——執筆を再開するつもりはないので、何を書いていたのか思い出せない——そうこうするうち、この本の制作に取りかかった。

　きっかけは1本の電話だ。父の友人からだった。79歳の父が数日前、ケープコッドのビーチにある、急な階段を昇る途中で息切れを起こして倒れたという。日に焼けた肌に青いベールを1枚かぶせたような色に変わった顔で苦しそうに呼吸する父のそばに僕は座った。水難救助員が酸素タンクを押してきて、プラスチックでできた透明のマスクで父の口と鼻を覆った。父はマスクを取ろうとした。水難

救助員に礼を言ったそうだった。水難救助員は僕の手を取り、父の腕、二頭筋の裏側に手のひらを当てさせた。もう十分だ。僕は父の腕をつかむでもなく、手のひらをそこに当てたまま、父は腕を息子に触れさせて呼吸用のマスクを着けたままでいた。僕は父が呼吸する様子を見つめる。父の目は穏やかだった。

　一緒に歩いて車に戻り、父を乗せ、貸別荘にいったん戻ってから、あらためて父を自宅まで送った。もう青ざめてはいなかったが、相変わらず肌は土気色だった。モノクローム写真の中の人になったようだった。着水した舟のように、ぐらりと体を傾けたりもした。呼吸が浅い。大丈夫だと思うよ、と父が言った。きっと食事のことだろう。それとも日光のことかもしれない。「みんな、あのギラつく太陽のせいだ」豊かなバリトンだった、父の声がこだまする。僕たちはしばらくドライブした。ふと、僕ときょうだいが子どもの頃、エミリー・ディキンソンの詩をそらんじた時のことを覚えているかと父が訊いた。「もちろん」と答えた。

　　私が死のために立ち止まれなかったので──
　　死のほうから私のために立ち止まってくれた──
　　馬車には死と私だけ──
　　そして、永遠の命と。[*2]

　父は拳を握りしめ、静かに振った。何かを正しく表現できたと感じた時、父がよくやる仕草だ。この詩のことを考えていたんだと父は言った。1969年に他界した父の弟との思い出の詩だからだ。いや、映像となってよみがえるほどの記憶もなかった。後日、車の中で話したことを覚えているかと、父に手紙を書いた。父はすぐにメールで返事をよこした。その会話のことも、その後数ヵ月の記憶もなかった。だが、父の心で結ばれた像は覚えていた。「私には映像化された古い記憶がふたつある。切っても切れない記憶だ。お前にその

話をしたのは覚えている」

　ひとつは父が大学１年生の時の記憶。フットボール奨学金で大学に進んだ父は無骨な青年で、ロッキーというあだ名で呼ばれていた。ある晩、フットボールチームの皆で学内の映画上映会に行った。ロッキーは、やっぱりロッキーと呼ばれている別の青年の隣に座った。映画は予想に反した作品だった。フランス映画で字幕が付いていた。字幕入りの映画なんか、チームの誰も観たことがなかった。ジャン・コクトーの『オルフェ』という作品で、ギリシャ神話に登場する神の物語を、現代のパリに置き換えたものだ。そんな映画を観るのは全員が初めてで、感想たるや噴飯ものだった。父の相棒のロッキーは混乱の極みに陥ったが、父は全身を何かが貫くような衝撃を受け、その後すぐフットボールチームを辞めて読書に走り、自分の名はボブだとまわりに告げた。父は今も、映画のシーンが目に浮かぶという。「あれは詩人の"時間"だ」と、父はメールに書いてよこした。「死神がやって来た。長身で目を見張るほど美しい、上品な黒のドレスを着た女に姿を変え、２台のオートバイが先導する、疾走する黒いリムジンに乗ってね。オートバイを運転するのはヘルメットをかぶり、ゴーグルを着け、軍服のような装いの男たちで、サブマシンガンを背負っているんだ。決して大柄じゃないが、強そうな見た目だ」

　これが父の語る、映像化されたひとつ目の記憶だ。

　ふたつ目は1969年、父の弟、僕の叔父にあたるジェフの葬儀の記憶。ジェフはおそらく、ヴェトナム従軍中に浴びせられた枯葉剤"エージェントオレンジ"――あるいは枯葉剤"エージェントパープル"だったかもしれない――が原因でがんになり、27歳で亡くなった。

「棺のすぐ後ろ、黒く、長いリムジンの後部座席に、両親に挟まれるようにして座っていた」父のメールにはこうあった。「悲しくてどうしようもなく、母も父も黙っていた。私たちはマイアミの広く

　　　　7時20分。午前でも午後でもいい。

平らな幹線道路をひた走った。6月のうららかな日だった。霊柩車を先導するのは2台のオートバイ。デカいシルバーのハーレーで、マイアミのハイウェイパトロールの連中が副業でやっていたらしいんだが、とてもガタイのいい奴らだった。ヘルメットにブーツ、ミラーレンズのサングラスをかけていた。私たちの葬列が交差点に近づくと、バイクが1台先行して交差点で降り、あざやかな手つきで交差車線の車を全部停め、霊柩車を通してくれた。私たちが交差点を抜けたらまたバイクに乗り、加速して霊柩車の前に出る。エミリー・ディキンソンなら、あの見上げた警官たちに言っただろうな、あざやか永遠の世界へ連れていった、とね」

　なぜそんなことを思ったのか。父自身もわからなかった。

　ニューヨーク州スケネクタディにあるささやかな自宅まで父を送り、階段を昇るのを介助した。いつか父と一緒に書こうと考えていた、叔父についての本の資料としてカウチに積んであった雑誌や書類の山を片づけている間、父は階段の手すりを握ったまま、じっとしていた。息を荒くしながらも、父は何がどこにあるのかわかっているようで、ちゃんと探せときっぱりとした口調で僕に言う。僕は周囲を見回すと、そりゃ、ちゃんと探せばきっと見つかるだろうと思う。1969年か、それ以前からある書類が山を成し、吹きだまりを作り、山が崩れたというより、滑り落ちてできた白い紙と黒いインクが織り成す平原が、テーブルを、床を、父の書類を覆い尽くしているのだ。キッチンときたら、使わなくなったオーブンのてっぺんに紙を積み上げただけでは足りず、オーブンの中にも突っ込んであった。あんなにきれい好きだったのに。父は整理整頓が得意だった。今にして思うと、父は長い間病気だった。胸の圧迫感がひどくなるとカウチに座ったままになり、幅広の体格はしぼみ、呼吸は浅くなった。吸って、吐いてではなく、体の表面を息がかすめていくぐらいに、浅く。

　夜半を過ぎた頃、カウチに積まれた書類の山をどかし、父の隣に

座った——午前の2時、3時になっても眠れない様子だった——叔父についての本の話をするうちに、父と一緒にはもうできないんじゃないかと思った。「病院で診てもらった?」と訊いた。父はこくりとうなずいてみせた。ふだんから自分の体のことをなかなか話したがらない父は、「大丈夫だ」と答えた。「引き留めたくはない」と繰り返すので、僕はさよならを言って車に乗り、実家との間にある山を越えて自宅に戻った。

　僕は翌日から、時計台で執筆を始めることになっていた。

　すると電話が鳴った。父の友人からで、「お父さん、医者に行ったよ」と言った。

「どうでしたか?」

　彼女は「心臓発作」とは言わなかった。言わなくてもわかった。たぶん、父も僕も覚悟ができていたのだろう。彼女は「手術」といった。6枝バイパス手術と。

「6?」と訊いた。そんなの初耳だ。

「6」彼女がそのまま返した。向こうだって初耳だろう。「すぐに来て、お父さん、病院であなたを待っているから」

　父の友人から電話があった日は、僕が時計台で働く初日でもあった。書斎として使っていた詩人の知人から借りた。かつての工業都市と鉄道の駅が見下ろせる窓が2面ある塔、朝方と夕方のどちらかを指したまま止まっている時計が、かねてから望んでいた社会と隔絶された空間を与えてくれそうだったからだ。充電期間も。時間の概念を離れ、曲がりなりにも、例の詩人の作品を思い浮かべながら考える。文章ではなく、それ自体が完結した言葉に思い悩む。それは物語の断片としてのみ意義を持つ。だが電話を切った後、僕は本と原稿をカバンに詰め、夜の道を車で走り、グリーン・マウンテンを越えてスケネクタディに向かう。結局僕は時計台には2年戻らなかった。

　今も元気なのだから説明する理由もないが、父はこの時一命を取

　　　7時20分。午前でも午後でもいい。

り留めた。詩人が時計台を手放してから2年後、僕は賃貸契約を引き継いだ。時計台での執筆活動を再開した初日、僕は心臓発作を起こした。当時44歳で太り気味だったが、肥満というほどではなかった。タバコも吸わなかった。ただ大酒飲みで、あまりよく眠れず、執筆中はオレンジ色の小さな錠剤（スピード）をむさぼり食うようになり、たまに主治医に報告する——そんなの説明にならないと主治医は言いそうだが——夕方ハンバーガーを食べました、それもビッグマックを、と。44歳の心臓が止まろうというのもやっぱり説明がつかない。なにひとつ説明がつかないのだ。

　本書は心臓発作について書いたものではない。父は健在で、さまざまな面で以前より健康だ。これを書いている時点で、僕も元気だ。十分元気だ。本書は、父が心臓発作を起こしたあの夜、車を飛ばしてスケネクタディに行ってから、僕が心臓発作を起こすまでの2年間についてのものだ。2年間の記録。僕は記者で、本書は見ず知らずの他人の生活について書いたものだが、それがつかの間——スナップ写真を撮るまでの間は——僕の人生でもある。

あの山を越え、父を見舞う

　それから数ヵ月、あの山を何度も越えた。決まって夜、車で越えた。急坂の曲がりくねった道は夜の方が走りやすく、その方がずっといいと感じた。カーオーディオでラジオ局を選ぶ時も、深夜の方がニュースの数も少なく、声で賑わっているという印象だった。夜勤の人たちの声。神を信じると自認する人たちや異星人、青緑色の藻類の話題。そういう話は闇の中にいた方が信じやすくなるし、信じたくなる。神や青緑の藻類のことではなく、見知らぬ人たちの夢や悪夢が、真っ暗な車のウインドウガラスに投影される。

　僕を支え、書籍や雑誌の執筆に長年携わってきた空想の世界に留

まっていた、ある物語（ナラティブ）を書き上げたところで、どっと疲れが出てきた。自分がつづる物語が、一定のパターンにしたがってきたとの手応えは感じてはいたが、そのパターンがすっかり定型化したのを認めた。序盤から中盤、クライマックスへと、かつてない速さで突き進むプロットは、照明が明るい部屋ではどれもこれも同じに見えてしまう。

　それからは〆切を破るようになった。金は欲しいが、仕事の依頼を断り始めた。折り返し電話をしなくなった。その代わりに写真を撮った。立ち寄ったガソリンスタンドで、ダイナーで、リサイクルショップで出会った奇妙なひと時、ダンキンドーナツでは、写真がきっかけで会話が生まれた。ドーナツを焼く夜勤のスタッフが着ていたデコラティブなドクロのイラストをプリントしたTシャツを褒め、写真を1枚撮っていいかと訊いた時のことだ。「どうして？」と言われたので「僕はジャーナリストだ」と答えた。写真を撮るのに肩書きを言うなんて、と、自分の言葉が空しく聞こえた。彼のTシャツはニュースじゃない。夜勤スタッフは肩をすくめた。肩書きなんか要らなかった。彼は写真を撮らせてくれた。僕は携帯電話のカメラで撮った。もうひとりの夜勤スタッフにも頼んだ。写真を撮らせてくれないかと。

　スナップ写真を撮るつもりだった。ただ、撮っていいかと訊き、了解をもらって撮ったスナップショットは、夜のさなか、ジャーナリズムとして携わってきた出版業界の仕事以上に意味があるように思えた。ひょっとしたら、彼らが気になるのは自分だけかもしれない。眠れないせいかもしれない。確信できなかった。感想を添え、写真をインスタグラムに投稿した。〈シェア〉を押した。最初の投稿の時のように緊張した。父の家とわが家を結ぶ長い夜、僕はようやく作家になれたと思った。作家として最初に発したのが写真だった。

　　　7時20分。午前でも午後でもいい。

言っておきたい

　言っておきたいことがある。僕は写真家ではないし――修業を積んでいないのは言うまでもなく――そもそも写真家という職業自体が意味を成さない。今や誰でも写真家になれる。スマートフォンさえ持っていれば、家族、妙な看板や建築物、パーティースナップに雲景、毎朝飲むカフェラテを写した１枚。日常、すなわち写真修業だ。視点を広げ、審美眼を養い、目と心、そして精神を解き放ち、光と色と影の驚くべき海へと飛び込んだ後、理性の力で我に返って、自撮りやネコのスナップ、上手に作れたジャンバラヤの撮影にいそしむのだ。写真の世界に１歩足を踏み出す暫定的なプロセスなのだ。「携帯電話の写真の腕に磨きをかけるのが『写真の世界に１歩足を踏み出す』ことなのか？」友人に訊かれた。そのとおり。１歩足を踏み出すとは、毎日目にするもので練習するということだ。ネコが毛を逆立てているように見える光の、何と美しいこと。出勤途中に渡る橋が川にかかる姿の、何と優美なこと。それとも、他人の目に魂が宿る――いや、ひょっとしたら魂が抜けたのかも――のを見たような気がする時のこと。イメージはありきたりなものばかりで、取るに足らないとも言えそうだ。自分が知る限り、オンライン集会はとても壮大なドキュメンタリー芸術だ。

「集会」と「壮大な」という単語はどちらも、その成り立ちを踏まえて使っている。前者は民主主義を、後者は気品を言外に含む。写真はそれぞれ賢明でも感傷的でもあり、痛ましくも愚かでもあり、「良い」か「悪い」か、芸術性を意識して撮ったか、それとも無造作にシャッターを切ったか。平凡な人たち、たくさんの人たちが、同じサイズの四角い区分（グリッド）にそれぞれ収まっている。ソーシャル・メディア界の冷笑家たちは痛いところを突く。四角い画像を縦横に配置した、インスタグラムのあのレイアウトってさ、どこにいるのかもわからない、金儲け主義の頭脳集団に写真を提出す

るための入れ物じゃないの——と。

　確かに。インスタグラムのあの四角い区分（グリッド）は、社会の共有財産だと誤解してはいけない。ハッシュタグでのささやかな連帯、つまり、お互いを認識することで手に入れる絆の見返りに、自らの尊厳を手放してはいけないのだ。インスタグラムを使っていて気付いたことがある。自分以外の写真はほとんど投稿しない。"自分以外"とは見知らぬ他人のことだ。たとえば、ストリートフォトグラフィーというジャンルがある——＃ストリート、＃ストリートアート、＃ストリートの顔、みたいなハッシュタグを付けて——こうした写真を撮るのは携帯カメラマンだ、たとえ"iPhoneしか使わないフォトグラファー"だとしても。自分の殻を破り、人生という舞台に立ちはだかる第4の壁を打ち砕いて、外の世界とふれあうことに成功した人たちだ。その辺はジャーナリストも心得ているが、それはあくまでも、取材依頼が来て、ノートを手にしたら、の話だ。メモを取るのだと思えば写真は気楽に撮れる。

　写真に物語性があると、ずいぶん面倒になる。定義がちょっとちがう。僕が撮ろうとしてきた写真はストーリーではなく、その中にある、時間の流れだからだ。言葉と画像とで何かを表現しようとすると、言葉が主体なら画像は"図解"、画像が主体なら言葉は"キャプション"の役割を担う。だが僕は漫画で育った世代なので、言葉と画像は切っても切れない関係にある。インスタグラムを最初に見た時、漫画を連想した。漫画のように"コマ"が配置されていたからだ。写真と言葉、そして、次の写真と言葉に読者を導く空間。三者は暗黙のルールのもと、お互いに関わり合う。むしろ、漫画家と読者との間で取り交わされた取引のように、契約書で定めたもののようにも感じる。絵と断片的なストーリーを提供する人と、それに動きを付け、現実味を持たせる人との契約なのだ。

　本書では適所にスナップショットを配置している。自宅周辺で撮ったものもあれば、ロサンゼルス、ナイロビ、カンパラ*注、モスク

　　　7時20分。午前でも午後でもいい。

ワと、取材旅行中に撮ったものもある。本文は免責事項として、それとも写真をどう見るかを解説したものとして読めるかもしれないが、撮った本人としては、もうちょっと野心的で、もう少し希望にあふれる内容になったと思う。スナップショットは、その瞬間を切り取った必要最低限のメッセージを伝える。これを見て！　と叫ぶスナップショット。僕はこういうのを見たから、君にも見て欲しいな、とつぶやくスナップショット。伝える相手は友人、わが子、未来の自分かもしれないが、批評家のジョン・バーガーが書いていた、写真を"聖なる孤独に包んで保管する"ように見る美術館の常連ではない。観客でもない。やはり批評家の、ルーカス・マンはこんな風に述べている。驚きがあらかじめ用意されたものには、"混乱もなければリスクもない"、と。誰に対しても公平で、何となく宗教がかってもいて、僕が見たもの——1人称の視点——は、一緒に見てもらえると心が揺さぶられる何かがあるかもしれないという思想に基づいて作ったのが、この本だ。

＊注：ウガンダの首都。

暗闇は光の不在ではない

　暗闇は光の不在ではなく、インクの実在である。闇は文字と言葉とストーリーでできている。闇は動く。ひとつの文字、ひとつの画像が、次から次へと動く。この序文の冒頭に置いたのは、本書のために撮影した最後の写真だ。担当編集者に頼まれて撮ったのだが、人から頼まれて撮った唯一の写真でもある。"ジャーナリズム"。担当編集者は、僕が起こした心臓発作を象徴する写真になるのではと思ったそうだが、そんなはずはないと意見が一致し、その件はボツにした。担当編集者は、この写真は始まりと終わりを暗示するので

はとも思ったそうだ。確かにそうかもしれない。午前と午後のどちらかで止まったままの時計の裏側にあるもの——とにかく僕がそう思ったもの——は、"始まり"と"終わり"がいかに相対的か、光に応じて動くものか。

　本書は執筆用に別途借りた部屋で書いている。父が心臓発作を起こし、あの山を越えた日から手がけているとは知らなかった執筆にケリを付ける、本書の最初のフレーズを思いつきたくてここに来た。この日は僕が心臓発作を起こしたのと同じ、土曜日の夜だった。この机にずっと向かっていた。光源はコンピューターの画面だけ。夜の青が深まって窓から染み入り、部屋中が柔らかな影に浸る。こんな夜、胸を満たした重苦しさを思い出す。闇が時計台を包むと、あの小さな書斎の隅に座っていた僕は立ち上がれなくなり、影をただ見ていた。最初灰色だった影は青くなり、やがて芝居の暗転のように、黒一色の影が視界を覆い尽くした。あの闇は今も消えずに残っている。だが今夜も考えている。なぜあの晩、僕は本書の結末を書いたと思ったのか。なぜ今夜、僕はようやく本書の冒頭を書いているのか。書き終えたら僕の夜勤は終わりだ。家に帰る時間になる。子どもたちが待っている。父と自分の二度の心臓発作の間、僕が探し歩いてスナップ写真を撮った被写体だって、家に帰りたかったのだと、今さらになってわかってきた。それがどれほど大変なのかも。スナップ写真のように、いともあっさりと帰ってしまえることだってある。闇が忍び寄る。僕が撮った小さな写真のように、一緒にポーズを取り、写真が切り取った時間に。

　　　　7時20分。午前でも午後でもいい。

私は、人の勇気をよりどころにして生きている。

——ロバート・アダムス『Why People Photograph』

夜の仕事

僕が今住んでいるのはヴァーモント州とニューハンプシャー州の境を流れる川の北部。ここで深夜も開いている唯一の場所がダンキンドーナツだが、ここで執筆する夜の仕事は、僕にとって、眠れない夜を自由気ままに過ごせる贅沢な時間である。だが近頃、眠れないというのはそれほどありがたい資質とは思えなくなっている。考えることが多すぎるのだ。だから、カチリ、カチリとカメラを——厳密にはスマートフォンを——起動し、赤の他人のストーリーを求めて時間をつぶす。彼はマイク。34歳、1年ほど夜勤でドーナツを作っている。今夜はマイクの最後の夜勤シフトだ。午前6時に来て「もう制服は着ないよ」と。昼の仕事に就くことにした、塗装職人になるのだそうだ。どんな塗装？ 「え〜と、教会を塗ってる

　　　7時20分。午前でも午後でもいい。

……」壁の塗装だ。新しい仕事も始業時間が早い。「だから、1日80時間勤務ってことか」1週80時間だ。マイクは疲れている。ドーナツ作りは好きじゃない。払いはクソだし、勤務時間も、仕事の内容もクソだ。「やってらんね。同じことの繰り返しでさ」塗装は緊張感があるそうだ。「高いところに昇って、ビビっちゃいらんねぇし」梯子で、高いところに、ということだ。「怖くないよ」とマイク。「何でもやるよ」大工になっても良かったんだとも言った。「だけどうまくいかなくてさ」じゃあ、どうしてドーナツを作ってきたのかと訊いた。「仕事がなかったんだよ」塗装工や大工のような仕事がなかったんだと言った。時期が悪かったと。何やったってそうだと言う。時期が悪かったと。

「誰のための涙?」と、マイクに訊いた。右目そばに涙のタトゥーが彫ってあったからだ。

「息子のため」と言う。「生後2ヵ月で死んだんだ」

7時20分。午前でも午後でもいい。

「あたしの前は母さんが夜勤でドーナツを作ってた」ケリーは27歳。ドーナツ作りは7歳から始めたと語る。「母さんが夜勤でドーナツを作ってた」ケリーは繰り返す。「あたしが"むずがったら"、母さんは連れてった」、ケリーが機嫌を損ねると、母親が娘を連れて出勤し、ドーナツを作っていた。それが何年も続いた。母親に着いていったりいかなかったりを繰り返しながら。夜勤スタッフとして、母のようにダンキンドーナツで働くようになって1年半になる。

　ケリーは店の正面に出てタバコ休憩を取る。裏口には防犯カメラが設置されていないからだ。「強盗に入られてさぁ」裏口から入ってきた男が金庫の有り金をすべて持ち去った。その日、ケリーはシフト外だった。「運が良かったわけよ」

　ケリーもあと2週間で店を辞める。警備員になるのだそうだ。夜勤の。「時給15ドルなんだ」破格の好待遇だった。ケリーにとって、時間はどうでもいい。日勤でなくてもいい。

　「夜の仕事から抜けられないんだわ」ケリーに向いているのだ。ダンキンドーナツにはまた来ると彼女は言う。コーヒーを飲みに。「もうドーナツはこりごり」

　　　7時20分。午前でも午後でもいい。

夜勤のナースを13年も続ければ、しばらく職場を離れてみたくなる。彼女は手のかかる子どもたちとうまくやっていた。不安げな子や性格が荒れた子の手なずけ方を心得ていた。夜勤のナースを13年も続ければ、もうたくさんだ。「でもきっと復帰するわね」と、彼女は言う。「しかも近い将来に」

　彼女はニューハンプシャー州マンチェスターに妻と暮らしていた時期があった。「暮らしにくい町でね、がまんの限界に達していました」と、彼女は言う。そこでふたりは、いわゆる郊外に引っ越した。高速道路と病院のそばにあるアパートを購入した。「認識を改めたのは娘のおかげです。娘は3歳。あの町は娘が育つところじゃなかった」ニューハンプシャー州マンチェスターが、だ。「娘がとても生きにくい町です」

　ダンキンドーナツで夜のシフトに入って数ヵ月経った。「来るんじゃなかった」と言うが、娘のためだ。「娘が安全に暮らせるでしょうから」

7時20分。午前でも午後でもいい。

ペリはメリハリの利いた自分の体が好きだ。ダンキンドーナツに来ると、もっとストレッチをしなければと思う。伸びて、曲げて、ひねって。ペリが微笑むと、カウンターの奥にいるマイクがどぎまぎしている。時刻は午前１時15分だが、ペリのこんなかわいらしさ、幸せそうな雰囲気を写真に残しておきたかった。

　ペリは隣にあるタコベルの夜間店長だ。彼女はタコベルのケサディーヤ*注と交換にダンキンドーナツのコーヒーを、１回のシフトで２、３杯飲んでいる。ニューハンプシャー州ドーヴァーのウェンディーズで店長をしていた。「シティガールなのよ」と、ペリは言う。マサチューセッツ州コンコードからニュージャージー、ドーヴァー経由でここ。シティとはほど遠い町に来た。

　ペリはウェンディーズに８年勤めた。ある晩、タバコ休憩中、泥棒に入られた。「午前２時38分」だったと言う。ペリは銃と結束バンドを持った男に後ろ手に縛られた。仲間を待たせていると脅された。ペリは叫んだ。男は3,000ドルを奪って逃げた。見ず知らずの人が乗ってきたトラックを奪って逃げた。ペリは男をみすみす逃した。「タバコが吸えたしね」とペリ。結束バンドで両手首を縛られていても、タバコには手が伸びた。それぐらいしか覚えていないそうだ。そして「娘のことを案じていた」１歳の娘。娘を救出するには、このタイミングしかない。その夜、結束バンドで腕の自由を奪われたペリは、動こうと心に決めた。彼女の行動はこんな感じだった。その泥棒は自分でつかまえたそうだ。「自分の家族のためにやったんだってさ」そんなの嘘に決まってると言いたげな口ぶりだ。

　　　*注：食材をトルティーヤで包んだメキシコ料理。

7時20分。午前でも午後でもいい。

「時間つぶしね」とトレーシー。僕は町の、一風変わったバーで友人と待ち合わせていた。彼女はちがった。友人とそのバーに入ると、彼女はスマートフォンのゲームアプリで遊んでいた、もうラストオーダーの時間だ。私たち以外にはトレーシーぐらいしかいない。

　勝ったのかと訊くと「フォトハントだよ」と返される。「まちがい探しをするゲーム」なんだそうだ。てっきり彼女が賭け事をしていたと思ったのだ。「え、まさか。これはね──」と言いながら、彼女はまちがっている絵を見つけて、「ほら」と、画面を僕に見せた。「シールドを探してたの」トレーシーはシールドを見つけた。この店の常連ではないそうだ。「僕はよく来るね」店選びに悩まなくていいからだ。「私のボーイフレンド、バーテンダーなんだ」店にいるバーテンダーは大柄だ。シャツの肩がピンと張り詰めているのでわかる。

　この人じゃないよ、と、トレーシーが言う。「ここには昔勤めてたけど、もう辞めてる」今はレストランで働いているとか。彼女も同じ店で働いている。今夜、ボーイフレンドがシフトに入っていて、もうすぐシフトが明ける。だからトレーシーは待っている。ラストオーダーの時間だ。「彼はすぐ来るよ」トレーシーはフォトハントから視線を上げ、ドアを指さした。「彼は近くに住んでる」通りを挟んだ向かい側だそうだ。「待ち合わせに便利だから」

　後になって、友人のブレアが「12秒だ」と僕に言った。トレーシーがボーイフレンドの話をするまで12秒だった、と。
「いや、別に僕は──」
「気にするな」ブレアが言う。「ボーイフレンドの話をする、待ち合わせをしてるって言う。間柄について話す」
「だからちがうって──」
「君のことじゃない」
「それもそうだな」ブレアのボーイフレンド、Qが言う。
　ブレアが言う。「『私のボーイフレンド。彼はすぐ来るよ。彼は近

　7時20分。午前でも午後でもいい。

くに住んでる』トレーシーは別に君のことなんか意識してなかったんだ」

　ライアンは制作中だ。夜の最中、ピーナツ形の緩衝材を入れたゴミ袋を取り出すと、コップにくんだ水にひとつずつ浸し、暗いカフェの窓ガラスやら、マイクロフォン付き携帯型拡声器に貼り付けている。「子どもをかわいがろうにも、決まって妨害される」ライアンは拡声器を口元に持っていき「子どもはぜったい破滅に向かうぞ」と言った。それが"妨害への警告"なのだ。

　ライアンはソンブレロをかぶり、その下にはカールした黄色い髪のかつら。トーガか、それともムームーのような服を着ている。彼が自分でデザインしたもので、黄色と緑のバティック織り、乳首のすぐ下をひもでしっかり縛ってある。どう見えるかは本人もわかっている。ライアンいわく、自分の作品なのだそうだ。「気が触れたからね」と。ここ10年、生活保護をもらって暮らしている。
「ライアンの言うことはデタラメじゃないよ」と、ローラという女性が口を挟む。営業時間が終わっても飲んでいる酔っ払いで、カフェの閉店後、窓に緩衝材を貼る作業を請け負っている。ライアンには娘がいるらしい。「あたしが母親」と、ローラが言う。
「俺は頭がおかしいが、いい父親だ」とライアン。

　ライアンの妻は日中このカフェで働いている。ふたりの娘はC──という名だ。「自死した友人の名を付けた」とライアン。娘のミドルネームはニルヴァーナ、バンド名にちなんで付けた。養育権は妻が持っている。「娘は法廷で、俺がコーヒーショップに来て、水が入ったコップを投げつけたって証言したんだ」この証言は事実と反する。「俺が別の誰かにコップを投げて、娘は水しぶきを浴びたんだ」

　ローラが言う。「子どもは水が好きだからね」
「差別だよ」ライアンが言う。「だって俺、頭がおかしいから」
「もう行くね、ライアン。ベイビーが待ってるから」彼女の息子だ。
今度の日曜日で8歳になる。
　ライアンは次の窓の装飾に入る。愛しい娘の名を書く。C──。
「かわいいだろ？」ライアンは微笑む。「娘は俺が好きだった」過去
形。「娘にはきっと、もう会えない」

　　　7時20分。午前でも午後でもいい。

「夜が好きだな」ジェイムズが言った。

「同感だ」僕は返した。「気分が落ち着く」

「１時間と半」と、ジェイムズが言う。時給は12ドル、１時間単位で報酬は上がる。「まさか30分で刻まれるとは」ジェイムズがこの仕事に就いて４ヵ月になるそうだ。「最高の仕事だよ」彼にとって最初の仕事だ。入社試験を受けねばならなかった。こんな問題が出た。「車が止まらなかったらどうしますか？」

　そんなことがあるのか？

「ゆうべあった」酔っ払いの運転手が信号をなぎ倒した。

　君はどうした？

「脇にどいたよ」

　ブゥーンと機械音を低く響かせて震動する車。月曜の夜、パーティーに行く車を探している４人の娘たち。ジェイムズは信号を点滅させる。娘たちが立ち止まる。彼が手を振る。娘たちが笑う。割のいい仕事だ。

　それまでは何を？

「何も」

　ジェイムズは20歳。祖父母と暮らすためにこの町に来た。その時点で祖父母はもう、それほど長くは生きられなかった。ほどなく祖父母は他界し、ジェイムズはこの町に残った。仕事はもうすぐなくなる。冬になると道路工事が減る。そうなったら何をしていいかわからない。ジェイムズはアラスカに行きたいと考えている。祖父母からは、地価が10倍になったら土地を譲ろうと言われていた。その話もあるし、アラスカは夜が長い。

　　　7時20分。午前でも午後でもいい。

ラリー・ラローズとふたり、真夜中に水圧式ハンマーが道路に穴を開けるのを眺めていた。帰宅途中だったが、ハンマー工事で通行止めにあっていた。時々立ち止まらなければならない。そうなったらハンマー工事を見物する。

　大きなハンマーだ。ハンマーのオペレーターが休憩中、ピスタチオを食べながら僕に言った。ハンマーは２トン強の加重で対象物を砕くのだそうだ。水道の本管まで掘削する予定だが、岩の層に突き当たってしまった、と。「どんな岩？」僕は訊く。

「知るかよ」オペレーターは言う。「母なる大地だ」と言って、彼はピスタチオをバリバリ音を立てて嚙むと、殻を穴の中に放り込んだ。「俺たちは、ただ掘り進めるだけだ」

　ラローズはしかめっ面でこちらをじっと見ている。いい帽子だねと僕が言うと、顔をほころばせた。「撮りたいなら写真を撮ってもいいぞ」彼は繁みに杖をつき、身を預ける。「見せてやろうか」と言いながらフリースのジッパーをおろし、その下に着ていたシャツのボタンをもどかしげに外す。胸元からペンダントと、ストラップ数本を引っ張り出す。ペンダントトップは透明の円盤形で、キリストがホログラムになっていた。ストラップにはカードやら、ビニールケースに封入された紙などがぶらさがっている。心を病んだ人たちをケアするキアニス・クラブ*注のグループに属するケアワーカーの名前が数名載っている。ハロウィンに開かれるダンスパーティーの招待状だ。挨拶したいので、ケアワーカーの電話番号をいくつか紙に書いてくれないかとラローズに頼まれた。あんたもダンスパーティーに来ていいから、と。

　　＊注：世界規模の民間奉仕団体。

　　7時20分。午前でも午後でもいい。

　　　　　　お願いです
　　　　　私たちのしゃべり方を
　　　　　　　真似して
　　　　　　　笑わないで
　　　　　　　傷つきます

　ラリー・ラローズが僕に見せようとした最後のカードに書いてあった。ありのままをきちんと伝えようと、考えに考えた上で改行している。そして、ラローズと、双子の兄弟、マイクの写真を見せてくれた。こちらもプラスチックのカードケースに入れ、ストラップが付いている。野球帽をかぶり、チェックのシャツを着た大柄な双子の兄弟の写真。マイクはもうこの世にいない。「11月20日」と、ラローズが言う。何年の話なのかはあえて訊かなかった。

　兄弟の世話をしてきたのを僕に伝えたかったようだ。「さて、すべて話したから」ラローズはうれしそうに言う。「何かあったから、あなたはここに来たんだろう」

　　　7時20分。午前でも午後でもいい。

残業は早仕舞い、午前1時、椅子に座って寝る。午前5時半になってもまだ椅子にいて、ランプはつけたままだった。朝刊が届く時間だ。道路に出る。読めなくて、木立に目を向ける。川の上流で大事件があった。「ケイズリー・ジェイコブズ、16歳、1本の矢で仕留める」矢は熊を殺すために使われた。ブラックは熊の名でもあり、140kg弱ある体を包む毛皮の色でもある。殺された熊は8歳ぐらいだとされている。ジェイコブズは熊の心臓を狙って矢を放ち、貫いた。彼女は仕留めた熊の前足で銃の台を作るつもりだと言う。

　見出し：「水中にフッ素化合物が混入？」

　セットフォードでは、パトカー連続放火事件の犯人に関する情報提供の謝礼が7,000ドルまで上がったという。受け取った人はまだいない。

　国内のヘロイン供給は不純物が混じっているようだ。14日間で9件のオーバードーズ。

　ビーツの酢漬けを作りたい奴がいても、まずは食べる方が先だ。

　ハートランドの男児、9歳。高枝切りばさみと一緒に写真におさまっている。ブルージーンズの太もものところにはさみの刃を乗せ、大人ぶって腕組みしながらも、恐れ多いまでの刃に気圧され、口をあんぐりと開けている。

　コネチカット州ニューカナーンの少女が亡くなった。享年18歳。追悼記事によると、泥だらけになりながら"超大型タイヤを履かせたジープ"に乗るのが好きだったという。名前はシャルドネ。死因はオーバードーズ。不良少女の条件が揃いすぎている。

　広告欄に散りばめられた雪。『翼あるフサリア』というタイトルのトークがあるらしい。使い古したプリンセス・コスチュームがまだ売りに出ている。日没は午後6時5分。月はまだ出ていない。

　　　7時20分。午前でも午後でもいい。

 c_huddle25, teej7914, jeffsharlet

most.definitely Negative sir...i can not locate any fucks. #NBD #nothingtodo #nightshift

mattt_rios Complete opposite from us...we should switch commands haha #jealous

#Rise&GrindMF$

　自撮りをスクリーンショットで記録する。初めての自撮りは冗談
半分でだ。冗談半分なのは僕ではなく撮影者の方で、彼女のインス
タグラムアカウントはmost.definitely（絶対）という。これはユー
ザー名で、彼女がインスタグラムで使っているアカウント名は
AngelMfByrd♡。彼女のバイオには"Navy lyfe"とあり、星印と
"Rise&GrindMF$ Life changing Mode%100 LadyBoss♛ Tatted●
~Fwm~"と書いてある。どうやら夜勤をしている水兵のようだ。
まさに"継続は力なり"のキツい仕事で、しかも海兵隊ときたら、
そのキツさはだいたい察しがつく。彼女が海兵隊に入ったのは生活
費を稼ぐためで、生活費が必要なのはみな同じだ。締めくくりの
"Ｆｗｍ"は、普通なら「fuck with me（ナメるんじゃねぇ）」つま

　　　7時20分。午前でも午後でもいい。

り、ダメだということだ。いい写真だと思うのだが。海兵隊の制服を着て任務につき、キャップを目深にかぶって倉庫の蛍光灯の光を避けようとしている。手にはトランシーバー、その下の手首には権力と防護を司（つかさど）るエジプトの鷹神、ホルスの目のタトゥーが上目遣いにこちらを見据えている。インスタグラムのコメントにあるように「お断りだよ……画像の配置に困るだろ」と言いたげに、彼女は不機嫌そうに目を細めている。

　僕がこの写真に巡り会えたのも、AngelMfByrd♡が #nightshift とハッシュタグを付けたおかげだ。（スナップショットを撮ったスクリーンショットの画像データによると）ダンキンドーナツのあの日と同じ、午後1時8分、僕が3杯目のコーヒーを飲み――どうやっても眠れないなら、眠るのをあきらめた方がましだから――締め切りに追われて悪戦苦闘していた時のこと。僕も構成に手間取っていた。文章がちっとも頭に浮かんでこないのだ。ところがAngelMfByrd♡の自撮りを見て、僕は思わず吹き出した。そして僕も、スマホ上のインスタグラムページの四角い区分（グリッド）に目をこらす。目を真っ赤にして、当時67万枚あった写真の小さなサンプルを一つひとつチェックし、ハッシュタグ #nightshift を一つひとつ追う作業を続ける。大体が僕のように、起きていたくないのに起きている人たち。僕のように、手にした何がしかの画面をのぞき込んでいる。

　@ty_landlが自撮りしたのは夜勤中の自分の顔でも体でもなく、仕事に行く前に履こうとしていた重厚な黒いブーツだ。防寒具を着込んだ倉庫労働者のセルフポートレートの下に、@taf7861 が「俺は冷蔵庫番」と書き込んでいる。写真の男は必死に目を開けていようとしているが、睡魔に負けそうだ。対照的に、@rated_em_4mature はこざっぱりとした身なりだ。上品な青いシャツ、赤とシルバーと白のストライプのネクタイ、粋なメガネ、疲れてはいるが、頭上の弱々しい蛍光灯のパネル照明を浴び、まっすぐなまな

ざしをこちらに向けている。続いて @dgeislerr、ノワール映画のような白黒の画像で、顔の半分と両目が影に隠れている。そう見えるよう意識して撮影しているのはわかるが、身に着けているバッジに何が書いてあるかは読めない。「路上労働者だ」と書いてある。「でも売春婦じゃないぜ」 #thinblueline、#popo、#nightshiftとタグを張っている。

　こうした夜の労働者たちに、電話してもいいかと連絡を取るようになった。@ladyleomarkisha ——本名はマーキシャ・マクレントン——が好感触を示した。顔を大きく写した、ほの暗い光に溶け込むようなセルフポートレート。出勤途中なのかもしれない。仕事を終えて帰る道すがら、撮ったのだろう。出勤も退勤も夜。そもそも勤務時間帯が夜なのだ。マーキシャはフロリダ州ジャクソンヴィルの検査機関で実験助手をしている。専門は血液。夜間のシフトに移ったのは、息子が7歳になってからのこと。「自由だから」検査機関に電話をすると、マーキシャは自分が夜勤を選んだ理由を語ってくれた。夜は働いて、昼は子育てをする自由を手に入れたかったから。彼女にとっては稼ぎのいい仕事だった。自撮り写真の彼女は笑っている。紫色を帯びた、赤くて豊かな唇。瞳は深夜の色、午前3時の色だ。どうしてそんな時間に自撮りを？　「私と子どもがこの世に生きていることを、みんなが忘れてしまったから」

　#nightshift ハッシュタグをよく使うのは軍人と医療従事者だ。彼らにはたまに共通点がある。@armedmedic3153 こと、マルセロ・アギーレは、ニュージャージー州ニューアークで夜のシフトにつく救急救命士。9mm弾のアサルトライフル、AR-15を所有しているが、夜の勤務で彼が向けるのはもっぱら銃口ではなく、カメラのレンズだ。夜のシフトで働くおかげで、マルセロは昼間の時間を学業に充てられる。医師を目指しているのだ。深刻な現場に遭遇するため、夜のシフトは医学を実践するいい機会なのだそうだ。負傷者も自傷者も昼より多く、脳卒中、心臓発作、その他の発作に見舞われ、

亡くなる人は昼よりずっと多い。処置は現場で学ぶ。毎晩12時間の研修コースを受けているようなものだ。連勤になれば24時間コースだ。新人時代——救助した人命の数をすぐ言えるくらいの頃——には、絞れば絞っただけ出たアドレナリンも、しばらく経つと消えてしまう。与えられた仕事を、ただこなすだけだ。ある時電話口で「サイレンが鳴っても話は中断しないでください」と、会話の途中でアギーレが言った。「出動の合図ですから」

「ここには自分と同じように懸命に働いてる人がいるからかな」炭鉱作業員のマイク・タタムは休憩中、写真を投稿した理由と、被写体を選んだ理由を教えてくれた。「妻の隣で眠る代わりに夜働きに出ると、帰宅する頃には子どもたちは登校しているんだ」タタムはワイオミング州の露天掘り鉱山で石炭を掘るための重機の写真を投稿するのに凝っている。D11ブルドーザーの運転手だった。「土砂を押してたんだ」ブルドーザー以外は石炭を掘る重機だ。12時間仮眠を取り、4夜連勤する。妻は炭鉱作業員を薬物依存から守る検査官をしている。おかげでタタムはドラッグのお世話にならずに済んでいる。「ヒマワリの種がいいそうだ」と、タタムは言う。コーヒーよりも眠気覚ましになる。それから、水をたっぷりと飲む。インスタグラムにはまる。この仕事に就いたのは、鉱山を掘り尽くすまで時給30ドル以上という好待遇で雇ってくれるから。カリフォルニア州では建設作業員の仕事が底をついている。「この鉱山で働くようになって、誰も家に帰ろうとはしない」いい仕事だと彼は断言する。6歳になる息子を現場に連れてきて、重機を見せてやったことがあるそうだ。息子が大人になり、炭鉱作業員になってくれたら、タタムはさぞ鼻が高いだろう。楽な仕事でもある。陰口を叩かれても、ブルドーザーの運転席に座っていればいい。俺はブルドーザー乗りだ。邪魔されてたまるものか。ひとこともしゃべらず、何時間でも働く。「結構楽だぜ」とタタムは言う。物思いにふける時間は十分にある。人生設計を立てる。数日働くのなら、その数日で片が

付くことを考えてやればいい。「去年はかなり死んだなあ」と、タタムがしみじみと言う。近くの炭鉱で、重機に乗って坑道に入った男の噂を聞いたそうだ。「死にたかったのかもなあ」事故のようではなかった。低い土手を2つ3つ乗り越え、坑道の行き止まりまで越えたという。「べしゃ、って音がしたんだと。続いて2回」

　ピエール・ベルは、インスタグラムでは @piebell522 と名乗っている。夜更けに心が和む男女を、彼は"夜間徘徊者"と呼ぶ。ピエールはオハイオ州アクロンの介護施設で、身体拘束が必要な患者向け病棟の看護助手をしている。

「身体拘束が必要って?」僕は訊いた。

「好戦的な態度です。ここはいわゆる閉鎖病棟です。唾を吐く、殴る、蹴る、噛み付く」

　特に夜は患者たちの機嫌が良くなるのか、非人道的な拘束はしていませんよとピエールは付け足すように言うが、彼の背後で鳴り続けているのは音楽ではなく、問題発生を伝えるアラームのビープ音だ。別の看護助手が対応するのだろう。ベルは28歳、9ヵ月になる息子は患者たちと一緒にいる。奇行に走る者、じっとしていられない者、四六時中語る者。「従軍中の兵士だったり、教師だったりしますね」とピエール。患者が数時間話し続けることもあるそうだ。テレビが功を奏したりもする。昨夜はカトリックのミサの中継があった。「私はバプテスト派の信徒なんですが、そんなこと気にしません」患者が起きていれば、ピエールも仮眠を取らない。それがある種の礼儀だと考えているからだ。身体拘束が必要な患者向けの病棟は、患者の自宅に等しい。ピエールは招かれた客にすぎない。彼らが暮らす"家"でひと晩過ごす。

　休憩時間になると、ピエールはそっと抜け出す。スナップ写真を撮り、時間の流れ方が異なるインスタグラムという国に記録を残す。ピエールがトイレを撮った1枚の写真が僕の目に留まった。ピエールは言う。「背後に暗闇が見えたんです。写真に撮っておくといい

　7時20分。午前でも午後でもいい。

かなと、ふと思って」数時間後、またしてもいい写真が投稿された。
彼が夜の勤務を選んだ動機となった、ピエールの幼い息子の写真。
収入を増やしたかったからではない——それどころか、賃金カット
を呑んだ末に得た仕事だ——息子と日中一緒に過ごしたかった。父
親似の優しい目をした、顔立ちの整った小さな紳士の人なつっこい
笑顔は、金色の朝の日差しを浴び、いっそう愛らしさを増していた。

✈ 📶　　　12:31 AM　　🌙 🔋

← **PHOTO** ⟳

piebell522　　　　🕐 23h

💚 13 likes
piebell522 #nightshift
beatmonstarrs do like the night shift ?
piebell522 @beatmonstarrs its still up for
debate I get to spend all day with my son

🏠　🔍　⬛　💬　👤

　7時20分。午前でも午後でもいい。

その時、彼はおとぎ話しかしていないという自覚がないのに衝撃を受けた。しかも、実につまらない話ばかりを――妖精や精霊、神々が大勢出てくるが、どこをとっても凡庸で古くさい話を。

――シンシア・オジック『異教の師』

祈る手

　ヴァーモント州とニューハンプシャー州とを分かつ川のほとりに
点在する、40ほどの小さな町で読まれている地元紙。日曜版の広告
欄はこんな感じだ。みんなで99歳のセシル・ジャリーと90歳のフレ
ッド・オルドリッチにカードを送りましょう。今週水曜日はシャー
ロック・ホームズ・クラブの集会があります。ホイットマン・ブル
ック果樹園、"魔法のリンゴ"を所有していると宣言。3年前、ハリ
ケーン・イレーヌにより損壊した精神病院は今も閉鎖中。"芸術的
センスのある樹木医"、木のぼりがうまい人材を募集中。『ザ・ワー
キング・ボーイ』誌のバックナンバーを10ドルで買いたいという広
告。鹿の頭、単価125ドルをふたつ。"在庫あり"とのこと。
　町の廃棄処分場ではスクラップと化した車が3台に、男性のマネ

　　　7時20分。午前でも午後でもいい。

キンがひとつ。両足は凍結防止塩にまみれている。これじゃあまる
で、車に轢かれて、車体の下に巻き込まれたみたいじゃないか。少
しの間、僕はそこにじっと立っていた。不法侵入には向いていない
日が続いている。パトカー3台に火をつけたのは誰だ。ご丁寧に1
台ずつ燃やすなんて、と、わが町の警察はいまだに首をかしげてい
る。家に戻ると娘のアナ（彼女には本当の名が別にある）が写真を
見ている。アナは4歳。マネキンを見たことがない。「この人殺さ
れたの？」と訊いてくる。

「いいや。この人は最初っから生きていない」

「良かった」とアナ。「この男の人には死んで欲しくないから」

　　　7時20分。午前でも午後でもいい。

1.

　ひょっとしたら、ラリーが大悪人なのは公然の秘密だと思っていた。日本刀やフランクリン・ミントが買い上げた中古品、彼の店は、まるでムクドリの巣のように、ポップなカルトのガラクタが並んでいて、お宝ショップと呼ばれていた。山々を通り過ぎた先、真っ暗な道の脇で営業し、開店時間は深夜だ。車で父のところに行く途中に立ち寄ったが、なぜかは自分でもわからない。ラリーの労働時間帯が僕と似ていたからかもしれない。"お子さまの入店を禁ず"とある手書きの看板を読んでから、入店する。ところがアダルトグッズは売っていない。ラリーに言わせると「子どもが嫌いなだけだ」ということらしい。うちの娘は、この店をどう思うだろう。ラリーの品揃えをあの子は気に入るだろうか。触ってもいいものがたくさんある部屋を子どもたちは好む。ツルツル、ボコボコ、ツンツンと、質感が語るストーリーを好む。
「子どもは壊すから」ラリーはさらに言う。それも真理だ。
　ラリーが黒い箱の上にあるボタンを手で叩くと、指の隙間から赤い光が漏れてくる。彼はスタンガンのようなものを友人に見せびらかしている。彼の売り文句はこうだ。「これをあんたの女房に使ってみるといい、ほらその、イラついている時にな」

　　　7時20分。午前でも午後でもいい。

2.

　以前の店、その名も〈魔法使いの書斎〉を焼失し、ラリーは山麓の寂れたこの町に引っ越してきたそうだ。母親のそばで暮らしたかったから、と。「おふくろがふらっと顔を見せにくるぜ」ご母堂には会えなかったが、愛用の品々は見た。ウサギのぬいぐるみに聖人の小さな置物、金メッキを施したティーポット。そして、原罪に目を向けるのを拒んだかどで、皇帝の手下にえぐり出された自分の両目を持った、シラクサのルチア像だ。

　ショートパンツにスパゲティのように細いストラップのタンクトップ姿の、痩せっぽちの娘がやって来た。18歳ぐらいだろうか。「ダニエルだ」ラリーは歓迎していない様子だ。ダニエルはラリーにiPhoneを売りつけようとしている。自分のものではない電話を。「ねえ」カウンターに身を乗り出し、胸元で指を絡ませるようにしてスマホを持ち、顎にあてがいながら、ダニエルが言う。「買ってくれない？　どう？」

　ラリーはうつむいて、カウンターの縁を持つ自分の手を見つめ、小声でつぶやいた。「その手のもん、この店は買い取らないって知ってんだろ」

3.

　写真を撮らせてもらった以上、何か買うつもりでいた。そうする
のが正当な取引のようだったからだ。じゃあ、何を買う？　映画
『13日の金曜日』でジェイソンがかぶっていたようなマスク？　埃
をかぶった水晶玉？　ボーンチャイナ製の天使？　例の"手"に目
がいったのは、その時だった。"オルゴール"で"手巻き"、しかも

定価25ドルが8ドルちょっとまで値下がりしていた。

「趣味がいいですね」ラリーが言う。プラスチックでできていて、血管が浮いた手に長く伸ばした指をマットな肉色に塗装してあり、ホラー向けモデルをお祈りバージョンに転用したような"手"だ。

「いいですか」ラリーが台座をひねった。プラスチック製の聖書の台座の内側から、壊れたネックレスのビーズのように、メロディーがぽつりぽつりと聞こえてきた。

「これほど低俗な宗教的装飾品にお目にかかったのは、じつに久しぶりだ」僕は感想を述べた。

ラリーはニコリともしない。低俗じゃない。看板を読んだだろう？　お宝ショップだ──と言いたいのだろう。

ラリーはその"手"を新聞紙で包むと、僕にカードを渡した。手書きの目録をカラーコピーで複写したものだ。"古い瓶"、"ドールコレクション"、"ナイフ"、"金買い取り"と書いた紙を、はさみで切ってカードにしている。"お宝ショップのメンバーズカード"、1回のお買い上げでスタンプ1個、5つ貯まれば15％オフ。

ラリーはひとつスタンプを押し、少し考えてからもうひとつ押した。「キャンディをもう1個持って帰っていいですよ」と僕に言った。「サービスです」そして彼は、スマーティーズ*注1とホットボールズ*注2でいっぱいの、赤いプラスチックのボウルを肘でつついて、僕のいる側に近づけた。「ここから選んで」

＊注1：カラフルな色でシュガーコーティングされたチョコレート菓子。

＊注2：激辛のスナック菓子。

7時20分。午前でも午後でもいい。

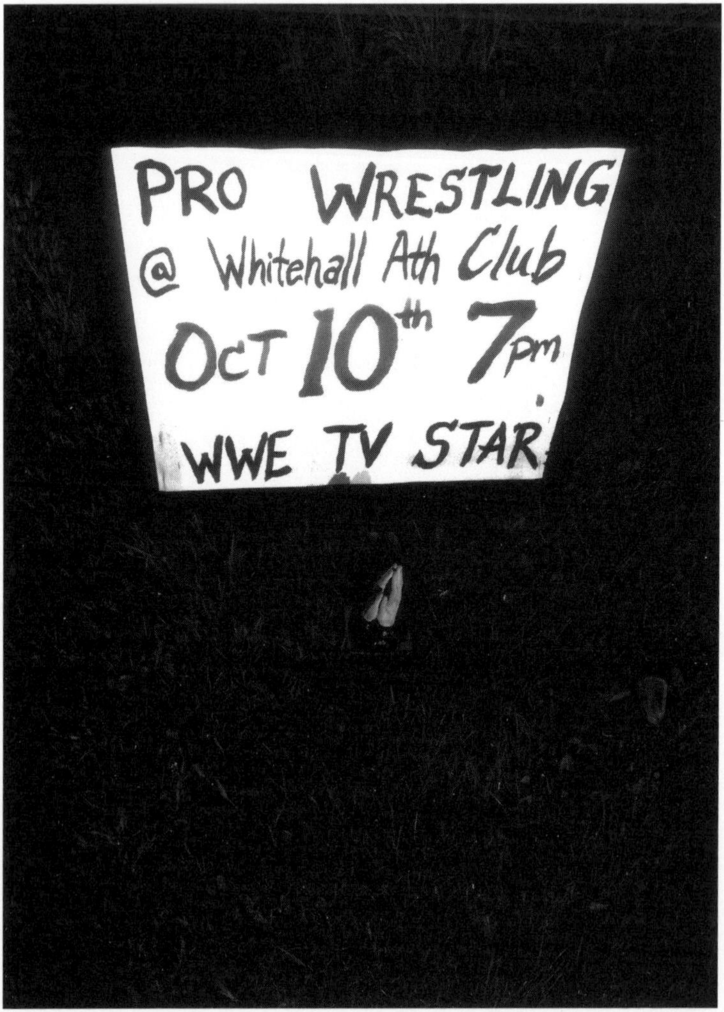
PRO WRESTLING
@ Whitehall Ath Club
Oct 10th 7pm
WWE TV STAR

4.

　"手"を手に取って外に出て、山脈を抜ける深夜の長距離ドライブに戻ることにした。夜道のドライブはラジオすら聴けないほど緊張する。そこで店を出る前に"手"の写真を撮れば、肩の力が抜けるのではないかと考えた。だが、どうやってもセッティングがうまくいかない。晩夏のセール用にしつらえた陳列台を照らす黄色い灯りのせいではなく、小さな町の名も無き酒場から漏れる〈ラバットブルー〉ビールのネオンサインの光のせいでもなく、廃棄処分場の前でだらりと下がる、アメリカ合衆国の国旗を照らすライトのせいでもない。照明に凝っても俗悪に俗悪を重ねるだけなので、例の"手"を、もう少しましに撮ってやるには、どうしたらいいだろうと考えた。その時視界に入ったのが、芝生に立っていた自家製の看板だ。うらぶれた町に"プロレス"の看板。"WWE所属、テレビの人気者"と書いてある。

　プロレスが俗悪だなんて、これっぽっちも思っていない。プロレスがセンチメンタルなのは、世間知らずだからでも、逆に世間ずれしているからでもない。プロレスはふてぶてしいまでにセンチメンタルで、きわめて寛大に解釈すれば、センセーショナルでもある。五感、たとえば視覚に訴える力がある。看板もそうだし、この看板を描いた子どもの画力もそうだ。指先からほとばしる喜びを見よ。WWE所属、テレビの人気者だ。ここホワイトホールでは——。

　その看板をヘッドライトで照らすと、"手"をそばに置き、看板にあらたな解釈を添えた。

　7時20分。午前でも午後でもいい。

5.

　"手"が奏でるメロディーを動画で記録しようと思ったが、コオロギの鳴き声と路上の喧騒にかき消され、オルゴールの調べがうまく聞こえない。だからダッシュボードに置き、調べをまず、ちゃんと聴くことから始めた。

　祈りの持つ超自然的な力を信じるようなガラではないが、大自然に染み渡る祈りの声はいいものだと思う。特にこの"手"は、信仰がきっかけで作られ、その精神が妙なかたちで残っているが、お宝ショップのガラスケースに陳列されたのは嫌みでもなく、僕も神格性といったものは感じていない。

　神は、人が求めるようなものではない。

　それよりも、神にまつわること、神に仕える人の方に関心がある。

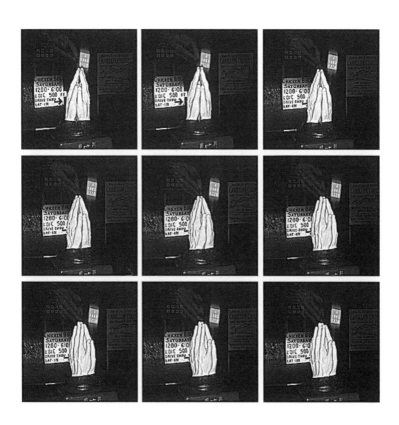

　　　7時20分。午前でも午後でもいい。

町の話題。ヴァーモント州タウンゼント公立墓地の理事が小紙の取材に答えてくれた。「ニューイングランド地方には、主のいない墓石が予想以上にあります」1868年1月24日没、セアラ・J・グラントの墓石にはこう書いてある。「記憶は主を求めないが、愛着は墓石にその記録を残す」それだけ。墓石はどこに？　墓石は撤去された。受動態。誰が？　わからない。近頃墓石は市民に返還されている。ニューハンプシャー州ウォルポールを流れる川沿いに城を建てた、土地の名士の地所を経由し、市民に返還される。名士が代替わりすれば、川に浮かべて主に返還する墓石も替わる。

　また別の金持ちによる、また別の、川に浮かべて主に還す墓石の話。「これらの聖なる遺物に安らぎの場を」とは、ノア・アルドリッチの墓石に刻まれた言葉だ。200年ほど前に亡くなった子どもの墓だ。「土埃の中にまどろみを求めて」あらたに葬る場所を探していると名士は言う。ノアを葬り、アルドリッジ家の墓を代々守ってきた。結構な額を支払い、この一族を「もっと居心地のいい場所」に改葬するのだと言う。骨となった遺体の「関節を外し、当時の趣を今に表現したヒマラヤスギ材の棺」にまとめて埋め直すのだ、とも。今や荒れ地と化した先祖伝来の丘に自宅を建てると語っていた。「祖母の家に倣って」それが彼の建設プランだそうだ。誰の祖母かについては明らかにしなかった。完成の暁にはアップルサイダーを作るそうだ。「微発酵がいいですね」

　これが売り文句だ。

　「6ガロンの鉢」

　「大人の鑑賞に堪える列車模型」

　「すべて『エンジェルブレイド』[*注]」本当にそう書いてあるのだから、しかたがない。

　　　[*注]：18禁アニメ。

7時20分。午前でも午後でもいい。

その男性は僕を見ている。視線は僕を貫き、僕の後ろにあるものを見ている。とある裏通りに立つがらんどうのオフィス。カンパラのスラム街。ウガンダだ。僕たちの間には、注釈が付いた彼の聖書がある。悪魔が怖いのだそうだ。妖怪と呼ぶこともある。話す英語には強いアクセントがある。英語は彼の第二言語だ。だが聖書は、彼の母国語が生まれる前からある。神に感謝を。聖書は彼を守ってくれる。今も。未来も。彼はそう願っている。「私は死すべき運命にあります」と言って。

　僕は言う。「人は誰だって死にますよ？」

　彼は僕を見つめる。自分に言い聞かせるように繰り返す。「私は死すべき運命にあります」呪われているのだ。圧倒的な力を持つ悪魔。彼が通う教会にいる悪魔に。「私が通う教会に」ページの余白を指でトンと叩き、もう一度言う。「私が通う教会に」
「私の名をあいつらには言わないでください」“あいつら”とは不特定の人々を指す。見透かされている。どうするつもりなのかと。そんなことを言ってどうする気かと。「あいつらの好きなようにされます」と、彼は言う。なぜなら一度口をついて出た言葉は撤回できないからだ。曲解しようが、別の言葉に置き換えようが、自分が言ったことにしようが、自分への非難にすり替えようが、どうにだってできる。

　変わらないのは聖書だけだ、聖書の余白に赤いインクで書いた言葉は、墓石に吐いた息でしかない。息だ、血ではなく。「私の言葉は血の滲みを残しません」

　彼は牧師の補佐を務めてきた。勤務先の教会は大きく、牧師の補佐が何人もいた。彼らの上にいる主教は夢見がちな牧師たちを憂いていた。主教はある時預言した。「君たちの中から反逆罪で命を落とす者が出るだろう。反逆罪とは何と邪悪な行為と、教会は責め立てるだろう。何たる過ち！　神がお許しになるはずがない」

　主教は教会を去り、預言だけが残った。「ところが」彼はそう言

　　　7時20分。午前でも午後でもいい。

って聖書を脇によけると、テーブルの上で指を立てた。「私は死ぬのかと思ったその週、主教は姿をくらましたんです！」

　主教は消えたが聖書は残った。墓石に吐いた息が残った。

　彼女はささやき声で話す人だ。お高くとまっているのではなく、もっと切羽詰まった感じで。カンザス州から来たルー牧師のまわりにゆるく集まった群衆の端にいる。ルー牧師は今朝到着し、夕刻には出国するスケジュールになっている。彼女はたくさんいるムズングのひとりだ。それなのに、ムズングが何を意味するのかも知らない。ムズングとは、スワヒリ語で白人のことだ。白人。裕福な人という意味もある。僕は軽くめまいがして、とまどう。彼女は心が広いのか、からかわれているのか。遠回しにひどいことを言われているのかもしれない。スワヒリ語でムズングとは白人のこと。もうひとつ、愚か、という意味もある。

　彼女は神を信奉している。「私は舟、神は私を導いてくださる」彼女はこちらに背を向ける。話を聞いてくれる人を探す。笑いとも舌打ちとも取れるかたちで、口元がかすかに音を立てる。女の子たちがいた。彼女は身を屈めてささやく。「あなたたちのために祈らせてちょうだい」そして祈る。両手を合わせる。大事なものを手にしたかのように。華奢な肩をした女の子に手を伸ばし、着ていた服のピンクの水玉模様が一面に並ぶ、まっすぐな背中に手を回して、女の子を仲間から引き離すように自分の方へと引き寄せる。この子たちも神を信じている。だけど本気で信仰を深めようとしているかしら？　私のように深く、神を信じているかしら？　彼女にはわからない。だったら僕たちがわかるはずがない。

　　7時20分。午前でも午後でもいい。

「このテーブルで執刀します」彼が先ほど人工妊娠中絶手術をした場所だ。人工妊娠中絶はケニヤでは違法であるため、彼もまもなく医院をたたむ。実は医者じゃないんです、と、弁解するように説明する。大学には1年通いました。生物学を学びました。中絶手術の手技は知っている。もうひと手間かけた手術もする。「金目当てですよ」と、彼は言う。3人の子がいる女性と、人並みに式を挙げ、結婚することになっている。ずっと前から貯金をしている。カトリック教会でちゃんとした式を挙げるため。彼女の希望だ。妻となる人の希望をかなえたい。

ふたりは結婚講座で学んだ。神父が人工妊娠中絶について話した。人工妊娠中絶は結婚を脅かすもの、国家にとって脅威であると神父は述べた。中絶医の彼は、自分がどんな仕事で生計を立てているか、神父には伝えていなかった。それからは、中絶手術のテーブル近くに聖書を置いている。「またひとり来ます」と、彼は言う。見学できますよ、とも。見学するつもりはなかった。

患者は来ない。思い当たる節は？　いいえ。中絶希望者はまた来ます。「またひとり来る。中絶は原罪です」と、彼は自説を述べる。「大罪（モータル・シン）ですね」と、僕は言う。カトリック教会ではそう言うはずだ。

「モータル？」彼はこの英単語がわからなかったようだ。「スペルを教えてください」

僕は紙に書いた。彼はじっと見ている。m、o、r、t、a、l ＊注。書いてから僕は「しまった」と口走る。彼は警戒心をあらわにする。「そんなつもりじゃなかった」僕は彼に言う。「僕だって信じられない。カトリック教会もびっくりだろう」

「あなたを信用していません」自分の身が危うくなった女性が、中絶医である彼を訪ねてきたらどうなるんだ。「どちらを殺すべきでしょう、母？　それとも赤ん坊？」彼は助言が欲しいらしい。「妻がお世話になっている神父さんに訊いてきます」神父は彼に訊くだ

　7時20分。午前でも午後でもいい。

ろう。死ぬべきはどちらか、母か、子か。

問題にすべきなのは脅威だ。ドアがバタンと音を立てて閉じる。大きく開くといった、また別の脅威である。
　　　　──ジェームズ・ボールドウィン、『悪魔が映画をつくった』*3

　　*注：mortalには「死」という意味もある

もっとそばに来て

　この写真を撮ったのは僕ではない。Facebookでいい被写体を探していて見つけた。名前はエリック。彼には本当の名が別にある。エリックはプロフィール画像を新しくしたばかりだった。銃を手にした少年はやはり、僕の写真の世界に住んでいるのかもしれない。僕のソーシャル・メディアの界隈に住む人たち。彼のページにはあまり情報が載っていない。"稼ぐ"仕事に就いた。勤務先はフットロッカー*注。彼はプロフィール画像のいくつかで、友人たちとギャングのハンドサインをキメているが、だからといって彼らが本物のギャングだとは思わない。構えている銃も模造品だろう。エリックは銃口の先で幼い笑みを口元に浮かべている。キュートだ。同世代の女子にモテそうだ。Facebookの〈友達〉の大半が若い女性で、

　　　　7時20分。午前でも午後でもいい。

そのほとんどが鏡に向かって腰をくいっと上げたポーズを取り、胸の谷間を思いっきり強調した服装での自撮り画像をプロフィールに使っている。アナは谷間写真を4枚コラージュしたバナーでプロフィールを盛っている。顔の写真はなく、胸ばかりなのは、きっと胸は彼女が自分らしさを表現できる一番の手段なのだろう。画像はどれも下手くそで、ピントが外れているか、変わったアングルで撮ったスナップ写真。セクシーというよりむしろ微笑ましい。ある子の勤務先は"ヤリマン大学"、別の子は"超イキり大学"の卒業生で、3番目の子は"うぬぼれ大"を出てから今の勤務先で"麻薬密売所の売人"の職を得たとある。この手の女性は妹や弟、甥っ子や姪っ子、わが子の画像をたくさん載せているのが普通だ。ショップ店員の比率も高い。みんなそれなりにかわいらしい。エリックも同じカテゴリに分類される。"ワル"を気取っている女子は"ワル"であることを笑い飛ばしている。"ワル"を気取り、"ワル"であることを笑い飛ばしている男子とつるむ女子の世界だ。笑えるじゃないか。銃口をこちらに向けているくせに、カメラのレンズを凝視しているのだから。

＊注：アメリカの大手アパレルチェーン。

7時20分。午前でも午後でもいい。

「こいつはおもちゃみたいなもんだ」とマイクが言う。本当のナイフの方はうちにあるそうだ。じゃあこのおもちゃの方は何のため？
「切ったり、とか」

えっ？

切るって、そもそもがそうだろう。

マイクがナイフをさやから出した。くるりと返して柄をこちらに向ける。ムエラ・ボウイー、スペイン製、300ドル。いいナイフは高い。35年前に買った最初のナイフはいいナイフで、200ドルした。35年前にだ。それが彼の言う"本物のナイフ"？ 「これがそうだ。35年間、持ってる」
「娘が俺の写真を撮った」マイクは娘の話をまだしたいのだろうが、最後まで聞いていたら列車に乗り遅れる。だったら何をしゃべろうかとマイクは考えている。僕はナイフの重みを手で確かめる。ナイフの先がどこを向くかもおかまいなしで。刃先はマイクの腹から30cmも離れていない。マイクはとうに気づいている。そして刃を指でつまむ。僕は手を離す。またくるりと返し、彼が柄を持つ。また思い出話に戻る。「本物のナイフを持った、髪の長い俺を娘が写真に撮ってくれてな」そう言って、マイクは顔にかかったひと房の髪を払う。「娘がハイスクールの頃だ。俺の写真をロッカーに貼っていた」

マイクのおもちゃのナイフは都会で使うもの。彼の本物のナイフは森で使うもの。ああ、狩猟で使うのか。「ほかにも用途はある。本物のナイフなら、用がすべて足せる」やむなく護身用として使ったことがあるかと尋ねた。「まさか、あるもんか」馬鹿なことを訊くなと思っているはずだ。メロドラマじゃあるまいし。「ナイフってものはな」マイクはナイフをさやから抜き、1歩前に出る。刃先はふたりの間にある。今度はふたりともちゃんと見ている。「接近戦で使うんだ」

　　　7時20分。午前でも午後でもいい。

あの時ラルフは、防犯カメラ越しに僕をまじまじと見た。防犯カメラは４つあった。おととい、彼の家のドアをノックしようとした時の話だ。旗の話が聞きたかった。カバノキでできた旗竿に、４枚の旗が翻っていた。てっぺんの旗には弱りきった黄色いヘビの絵があり、どうやら"俺を踏みつけにするな"ということらしい。その下にはズタボロの星条旗（スターズ・アンド・ストライプス）。そのまた下にはあざやかな赤の南部連合旗（スターズ・アンド・バーズ）。南北戦争で南軍が国旗として掲げたものだ。一番下の旗は、黒、白、青の"ブルー・ライヴズ・マター"旗。ブラック・ライヴズ・マターに反旗を翻し、"警官の命が第一"と主張する集団が掲げたものだ。ノックした。誰もいない。玄関先の看板にはこうあった。〈くそったれが！　ここはおまえたちの祖国じゃない！　とっとと出て行け〉地面には使用済みのカラ薬莢（やっきょう）が散らばり、骨みたいに細い木には、打ち抜かれた人型の標的がぶらさがっている。

　山脈へと続く４号線沿いのレストラン、開店前でがらんとした駐車場に、１台の車が入ってきた。エンジンを切らずにアイドリングさせている。ドライバーがこちらをにらんでいる。すると女性がひとり、すぐそばの家から出てきた。ゴツい黒のブーツに黒のパンツ、黒い厚手のジャケット、黒くてデカいロットワイラー*注。彼女は愛犬のリードを引き戻し、こちらの様子をうかがっている。道の反対側に停まっている車を選んだ。

　年配の気さくな女性、エイダだ。ラルフを知っているし、そう、玄関先の看板のことも知っている。その前にラルフに電話だ！「彼は気にしない」だって今日の午後、僕が来るのを待っていたじゃないか。僕の疑問に喜んで答えてくれる。ラルフも僕に訊きたいことがあった。「訊いても差し支えないだろうか」ラルフは僕に尋ねた。「あんたの国籍は？」合衆国市民だ。「そうじゃなくて」ラルフは「わかってんだろ」と言いたげだ。もちろんわかっていた。彼

は左腕のタトゥーを僕に見せてくれた。88。アルファベットの8番目の文字。H。HH。ハワード・ヒューズのことじゃない。「ハイル・ヒトラー」だという。

　だがそのタトゥーはインクが青く色あせ、輪郭がぼやけている。ラルフはそんなつもりで僕に訊いたんじゃない。そんなわけがない。「あんたの国籍は？」また訊いてくる。「嘘は言いっこなしだ」9口径の銃を見せようとする男に嘘などつくものか。

「僕はユダヤ系だ」

　ラルフはニヤリとした。「見てすぐわかったよ」なるほど、差し支えのある質問だな。嘘つきの白人であるより、正直なユダヤ系の方がましだ。悪く思うな、話そう、な？　話せばわかると思ったようだ。タトゥーならほかにも彫っている。旗も銃もまだある、ロットワイラーだって。銃弾だってまだある。ラルフは待ち構えていたのだ。ユダヤ系の客が来るのを手ぐすね引いて待っていたのだ。「言いたいこと、わかるよな？」

＊注：ドイツ原産の大型犬。

　　7時20分。午前でも午後でもいい。

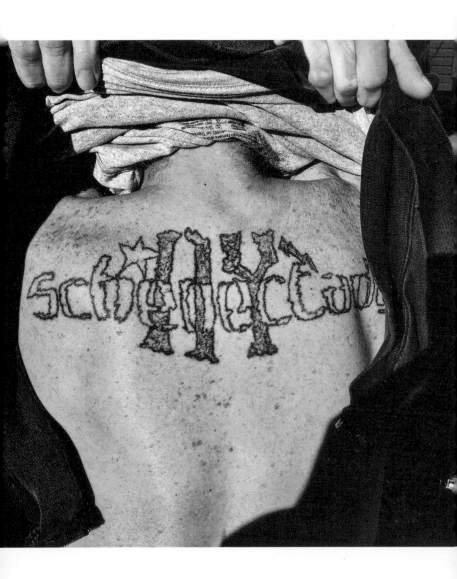

「俺、おっさんのこと知ってるぜ」確かに彼とは面識がある。マイケル。ある晩、ブリトーを食べていた僕の隣で酔い潰れていた若者。マイケルが営むブリトー店でのことだ。オーナーではないが、店を任されている。彼の身の置きどころが、この店だ。「あいつ、頭がどうかしてんの」とは、僕のブリトーを作ってくれた女性の弁だ。「あたしたちが通報しないって高をくくってる」警察に、ということだろう。

皮膚が薄く、痛みに思わず涙しそうな左の目の下に、黒いインクで心臓のタトゥー、右目の下には星のタトゥー。「俺、おっさんのこと知ってるぜ」マイケルがそう言うので、「僕も知ってるよ」と返すと、「だったら、俺たち知り合いだな」彼の話は続く。「俺、警察に面が割れててさ、ヤーウェ*注の布教をしてたら逮捕されたんだ。ヤーウェの布教ってことでビクビクしてんだ」

それよりも問題は、自分が警官からユダヤ系と思われていることだ。

理由は訊かなかった。

金をせびられたので2ドル渡すと、マイケルは僕の手を取り、耳元でささやいた。今度会ったらボトルを1本おごるぞ——と。
「ドラッグでもいいぜ！」かなり熱が入った勧誘ぶりだ。

店の外に出て、マイケルはフリースタイルラップのライムを刻む。「オールウェイズ、頭ん中にあった、オーイェ、ヤーウェのこと、ああ言えばこう言え、神の家、俺は——」ここからライムが続かなくなった。「"の名のもとに"っていうのは神への祈り、俺の神は破壊神、蝶の耳を持つ象の像」
「ストリート詩人かよ！」酔っ払った女が叫ぶ。このストリートの名はブロードウェイ、人っ子ひとりいない大通り。
「ストリート詩人だよ！」マイケルはそう言って路上に寝転がり、バカ笑いしながらラップを次々に披露してからシャツの袖をまくり上げ、僕に腕のタトゥーを見せる。心臓と3つ葉のクローバー、拳

にはタトゥーで書きかけのメッセージ。「反対側に行きたくて、コンクリートの壁をパンチしたんだ」

　とはいえマイケルは本気で職探しをしている。聖職者になりたいと言う。「トーラーや死海文書に書いてあるのは本当だと思う。俺は見えない悪魔と闘っているんだ」

　わかるよ、と答えた。

「タディにSOSを出す」タディとはここ、スケネクタディのことらしい。

　　　＊注：旧約聖書における創造神。

「あんたが探してるのはあたしの兄さんだ」ハティが言う。「あたしには家はない。なぁんも持ってない。ここは兄さんの家だ」545番地のこの家ではない。ハティの娘が所有者で、娘は彼女の後ろから、ドアに貼った網越しにこちらを見ている。その隣、窓に板を釘で打って目隠しにした家だ。周辺には4、5軒に1軒の割合でこんな家がある。丘のてっぺん、ゼネラル・エレクトリック（GE）の工場が見えるあたり。40年前には4万人の従業員を抱えていた。ハティの兄、ゲイリーが隣に1,000ドル値引きして一戸建てを購入した頃の話だ。ゲイリーはもういない——町の反対側に住んでいる——仕事も、もうない。

サミット・アベニュー側から暗くなり、マムフォード・ストリートのあたりから明りが灯る。ポーランド風の気の利いた2枚のドアを通り過ぎると、ポーランド系の未亡人はもうだめだった。通りを挟んで向かいにいた司祭は家を引き払った。ハティに言わせると、スケネクタディの住民は、前の家のことで兄に悪態をついたそうだ。「兄さんは市に1万5,000ドルも払って取り壊したんだよ。『1万5,000ドルで片を付けた』って言ってたけどね。片は付かなかった。まだあそこに立ってる」

それが例の隣家だ。ぷっくりとしたスローアップフォントで「SLOB」と、ベニヤ板いっぱいに書いたグラフィティ。その上にはビニールでできた灰色の羽目板がところどころ焦げて溶け落ちている。「火事だよ」とハティ。「酸素に火がついたんだ」ゲイリーの婚約者は酸素吸入治療を受けていた。喫煙家でもあった。ゲイリーは市の当局に金を払って廃屋となったわが家の処分を依頼したが、当局が引き受けるはずもなく、そのためゲイリーは放置して逃げた。

ハティが残された。「人生最大の失敗だよ」と言う。「スケネクタディに来たことがね」54年前にさかのぼる。ハティは17歳だった。

あなたには黙秘権がある——逮捕の際警察は案の定、例の決まり文句を述べたが、彼には黙秘権どころか、主張したいことがあった。ああ、教会に火をつけたのはあいつだ。ニューハンプシャー州レバノンでも指折りの、歴史ある教会に。おまわりさん知ってますか、あいつはアメリカの国旗で火をつけたんですよ？　警察は知らなかった。じゃあ、あいつが教会でマスをかいてたことも知らない？　警察はその件についても未確認だった。教会のコンピューターに残った少女たちの画像を見ながら、ペニスをしごいた。器械体操の画像かポルノか、詳しいところはさだかではない。

　その後、男は友人ふたりを刺した。刺す前に別の建物にも放火していた。「子どもたちが中にいるのを承知の上で、男は火を放った」と警察は発表するはずだ。

　男は27歳、ハイキングとアッパー系のドラッグとタトゥーと大型ナイフの愛好家だ。自分がギャングのシンボルだと思うものをちらつかせながらポーズを取り、写真におさまる、ニューハンプシャー州の小さな町在住の白人男性。彼は日没の画像も好んでいた。好きな写真はほかにもあった。そこが問題だった。写真好き。火への執着。放火は今回が初めてではない。

　これを最後に悪癖を絶ちたかったのかもしれない。（聞いてもらいたい事情があったので）彼は警察に話した。国旗を使って教会に火をつけたこと、子どもたちを焼き殺そうとしたこと。彼の犯行動機は——釈放したら再犯におよぶ確率は高い——神への怒りだった。「神を憎悪している」なぜ犯行におよんだか、彼は警察にわかってもらいたかった。写真も、子どもも、炎も憎悪していたからだ、と。

時代はかなりさかのぼって1970年代のこと、彼が"カール牧師"のニックネームで呼ばれていた頃で、その前は狙撃手だった。「第82空挺師団にいた」そうだ。首にはチェーン、シルバーの十字架にシルバーのドラゴンが巻き付いているペンダントトップ。十字架は胸の中央、ストレッチが利いた黒のTシャツいっぱいに広がる赤い炎を背負った悪魔の角の、ちょうど真ん中におさまっている。「気に入ったか？」と訊かれた。十字架のことだろう。

　十字架もひっくるめて、彼の装いに好感を抱いた。

　今度は拳を突き出した。シルバーのリング、こちらにも十字架が配してある。Tシャツの裾をまくってベルトのバックルを見せてくれた。文様入りのレザーの上にシルバーの十字架があった。左右の肩にある、消えかけた十字架のタトゥーも。「インクと針で入れた」らしい。「1967年。19歳だった、出発前に入れた」ヴェトナム戦争に従軍したようだ。

　カールは庭師をしている。ニューハンプシャー州では実入りのいい仕事だ。キリスト教の伝道師の経験もある。「ノースカロライナとサウスカロライナでね」と。「昔ながらのやり方さ。テントの移動式伝道所でね。かなりの年数、続けてたな」庭師はもう辞めた。理由はさだかではない。

「あんたはカトリックかい？」と訊かれた。

　特に信仰は持っていない。

「無神論者か？」

　それともちがう。

「神の存在は信じるか？」

　もちろん。

　カールは飲んでいたコーヒーのカップをのぞき込んだ。「見て歩くのは自由だ」

　彼は付き添わない。

「先々で神の姿を認めるだろう」

先々？　疑問に思ったが尋ねなかった。それよりもシャツの絵柄の悪魔が気にかかる。カールは首を横に振った。「こいつが肩に乗ったんだ。おまえ、いったい何やってんだ？　と訊くんだ」

　カールは答えられなかったそうだ。

　　　7時20分。午前でも午後でもいい。

写真を撮ってもいいかと訊く。

「どこで撮る？」と訊かれた。

「グリーンの背景がいいか？」

　彼は左に移動し、ブラウンのコンテナを離れてグリーンのコンテナの前に立った。心の準備を整え、表情を作った。そこまで準備を整えたくせに、やり直しだ。質問があると言う。「あんた、グリーンは好きか？」

「好きですよ」

「俺もだ」彼は言った。「自撮りしたことがあってさ」ブラウンのコンテナの前で、らしい。波形鋼板のコンテナ、グリーンの塗装が色あせ、ペンキで描いた〈エバーグリーン〉の文字がはがれかけている。そして彼はもう一度写真用に表情を作った。僕は写真を撮った。

　何枚も撮った。「ずいぶん撮ったな」と言われた。

「ええ」確かにそうだ。

「俺はあんたのスマホの中にいる」

　僕はうなずいた。

「せいぜい好きに使ってくれ」

　僕は手を差し出した。彼は手を引っ込めた。「ほんとは嫌なんだろ。俺の手は汚れている」

「えっ、身の上話が聞きたいって？　面白い話なんてないよ」と言って、彼はTシャツの裾を強く引っ張った。「俺のくだらない人生の物語なんて。ほかに何が訊きたいっていうんだ？」

「たくさんあります」それは認めざるを得ない。

「クソくだらねぇ真実か」そう言って彼は声を上げて笑った。歯がずいぶんと抜けていた。

　　　　7時20分。午前でも午後でもいい。

シューティング・スター
——サンディエゴの思い出

　バッド・カンパニーの〈シューティング・スター〉。25年前に新聞記者としてのキャリアをスタートさせた日から、あの曲が耳について離れない。取材範囲は軍法会議とホームレス。下士官と水兵と海兵隊員たちなら傷害事件を起こしたり、マリファナ吸引に手を出したりして、あり得ないほどの長期刑を食らいそうになっても、警察の信頼を得ており、ストリートでクラックやヘロインの取引に手を染めようが、おとがめなしだ。

　当時の赴任地は海に背を向けた海沿いの街、サンディエゴだった。新聞社の向かいにあるシングルルームだけのホテル住まいで、塗り

　　　　7時20分。午前でも午後でもいい。

が荒っぽい漆喰の壁、ベッドとシーリングファンを置いたらそれで終わりというような狭さの、正方形の部屋に住んでいた。エアコンはなかった。だから1日の大半を部屋の外で過ごしていた。ジムという男がいた。僕が滞在していたホテルの前で寝泊まりし、1杯のコーヒーと釣り銭と引き換えに、僕が書いた記事の誤認部分を指摘してくれた。いつもたくさんの指摘があった。ありがたい読者だった。「取材が足りないんだよ、兄ちゃん」と、よく言われた。サンディエゴだからといって、ジムはサーファーではなかった。ジムはミズーリ出身で、都合が付けば漁船に乗ったが、ふだんはドラッグの波に乗っていた。連れ立って街をぶらつくと、ジムは僕を弟だと人に紹介した。たまに本気に受け取る人もいたが、たいていは適当に流された。ジムは話題に事欠かなかった。ヴェトナム戦争に出兵中、ケサンの戦いで九死に一生を得た話がお気に入りだった。34歳だとも自称していたが、もしそうなら10代のごく初期に海兵隊に入隊していないとおかしい。

　このジムが本気で苦難を語ろうとする時、ジーンズを脱いで後ろを向き、尻を指さす。左尻のくぼんだ場所の下から太ももの後ろにかけて生傷が伸びていた。「ベイクドポテトみたいに、ぱっくりやったんだ」と言う。その悪臭たるや。ジムいわく、漁船に乗ってひと稼ぎしたので、下船したら、ちょっといいホテルに滞在し、散策でもしてやろうかと考えていたそうだ。その時だ。ジムはよろめいた――「切ったんだよ」と、ジムは体に指を走らせ、切り傷を負ったというジェスチャーをした。傷はふさがるはずだったのに、みんなからサミーと呼ばれている警官に患部を殴られてから先、傷口が開いたままなのだ。傷は深く、指を突っ込んだら骨に直接触れられるぜとジムに言われたが、試してみたいとは思えなかった。ドラッグは痛みを和らげるというのがジムの主張だ。そんなバカな、と、ドラッグ仲間から笑い飛ばされても――これもジムの作り話だが――あながちまちがってはいなかった。クラックは彼を高揚させ、

ヘロインは傷口にまっすぐ染み込んでいくように感じた。「歩けるのもドラッグのおかげさ」と言いたげだ。

ある晩、友人のエドワードから「おまえは宿命を抱えている。死ぬ運命にあるんだよ」と言われ、ジムは不安になった。そこで僕たちはデニーズに行った。時代がかったアパートメントホテル、エル・コルテスの裏手にある、窓が昆虫の黒い目のような、どう見ても廃屋にしか見えないデニーズで、僕たちはグランドスラム*注を頼んだ。

「ビーチに行こう」とジムに誘われた。真夜中だというのに。友人のトミーを探そうというのだ。ビーチに着いたが誰もいなかった。「もっと先にいるんじゃないかな」と、ジム。「暗闇の中にな」

僕は躊躇した。

暗いところでろくなことが起こったためしがないから。

トミーはいなかった。

数歩先を歩いていたジムが何か見つけたようなので、僕も足を止めた。ジムが振り返った。肩越しに僕を見ていたが、視線を合わそうとはしなかった。「ありきたりな人間になるな」ジムが言った。「今じゃない、これからの話だ」もう遅い。僕はもうなってしまった。今じゃなく、もっと前に。あの頃の僕はもう、ありきたりな人間だった。

僕たちは砂浜に腰をおろした。闇に包まれ、ビールを飲んで、波の音を聞いていたはずが、ジムのいびきが聞こえてきた。

翌日、僕は車でジムを病院に連れていこうとした。きっと入院させてくれるから。万が一断られたなら、私が新聞記者ですと言う。そしたらきっと門戸を開いてくれるさ。ジムは入院を拒んだが、車には乗った。ラジオは幸い装備されていた。

ジムは選局のダイヤルをくるくる回した。「ロックンロールが聴ける局ないかな」と言ううちに見つけた。「〈シューティング・スター〉だ」痛くない方の膝をトントン叩きながらリズムを取り、ダッ

　7時20分。午前でも午後でもいい。

シュボードでドラムのビートを刻むと、車のウインドウをおろし、歌詞を怒鳴った「ドンチャ、ノウ！」

　マーシー病院はジムの診療を拒否した。僕は新聞記者だと主張して特別待遇を求めた。それが通じると信じていたぐらいに若造だった。その手のハッタリ——ただの脅しであっても——は、ある程度の効き目があると思い込んでいた。ナースは僕の要求には取り合わなかった。そしてジムに「あなた、薬物をやってるわね」と言った。

　ヘロインだけだ。

「薬物の専門クリニックに行きなさい」看護師は彼に勧めた。

　線路脇で車からおろしてくれとジムは僕に言った。尾行（つけ）てくるなとも言った。

　サンディエゴでの勤務最終日、街を出る道すがら、僕はジムと再会した。ジムはパイプを吸いながら、パシフィック・ハイウェイを歩いていた。「専門クリニックだったな！」笑いのネタにでもするかのように。脚の傷は、ああ、まだぱっくり開いてるぞ、とも。あんまり楽しい話ではなかった。

　それから数年後、サンディエゴに戻った僕はジムを探したが、もう二度と会うことはなかった。だからだ。だからあの歌が耳について離れなくなったんだ。

　　　＊注：デニーズの朝食セットメニューのこと。

すぐ帰ってくる
——スキッド・ロウにて

　ラルとクサウナはアパートを借りたが、ラルはクラックを吸って
ばかりで、家賃を負担しなかった。いろいろやったが、薬と手を切
れなかった。ある晩、彼は緊急通報の電話をかけた。何度も、何度
も。警察がようやく到着した。それなのにラルが玄関に出てこなか
ったので、警察はドアを蹴破ってラルを連れ出し、精神科病棟に連
れていった。帰宅時——厳密には帰宅したとは言えない——戻った
のは体だけ、心はどこかに置いてきた。

　その年の7月、クサウナは女の子を出産した。10月、ラルの方か
ら別れを切り出した。カリフォルニアで心機一転やり直したいと言
って。仕送りはするとも言った。明けて2月、ラルの母親が死んだ。

　　　　7時20分。午前でも午後でもいい。

母親が死に、父親は瀕死の床にある中、ひと月後に姉が死んだ。残った家族は誰？　クサウナだ。

　僕はこうしてクサウナの名を知った。ラルは、ロサンゼルスのスキッド・ロウのテントで覚せい剤を打っており、アフリカという名の、今はもうこの世にいない友人の話をした。“アフリカ”は精霊であり、死の天使でもある。そして“クサウナ”の名を口にした。ようやく僕の顔をまともに見て、電話番号を告げた。

「見てるからさあ、ちゃんと紙に書き留めてくれよ」ラルが言った。

　9桁、10桁ではない。

　ひと桁足りなくないかと僕は訊いた。

「9でいいんだ。足りなくなんかない」と言い残してラルは立ち去った。

　9桁でいいと言われても。もう1桁ないと電話がかけられない。そこで総当たり戦で、0から9までの番号を足してかけることにした。0、1、2、3、4、5、6、7、8、9。欠けていたのは9。クサウナとつながった。

「ラルに伝えて」クサウナが言った。あのアパートは引き払って、自分が住むアパートを買った、と。これも伝えて、と、クサウナが言った。帰ってきてもいいよ。この娘のことも伝えて。

「いい？」クサウナがスマホを掲げたので、画像があれば、君の娘がさびしがって泣いてたぞとラルに伝えられそうだ。「この子はダディに帰ってきて欲しがってる」クサウナからの伝言はもうひとつあった。「お願いだから電話してとラルに伝えて」

　　　7時20分。午前でも午後でもいい。

全員がタイトな黒のＴシャツを着て、あるものは防弾ベストを装着し、あるものは覆面を着けたマッチョな８人の警官が、ジャンキーと公言するグループのテントに入ってきた。何があったのかとチーフ格の警官に尋ねる。僕の訊き方が気に食わなかったようだ。だがこちらは見てのとおり、中流階級の白人だ。「説明は無用だ、あんたもわかっているだろうに」

「そう言わずに。僕は新聞記者だ」

　メディア関係者か。８人の警官に４台の車、無言の集団は、アーティスティックスイミングの選手のように整然かつ迅速に撤収した。

　警察に何かされたかとテントの住民に尋ねた。「何かされたって？」訊き方が良くなかったようだ。たいしたことはなかったらしい。もう昔とはちがうのだ。入手先はどこでもいい、ドラッグ服用の現場を押さえればいい。住民の最年少者はゲイリー・ブラクストンというが、彼によると、警察は「薬物常習者の抜き打ち摘発」と言ったらしい。憲法が規定する捜査ではない。ゲイリーはうなずいた。警察は捜査令状を見せた？　「何のために？」ゲイリーが僕に訊く。不当な扱いはされなかった。「警察かぁ」ゲイリーがつぶやいた。「警察ねえ」警官は与えられた任務を遂行したわけだ。これ以上訊くまでもない。ゲイリーは所持品をまとめ、別の場所へと移る支度（したく）が必要だ。

　　7時20分。午前でも午後でもいい。

アスファルトの上に血が。気温は29℃から30℃になろうとしている。僕はスキッド・ロウにいる。ストリートの片隅、男が正気を失ってぐったりしている。「クランチか」通行人が男の様子を見て言う。「クラックじゃねぇのか」という声もする。蛍光ピンクのスウェットを着た女がしゃがみ込み、男の背に手を当て、甘ったるい声で言葉をかけている。スウェットは3サイズほど小さい。自分で選んだのではなく、与えられたものを着ているのだ。スウェットから尻がこぼれ落ち、背筋のあたりがずり上がっている。男が血を流そうが、その脇で半裸の女がしゃがみ込んでいようが、誰も気に留めるわけではない。警察だってそうだ。パトカーが1台通り過ぎ、そしてもう1台。警察署はすぐそばだというのに。やがて数名の警官がカラスのように彼のそばに集まった。動けるか？　自分で立てるか？　転がすか。警官は男の体をはたいて所持品を探した。身元を確かめようとした。令状を取るかもしれない。「運のいい奴だ」と、ひとりの警官が言った。

　角地の店の外に積み上げたクレートに腰をおろしていた男が、救急車は俺が呼んだと警官らに声をかけた。「こいつらは俺らの仲間だ」もうひとりの男、通称〈ジェフ将軍〉が僕に言った。救急車を呼んで正解だと思っているようだ。「救急車は人のかたちをしていれば運ぶ。死んでいようが、死にかけていようが、どっちつかずでもみんな運んでくれる」ピンクのスウェットの女が男の肩をさすっている。救急車はもうじき来る。

　7時20分。午前でも午後でもいい。

1.

「俺はジャレド」男は名乗った。「〈サブウェイ〉のサンドイッチで
ダイエットに成功したおっさんと同じ名前だよ」*ジャレドは "スパ
イス・ペット"——かなり好意的に見ると、スキッド・ロウのフィ
フス・ストリートとシクス・ストリートの間、サン・ペドロの北側
にあるスパイス・ロウのドラッグディーラーのパシリといったとこ
ろか。クラック、ヘロイン、覚せい剤に合成麻薬(スパイス)を扱う。5ドルか
10ドルの小商いだ。1本売りのタバコ、ルーシーも売る。ディー
ラーは黒人で、スパイス・ペットは白人が雇われる。ディーラーとは
——こちらも、かなり好意的に見た上での話だが——スキッド・ロ
ウに参入した若手ギャングが回している "アフィリエイト" ビジネ
スだ。オフィスチェアに座ったゴツい野郎どもが、ドラッグ依存者
がいるあたりをあごで示せば、ジャレドのようなスパイス・ペット
が現場に向かい、現金と引き換えで現物を渡すしくみだ。

　＊注：このダイエットがきっかけでサブウェイ・サンドイッチのスポークス・パーソンとなった、
　　　ジャレド・スコット・フォーグルのこと。

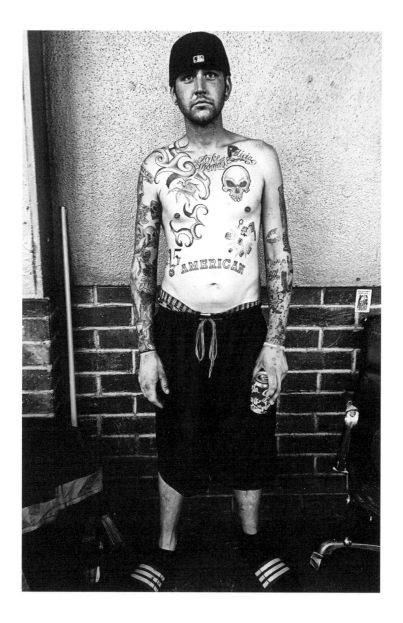

　　7時20分。午前でも午後でもいい。

2.

　ジャレドは自分のFacebookページを見てくれないかと僕に言った。フルネームはジャレド・ミラーという。投稿は山ほどあった。ふたりで何度もスクロールした。自分のページなのに、ジャレドはなかなかたどり着けないでいた。僕はスマホをジャレドに渡した。ジャレドがサインインした。「ほら、これ、俺」と言って、ジャレドは顔をほころばせた。確かにジャレドだ。大人の階段を昇る途中の、小柄な少年の画像。ジャレドは4歳になる息子を左腕に抱き、か細い枝に止まる1羽の鳥のタトゥーを入れている。「息子はまだ飛べないっすから」ジャレドはそう言って、画像を表示させたスマホをそっと手に取り、目元に近づけた。

　息子のタトゥーの上にはジャレドを表す、立派な羽を持つ鳥のタトゥーがあった。

「これは息子の母親」フェイスブックに載せた、初々しい若いカップルの画像を指さしてジャレドが言う。「ドラッグ前の写真ですけどね」ドラッグを常習する前、ということだ。

　彼女はきれいだった。ジャレドも筋肉がつき、頬に赤みが差し、澄んだ瞳の、背筋がすっと伸びた若者だった。タキシード姿のジャレドもいた（と、思う。スクロールを続けていたら見失ってしまった）。頭を丸刈りにして、バラ色の頬、両腕で赤ん坊を抱えた男がいる。息子と一緒にしゃがんでいるジャレド。庭に差し込む日光の角度から見て、早朝か夕方だろうか。両腕を妻と子に回し、光り輝く未来が彼を待っていた。

　　　7時20分。午前でも午後でもいい。

3.

　ジャレドには兵役の経験があり、エペソ人への手紙第6章11、〈悪魔の策略に対して立ち向かうことができるために、神のすべての武具を身に着けなさい〉というタトゥーを入れて武装している。だが、彼の人生を終わらせたのが、その兵役だった。「軍隊で覚えたから」とジャレド。ドラッグのことだ。

　ディーラーのひとりがジャレドにつらく当たった。スパイス・ペットに仕事を頼んだんだ。そしたらあいつ、てめぇのスニーカーも探せねぇんだ。目の前にあるってぇのに。ちんたら探してやがる。「スニーカーはなかったんだ」ジャレドは誰に言うでもなくつぶやいた。彼には何もなかった。腕に入れた鳥のタトゥーのように。「これは俺の息子だ」ジャレドは繰り返した。「こっちの2羽いるのが俺のママとパパ」ジャレドが自分になぞらえた鳥の上に彫った鳥たち。肘から手のひらまで、ジャレドの一家が3世代に渡って集まっている。そして彼の武器、かつてはたくましかった肩、肩甲骨の間に刻まれた聖書の言葉。「ダビデの歌か」僕は尋ねた。ジャレドはその先を察し、聖書の一節を暗唱した。「彼は私を慕う者だから……」ジャレドは振り返り、両手の翼を広げながら、彼の詩篇を唱える。ジャレド・ミラーの歌を唱える。

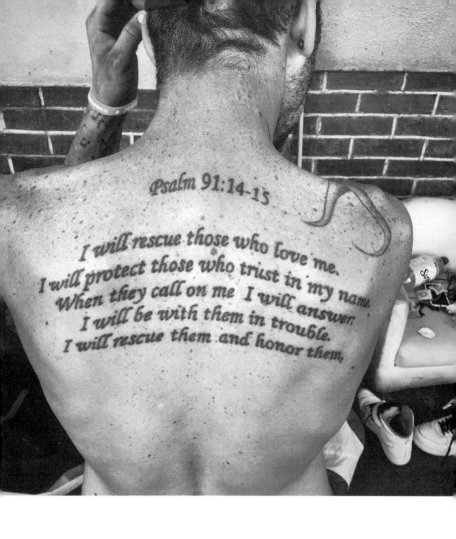

7時20分。午前でも午後でもいい。

（SNS上でのやりとり）

skidrowfolk　こいつ知ってる。Spice $1じゃない？

robbinl3　あたし、こいつの義理の母だったんで知ってるよ　まさか生きてるとはね！！　うちの娘がこいつと結婚しててさ、息子がいるんだ　娘には、こいつが生きてるかどうか知る権利があるんだよ

april_85_@robbinl3 - ジャレドの居場所はみんな知ってるよ　スキッド・ロウにいる　家族がマジであそこに行って探す気があるんなら、ジャレドがうろついていそうな場所を教えてもいいよ　だけど、カタギが軽々しく行ける場所じゃないし　ウチはあいつと手を切ったけど、ジャレドは［息子にとって］父親だからね　だからかわいそうで、放っておけないんだ - エイプリル☺

[felicia]　女に食わせてもらってるんなら、ジャレドを［息子の人生と］関わらせちゃダメだよ　**@april_85_**

[felicia]　ああでも確かにジャレドの家族がスキッド・ロウに行って、探してもいいかも　**@april_85_**

@april_85_[felicia]　言いたかないけど、あいつは父親だからね　いつか、できればすぐ、自分は息子のそばにいなきゃ、って、人生やり直さなきゃ、って思ってくれるといいけど

[felicia] **@april_85_**

[felicia]　実の父親なんだしさ、ジャレドが生活立て直して、［息

子の人生で］頼りになる男になれたらの話だよ、でもそれまではダメだ　あいつを［息子に］会わせちゃダメだ　ジャレドのことを伝えてもダメだ　［息子を］救って、守ってやるには、そうするしかないから

april_85_ ウチ、別にあんたがまちがってるとか言ってないし
［felicia］

［felicia］ わかってる　つらいだろうけど　やってみるよ

　町の話題。作り話ではない。こうした画像を最初に投稿した頃、ジャレドの知人である女性数名が、コメント欄で会話を成立させていた。元ガールフレンド、元義母、元妻でジャレドとの間に生まれた息子の母親。この会話がきっかけで、僕はジャレドの母親とつながった。最初はメッセージをやり取りし、実際に話した。スキッド・ロウで苦難にあえぐ人たちの多くがそうであるように、ジャレドにも愛する家族がいた。ひとりじゃなかった。ジャレドを愛し、居場所を探し、助けようとした母親がいた。気が休まる暇がなかった。今日、彼女はいい知らせを書いてよこした。お世辞にもいいとは言えないが、彼女はいいことだと信じ込もうとしていた。ジャレドもきっとそう思ってます、と書いてあった。ジャレドは逮捕された。僕からは訊かなかったので罪状はわからない。きっとドラッグがらみだろう。警官とのにらみ合いが長すぎたのかもしれない。９ヵ月の収監か、18ヵ月間のリハビリ施設行きか。母親から聞いたところによると、法廷はジャレドに選ぶ権利を与えたそうだ。ジャレドはリハビリ施設を選んだ。町の話題。作り話ではない。いい知らせとはお世辞にも言えないが、これからはもっといい知らせが来るはずだ。

7時20分。午前でも午後でもいい。

６ヵ月後、すでに何度もやっていることだが、ジャレド・ミラーは薬物を過剰摂取した。今回、彼は命を落とした。

　かつてはたくましかった肩と肩甲骨の間に、ジャレドは詩篇の１節をもうひとつ入れていた。

神は羽をもってあなたを覆い、翼の下にかばってくださる。

安らかに眠れ、ジャレド・ミラーよ。心根の優しき人よ。

　　　7時20分。午前でも午後でもいい。

　眺めのいい部屋を手に入れた。しばらく窓の外を眺めて過ごした。人は
あからさまな格差の中を生きているのをしばし忘れていた。はるか高きと
ころで、僕たちの薄っぺらい羽音が聞こえる。

12:07 p.m.——スキッド・ロウにて

目を開いて。暗闇とは、内側でつながったテントふたつを所有する人が享受する贅沢。街の灯りも差し込まない、テントの壁をなめるように上昇するヘッドライトの光もない。ただ——暗い。この家を出られた。夜明け前のカメルーン、父親の家。パリでもいい、ベルリンってことにしてもいい。実はアメリカなのだが。体を伸ばす。渓谷を走りたい、長い脚で大胆に稜線を駆けのぼり、霧を抜け、絶景にたどり着くまで。ロサンゼルス市街を眼下に見おろすところまで。目を閉じ、太陽を皮膚で感じて、心の中で、まだ上映されていない映画が始まる。人には必ずこうした才能が備わっている。天から授かった物語を信じる力を。心の中で感謝する。メルシー、メルシー、デュー。ありがとう、神よ。

　目を開いて。2015年3月1日。日曜日。電話しなきゃ。姉のリーンに。自分の分身に。ボン・ニュイ、姉にはゆうベテキストメッセージを送っている。毎日送っている。明日電話するね、モン・クール、私の心。大事な人。

　暗闇。静寂。耳栓。表通りが目覚める息吹に耳を閉ざす。テントにいる人、毛布にくるまって路上で眠る人、ひと部屋の居住空間を持つ人が表に出て、伝道団が主催する祈りと朝食サービスにやってくる。20時間踊り明かして朝を迎えた薬物依存者や、歩道で突っ伏したままの人もいる。交差点にたむろし、2階まで届く、背の高いガラスの十字架の裾に小便をしていた路上生活者に誘われ、この一角にテントを張って住み着くようになる。

　アメリカ合衆国、ロサンゼルス、スキッド・ロウの日曜日。ここは存在の原点だ。路上に張ったテントの中、マットレスの上。君は懐中電灯のスイッチを入れる。テントの壁には、雑誌から切り取ったアフリカの写真をテープで留めている。そして、ビヨンセの写真。

これぞ女。体を伸ばす。今日はどこへも行かない。君はまだたくましく、肩に筋肉がついた、逆三角形の上半身をキープした、上品な体型を維持した43歳の男。「長身で端正な黒人の王様だね」知り合いのムーンチャイルドが言う。君もいつかそう思えるだろう。違法の薬物をしっかり摂取すれば。覚せい剤には気分を高揚させ、合成麻薬には気分を切り替える効果がある。君は祖国への道筋が見えそうだと感じる。大西洋を突っ切り、カメルーンはドゥアラにある父の住む家の玄関口まで。テントのジッパーを開き、ストリートの匂いをかぐ。今、この場所にフォーカスを戻し、君はテントの前に置いた牛乳ケースに腰をおろしたら、うつむきながら、箒が壊れるまで歩道を掃きまくるが、スキッド・ロウをくまなく掃き清めることなんか無理だ。「長身で端正な黒人の王様だね」今朝はちがう。だから芝居を再開する。マクベスだ。セリフを覚え、脚本を朗読していた。漆黒の夜よ、来たれ……。

　（「ペーパーバックか」いつか夜が来て、連れのジェイムズ・アタウェイがスパイスを摂取して、夢うつつの世界に入ったら尋ねるだろう。なぜ本を読む？「自分を知るためさ」ジェイムズは舗道の上に座り込み、手からパイプを出して言うだろう）

　ざわめくストリート。ミス・メッカの雑貨店から響いてくるゴスペル、車椅子に乗ったラジオが数台通り過ぎていく。「アイム・ア・ボス・アス・ビッチ・ビッチ・ビッチ」繰り返すビッチ、怒濤の懐メロ。パブリック・エネミー、N.W.A.、時代はさらにさかのぼり、聴き手の幸せだった頃の音楽、たとえばザ・ドラマティックスやマーヴィン・ゲイ、夜の静寂の中に溶けゆくような声の持ち主。警察、伝道師、走行中の車からウインドウを開け、スナップ写真を撮る連中。スキッド・ロウは夜になると身の安全を守りにくくなると思われがちだが、そうではない。治安は良くなる。涼やかな風が悪臭を追い払ってくれる。ストリートにテントがぞくぞくと建ち始める。

朗読する声が大きくなる。うるさいほどになる。薬物が効いてきたのだろう。月末になると金が尽き、薬物の蓄えが心許なくなるか、ゼロになる。がまんできるだけのスパイスが確保できないと、クリスタルを使う量がおのずと増える。"私は恐怖の味をもう忘れてしまった"……（『マクベス』第5幕第5場より）

　（「あいつはよく本を読んでいた」君の友人、ジュジュ・パドジュズが言う。薬が抜けていれば、君の話をしてくれるはずだ。ミス・メッカの店の奥、カウチでひと晩過ごし、冷え切った真夜中でも汗をかいて。「本を読むのは7時頃、9時半までぶっ通しで読んでる。いつも声に出して読んでた。だけどあの土曜日の夜——」）

「うるさいか？」君はジュジュに訊く。ジュジュのテントは君のテントの隣、イチジクの木の下にある。

　いいや、楽しんで聞いてるとジュジュは言う。あんたが何を読んでるかわかるから。ハイスクール時代を思い出すよ、もうずいぶん昔だ、とも。『マクベス』を観劇したんだ。すばらしかったと。あの時の劇も、君の声も、君の朗読も。「"アフリカ"のイントネーションだな」ジュジュが言う。だからこの辺の奴らがそう呼ぶのか。アフリカ、と。君は本名を誰にも教えていない。実家のために。君の父が住む家のために。いつか帰る場所のために。

　（「弟は父に電話しました」姉のリーンが言う。何度も何度も、涙をこぼし、打ち震えながら。「彼は父に電話して、こう言ったんです。『父さん、心配しないで、すぐ会えるから。父さん、もうすぐ俺に会えるから』って」）

　君は朗読を続ける。「明日、また明日、そしてまた明日と……」
「兄ちゃん」ジュジュが言う。「あんた、いい奴だな」

ほとんど露骨すぎる皮肉だが、事実はこうだ。チャーリー・"アフリカ"・クネインが戯曲を読んでいたのは、若い頃役者になりたかったからだ。映画に出たくてアメリカに移住した。しかし、彼が映像になったのは死んだからだった。2015年3月1日の正午を回ってすぐ、警官3名がチャーリーを舗道に追い詰めて撃った。6発。2発目と3発目の銃弾が致命傷だったと検視官は正式に発表した。検視官が振った番号はランダムで、致命傷の2発は最初の銃撃によるものと確認されている。1発が右乳首のすぐ上、もう1発は胸の中央付近が射入口だった。公式の検視報告書には「皮膚に黄色の火薬が付着し、銃創の内側から煤が検出された」とある。また「これは接射創である」との記述もあり、"接射"という、ないがしろにできない近さが考慮された。銃口は骨に押しつけられ、銃弾は銃身から直接人体に到達し、そこに隔たりは存在しない。死亡時刻は午後12時07分。目撃者数人がスマホで動画を撮っていた。そのひとり、伝道師がソーシャルネットワークのページに画像を投稿した。

　チャーリーの死がほかとちがうのは、映像として記録が残されていたことだ。そうでなければ、アメリカの警察権力が2015年の1年で手をくだした175人目の死亡者として片づけられるところだった。一方、同年の同時期までで、ドイツとイギリスの警察権力が捜査中に殺した人数は両国合計で1名。175名は両国の前年1年間の死者総計と並ぶ。2015年末時点のアメリカで、警察官が殺害した犠牲者の数は、確認されているだけで1,146名にのぼった。これは氷山の一角かもしれない。警官が"凶悪な手段で殺害した"件数をFBIが毎年調査の上で確認しているが（チャーリーが殺された年は41件）、警官に殺された人々の記録は報道から集めたものに限られている。その多くが、凶悪犯罪の現場で銃殺されたものだ。そこで改めて強調したい。チャーリーが撃たれた翌月、警官に殺された36名の黒人

のうち17名が非武装だった。チャーリーも非武装だった。

　警官による殺害事件を時系列で並べると、チャーリーの事件はどこにあたるのだろうか。2009年、うつ伏せにされ手錠をかけられ、背中から撃たれたオスカー・グラントを起点とすべきか。それとも2006年、自分の結婚式の日に50もの弾丸を浴びて殺されたショーン・ベルだろうか。いや、原点は「未成年の父親を排除するチーム（Baby Daddy Removal Team）」の略称、〈BDRT〉のロゴ入りTシャツを着た警官に拘束され、膝まずいたところを撃たれた、2003年のオーランド・バーロウの事件だろうか。ひょっとしたらそれ以前か？　ずっと前か？

　2013年、自警団団員のジョージ・ジマーマンが、トレイボン・マーティンという黒人青年が近隣地域をうろついているという通報を受け、マーティンを銃殺した事件に端を発し、活動家のパトリッセ・カラーズ、オーパル・トメティ、アリシア・ガーザの3名がハッシュタグ #BlackLivesMatter を立ち上げた。トレイボンの死後から現在まで、全国規模のニュースにはならなかった銃撃事件はいくつかある。たとえば自宅の車寄せで撃たれたアーネスト・サターホワイト。眠っていたところを強引に起こされ、無意識のうちに警棒をつかもうとしたため、14発の銃弾を受けて亡くなったホームレスの精神障害者、ドントル・ハミルトン。オハイオ州のウォルマートで空気銃を購入中だったジョン・クロフォード3世は、何の警告もなく、いきなり撃たれた。その様子は防犯カメラに残されていた。警察の過剰捜査に殉じた人々。この言葉が持つ重みは、死へと追いやられたさまざまな年齢層の男性たちへと向けられたまなざしによって支えられた。スタテン島で警官に取り押さえられ、窒息して死にゆくさまが動画に残ったエリック・ガーナー。ミズーリ州ファーガソンのマイケル・ブラウン。血を流しながら死んでいった12歳のタミル・ライス。その様子を目の当たりにし、瀕死の弟に駆け寄ろうとしたことを理由に、警察はタミルの14歳の姉に手錠をかけた。

総数がいまだ判明されていない犠牲者の中に、チャーリーが加わった。彼の死は多くの人の目に触れることとなったが、チャーリーは無名の存在だ。ガーナーは家族思いの男だった。ブラウンは将来を嘱望されていた若者だった。ライスはまだ幼かった。チャーリーは依存症を患うホームレスで、舗道にうつ伏せに押しつけられた。抵抗してあがいていたところ、テーザー銃*注を直接肌に当てられた。多くのメディアは疑問を呈した。大事なのは黒人の命だけという思想は傲慢なのではないかと。そんな声とは裏腹に、警察に殺される黒人の数は増えるばかりだった。チャーリーの死からまもなく、警官に背中を撃たれるまでが動画におさめられたウォルター・スコットや、ボルチモアで警察車両の後部座席に"拘束されたまま乗せられ"、脊椎を骨折したフレディ・グレイについては、事件当時の様子を推測する以外に手段はない。数年、数十年、数世代にわたる警察の暴力事件の記憶は、その多くがあざやかに像を結ぶ。その証拠に、チャーリーの死から2日後に行われたフレディ・グレイの葬儀当日に暴動が起こり、ボルチモアは炎に包まれた。

だが、これはチャーリーについての話だ。ないがしろにはできないひとりの黒人の命。それ以上でもそれ以下でもない。物語の常として、始まりがあれば終わりがある。あの3月の日曜日、まもなく正午を迎える頃、スマホを手に動画を撮っている男と、4人の警官に取り囲まれ、両手を振り回す人影に、日光が点々と舗道に光を投げかける。この光景が世の中の知るところとなった──"逮捕を拒み"、手に負えなかった男の姿。ユニオン・レスキュー・ミッションに設置された防犯カメラの無音の映像によると、小競り合いは徐々に始まったようだ。最初は、元テロ対策担当のチャンド・シド巡査部長だけがチャーリーと揉めていた。シド巡査部長が懸念を示した様子はなかった。続いて警官がふたり到着した。そのひとりがフランシスコ・マルティネス。マルティネスは「手ごわい警官」と評価されていた。目撃者のJ・ワシントンは「ナポレオン・コップ」と語っ

た。マルティネスとペアを組んでいるのがロサンゼルス市警の黒人新人警官で、身元を明かすのを拒む。彼の名はジョシュア・ヴォラスゲスという。

マルティネスとシドはボディカメラを装着していたが、ロサンゼルス市警は3年にわたって撮影された映像の公開を拒んだ。

だが、一切の情報が流出した。僕のところにもタレコミがあった。動画のほか、マルティネス、ヴォラスゲス、シド、そのほか警察関係者による署内面談を録音した内容も聞くことができた。ある晩、8時過ぎから取りかかり、明け方には動画と録音を聞き終えた。チャーリーが殺されるまでを何度となく繰り返して視聴し、またさらに何度も観た。スロー再生で、早送りして、途中で動画を停止し、コマ送りしながら動作の一つひとつ、見逃せない行動、その時の手の位置を逐一確認し、速度を戻してまた観た。聞くに堪えないものばかりなのは当然なのだが、マルティネスだったり、ヴォラスゲスやシドだったりと、聞くたびに内容がコロコロ変わるのだが、1発目、最初の銃声は誰が撃ったのかについては決まってチャーリーだ、ということで落ち着いていた。

＊注：アクソン社（アメリカのメーカー）が販売するスタンガン。暴漢などに電気ショックを
　　　与えて短時間動けなくする電撃銃。

ユニオン・レスキュー・ミッション、防犯カメラの静止画像。

12:07 p.m. ──スキッド・ロウにて

新人のヴォラスゲスの証言から、その晩遅くに執行調査課（FID）所属の刑事が関与しているのがわかった。一目瞭然だった。マルティネスは"被疑者"——チャーリーのことだ——の身柄を照会したのだ。チャーリーは「ものすごい勢いで暴れて挑発的で」、「拳をふるい」、「奇声を上げた」とある。ヴォラスゲスによると、彼らは壁に向かって立てと命じたのに、チャーリーが命令に従わなかったという。「命令に従わなければ武力行使はやむなし」となった。ヴォラスゲスによると、その時チャーリーが銃に手を伸ばしたため——ヴォラスゲスの上司が改めて、チャーリーを殺害した理由を正式に説明した。

　ヴォラスゲスは警官になってまだ10ヵ月だった。僕が聞いた音声データで、彼は切羽詰まって混乱しながら、断言する口調で話していた。ヴォラスゲスの教育係を務めていたマルティネスは、うんざりした様子だった。マルティネスはFIDの刑事に、"被害者"——チャーリーの友人で近くに住むラル・ジェイ・カールス——によると、チャーリーに短めの野球のバットで脅されていたとの証言があったと語った。一方ヴォラスゲスは、ラルから「命を狙われている」と相談されたと述べている。僕が観たボディカメラの映像によると、ラルはチャーリーのテントのそばにある縁石に腰かけてじっとしていた。ボリュームのある縮れ毛の痩せた男で、骨ばった膝に骨ばった腕を載せていた。ボディカメラの音声は聞き取りにくかった。チャーリーにバットのことを尋ねる声は一切聞こえなかった。

　射殺後の事情聴取で、FIDの刑事はバットを見たかとマルティネスに訊いた。彼は見ていないと答えたが、察しはつくと述べた。動画でマルティネスの行動を検証し、FIDの刑事が答えた。「ボディカメラに映らないよう、君たちは40~50cmほど間隔を開け、仲間の手をつかんでいたね」マルティネスが見ていないと答えたバットの長さだ。「では、凶器による暴行は？」刑事は続いていくつか質問した。「ありました」マルティネスは言った。誰も見ていない短め

のバットで襲撃されたとマルティネスははっきり証言した。捜査の別の部分については明言を避けた。マルティネスはチャーリーに職務質問を試みたが、無駄だったと刑事に言った。「話をしただけで、説得とは言えません」

「彼は何と言っていた？」刑事が訊いた。

「覚えていません」

　ボディカメラの音声によると、チャーリーは「説明させてくれ」と言っている。

　対するマルティネスは「テーザー銃でやられたいのか」と言っている。

————

　チャーリー・クネインが絶命するまでの5分31秒を記した調書は、マルティネスとヴォラスゲスが現場に到着する直前から始まっている。シド巡査部長のボディカメラが捉えた、日曜朝、スキッド・ロウでの平穏な職務質問を書き起こしたものだ。あたりを天蓋のように覆う、うっそうと葉を茂らせたイチジクの木に伝道所の赤い壁、2階まで届く、背の高いガラスの十字架が映っている。ひしゃげたテント、くしゃくしゃの防水シート、かろうじて立っている青いテント。チャーリーのすみかだ。

　2m弱離れたところにラルが座っている。「こいつがやられたようです」現着したマルティネスとヴォラスゲスに、シドが説明する。チャーリーはテントと牛乳ケースの間に立っている。埃まみれの黒のスラックス、アラビア風ゴールド柄の黒いパーカー、白地に黒のバンドをあしらったニットキャップといういでたちだ。チャーリーは声を荒らげてはいない。子どもをふたり連れた女性がチャーリーとシドの間を抜けていった。「やあ！」小さい方の子が挨拶する。「やあ！」と、シドが返す。

シドのボディカメラ映像と同じく、マルティネスのボディカメラ映像のコピーにも30秒の沈黙があるらしい。木にとまった鳥の鳴き声がする。マルティネスの声が聞こえる。彼は髪を短く刈り上げ、スポーツサングラスをかけ、胸板も厚けりゃ腹も分厚い。チャーリーを指さし、自分の胸を指さしてから言う。「何をしようが俺の勝手だ！」

　チャーリーはじっと立っている。歩み寄った形跡はない。"拳をふるって"もいない。"奇声を上げて"もいない。両腕をおろして立っている。マルティネスに向かって腰の高さで右手を広げ、"落ち着け"と言いたげなポーズを取っている。

　だが、警官に落ち着けと言うものではない。ましてや手を広げるポーズはまずい。

　離れた場所から様子を眺めていたシド巡査部長が言う。「もういいや、行こう」

　マルティネス：「筋を通さなきゃだめだ」

　チャーリーは「聞いてくれ」と身振りで伝えようとしている。

　マルティネス：「いや、それじゃ手ぬるい」スキッド・ロウの警察は「聞く耳」を持たないのがマルティネスの信条のようだ。彼はヴォラスゲスに言った。「パートナー、お前のテーザー銃をよこせ」

　長身で痩せ型のヴォラスゲスはおろおろした様子で、あざやかな緑色のテーザー銃をホルスターから出すと、マルティネスに渡した。「テーザー銃で痛い目に遭わせてやる」マルティネスが言う。「わかってんのか？」

　チャーリーはうなずく。「こっちの話をさせてくれれば、こうなった理由を説明するチャンスをくれれば」祖国カメルーンの母語であるフランス語のアクセントが強いが、物言いはちゃんとしている。説明させてくれ。今回揉めた原因、そもそもの原因を言葉にして整理したい。

　「あんたね」シドはまだ優しい口調でチャーリーに話しかける。

「言われたようにしないと懲らしめるよ。このテーザー銃、痛いよ」

　マルティネスの口調には有無を言わせぬ強引さがあった。「おっさん、テーザー銃かますぞ」

　チャーリーはシドに向き直った。「ほらね？　あの人は聞く耳なんか持っちゃいない」

　シドはチャーリーのすぐ目の前で両手を広げ、手のひらを開いて"まあ聞け"のポーズを取った。「落ち着いて」シドが言った。マルティネスに声をかける。シドが手ぶりで何かを伝えようとしたが、マルティネスが押しとどめた。「落ち着いて」とシドが頼んでいるような声がする。チャーリーではなく、マルティネスを諭しているようにも聞こえる。

「説明させてくれ、マルティネス」チャーリーの声。マルティネスの名を知っている。スキッド・ロウの住民の多くが彼を知っている。

「壁に手をつけ」というマルティネスの声。

「説明させてくれ」というチャーリーの声。

　こんな職務質問に遭ったら当然の対応ではないだろうか。

　説明の必要はない。壁に手をつけ。

「あんたたちの仕事は市民に自分の意見を自由に言わせることだろ」チャーリーは黒い瞳を見開き、マルティネスをにらみつけたら話を聞くのではという勢いで、じっと彼を見つめた。

「何度も言わせんな」マルティネスが言う。壁に、手を、つけ、と。

「聞いてくれないか？」チャーリーが尋ねる。

「おっさん、そんなだからテーザー銃でとっちめられんだよ！」

　遅すぎた。「やれるもんならやってみろ」チャーリーは「殺してみろ」と言いたかったのかもしれないが、真実は誰にもわからない。そして、チャーリーはきっぱりと言った。「テーザー銃を使ってみろよ」

　チャーリーは時間切れのジェスチャーを取った。右足を慎重に踏み出した。左足はテントの中にとどめた。

匿名の目撃者がスマホで取った動画の静止映像。

彼らの後ろで、くしゃくしゃになった防水シートが青い幽霊のように地面から立ち上がっている。カプリパンツにベージュのウインドブレーカーを着た痩せ型の女性が姿を見せ、イチジクの木のまわりをうろうろしながら様子をうかがっている。ヴォラスゲスは彼女を道路に追いやった。ある目撃者は思ったと言う。「あんなに華奢で小柄な子を、なぜ強く突き飛ばしたりするのだろう」

　マルティネスはテーザー銃を構えた。「こっちに来るな」チャーリーは言うことを聞かなかった。前屈みになり、マルティネスを指さした。右足を前に出した。左足はまだテントの中にある。マルティネスはもう一度言った。「こっちに来るな」

　チャーリーはシドに話しかけた。「なあ」視線をぐいとシドに向けた。「こいつに撃つなと言ってくれ」そしてマルティネスに向き直ると、両手のひらを前に向け、両手をだらりとおろした。「下手なまねはよせ、撃つな」

　その後、チャーリーは警官たちに背を向け、身を屈めて真っ暗な自分のテントに潜りこんだ。「放っておいてくれ」

　警官たちが放っておくはずがなかった。彼らの間で怒りが加速した。一触即発の状態に達した。揉めなくてもよかったのに、こうなった。

　シドはテントから出てくるようチャーリーに説得を試みた。マルティネスには別の考えがあった。「中から出すな」といった。「中から出すんじゃない」マルティネスはテントの前方に出てテーザー銃を構えた。ヴォラスゲスが続いて銃を取り出し、サイド・グリップで構えた。警察学校で教わったのだろうが、映画の1シーンでもあるまいし、そんなポーズを取っても何の役にも立たない。その上、足下がおぼつかない。シドと後続の巡査たちがテントをはぎ取り、チャーリーの姿があらわになった。片足をつき、両手で自分の体を抱き抱えていた。チャーリーはテントの床から何かを拾った。小さな何か——ライターだろうか、パイプだろうか、手のひらより小さ

なものだった。現場を目撃していたユニオン・レスキュー・ミッションの調理師は、ふたつ折り携帯電話、いわゆるガラケーではないかと思ったと言う。チャーリーは両手で大腿部を押し、その勢いで立ち上がろうとした。降参するというポーズにも見えたが、本意は彼にしかわからない。というのもマルティネスが手にしていたテーザー銃が二度ビープ音を上げ、ダーツに似た弾が発射され、チャーリーが振り返ったところでボディカメラの映像が始まったからだ。終わりとも言えるが。

チャーリーは立ち上がると、勢いよく旋回した。「つむじ風みたいだったね」自分の店で一部始終を目撃していたミス・メッカが言う。チャーリーはシドとマルティネスの間でよろめきながら、いっぱいに広げた両手で勢いをつけて1回転した。上下に振った両腕がつむじ風のようだ。手のひらは開いていた。拳は握っていない——拳は握っていない——チャーリーは空気抵抗に抗うかのように回っている。テーザー銃のケーブル、空中に飛ぶテーザー銃の火花から逃れようとする姿が、何かと戦っているように見える。このあたり、話の脈絡がつかめない——テーザー銃のダーツ弾が刺されば、チャーリーは立てないはずだ——だが、ダーツ弾はどこか別のものに刺さった巻き添えを食らい、チャーリーの体にケーブルがまとわりつき、彼は両手を振ってケーブルを払い落とそうとしている。その時手にしていた何か——マッチ？　ライター？　ガラケー？——を投げ捨て、回転を始めたのだ。

映像の一時停止。巻き戻し。スロー再生。チャーリーはつむじ風じゃない、彼は風車だ。胴体をひねり、両腕を広げて勢いよく後方にやると、テーザー銃のケーブルが体にまとわりつく。片足でつま先立ちだったチャーリーは倒れる。両腕を大きく広げたまま。ヴォラスゲスは警棒を取り落とし——持っていたのを忘れていたかのように、ポロリと手から離れた——空いた手で脇からチャーリーをつ

かんだ。警官たちが集団で襲いかかった。

「大変だ、ニガーが！」見物人から声が上がる。「ニガーがやられてる！」

映像が止まる。シドのボディカメラ、5分10秒のところで。チャーリーは1回転してシドと向き合い、両腕を広げ、手の指を広げ、脚を大きく開き、つま先立ちのまま、転ぶ。

そこをヴォラスゲスが捕まえる。

「ここで被疑者をとっ捕まえて、顔面を二度、三度、拳で殴りました」と、ヴォラスゲスが証言している。

「あいつに爆弾を仕掛けたのかと思った」目撃者である伝道所のスタッフはこう形容した。

連鎖的な行動だったと、ヴォラスゲスは刑事らに伝えた。「とっ捕まえて殴ったら、あいつは地面に倒れながらこっちに抱きついてきたんです」容疑者はそのまま攻撃してくるとヴォラスゲスは思った。「ベルトが！」彼は叫んだ。

一時停止。巻き戻し。今度はマルティネスの視点で検証する。新人巡査は男を取り押さえ、片腕を後ろに引き、拳を握りしめ、相手の顔を殴った。マルティネスの両手が動画のフレームに映り込む。ヴォラスゲスを男から引き離してその場に立たせようとするが、新人巡査はすでに男を殴っていた。画面を停止させる。マルティネスのボディカメラでは二度目、40秒経過したところだ。マルティネスはパートナーを制止している。ヴォラスゲスのベルトをつかんで。ヴォラスゲスの動きを封じたのはチャーリーではない。マルティネスだ。この時チャーリーの手はヴォラスゲスの銃のすぐそばにあるが、その先を見てみよう。チャーリーの手が伸びる。手を広げるが何もつかまぬまま、彼は手をおろした。

何もつかんでいない。

ヴォラスゲスの銃はホルスターにおさまっている。

再生。「そいつの腰をつかめ！」シドが怒鳴る。「腰をつかむんだ！」

巡査らはチャーリーの腰を押さえ込んだ。その時、先ほどの痩せた女性が片手をポケットに入れ、男たちが揉み合っているそばを通り過ぎようとした。ヴォラスゲスが取り落とした警棒を拾った。この女性、名前をトリショウン・キャレイというが、ストリートではTとかトリーとか、ニッキー・ミナージュとか、ニッキー・ミラージュ*注などと呼ばれている。ある女性の証言によると、「彼女はかなりの認知障害がある」からだそうだ。動画には映っていない。ニッキーはかなり痩せており、身を屈め、打席に立ったバッターのようなポーズで警棒を持っている。どうしてそんなポーズを取ったのかは不明だ。おそらくT本人もわかっていないだろう。彼女の知人は〈フィフティー・ワン・フィフティー〉という。精神障害者を意味するスラングだ。この日の早朝、ニッキーは糖尿病による意識障害で倒れ、病院に運び込まれた。後日、刑務所に収監されている彼女を訪ねたところ——保釈金は108万5,000ドルに設定され、触れたことすらない警棒を盗んだ罪で、仮釈放なしの終身刑が言い渡されていた——何があったか覚えていないし、どうして刑務所に入れられたかもわからないと僕に言った。ニッキーは涙を見せずに泣きながら、賛美歌を歌った。刑務所の電話越しに聞くその歌声は、愛らしいソプラノだった。

　　*注：Mirageには「幻覚」という意味がある。

「警棒が！」ヴォラスゲスが怒鳴った。「俺の警棒が！」
　ふたりの巡査がニッキー・ミラージュを取り押さえた。法的文書によると、ニッキーの体重は46kgほどだという。

目撃者が撮影した動画では、警官が「カメラをおろして！」と怒鳴る声が聞こえる。

　スマホを構えていた男性が「自分の務めを果たしているだけだ」という声も聞こえる。

　続いて4人の警官がチャーリーを確保した。

「抵抗はよせ！」マルティネスの怒声がする。「抵抗すんな！」

　ダニエル・トレスという警官が2台目のテーザー銃を持って加わり、スタンガンとして——弾を使わず、身体に直接電極を当てる——チャーリーの右外側大腿部を撃ち、続いて内ももの陰部に近い部分を撃った。昆虫の鳴くような、ズッ、ズッ、ズッ、という音が聞こえる。チャーリーの左脚がけいれんしている。全身を震わせ、背中をのけぞらせ——この体勢で動画が停止している。片脚は宙に浮き、4人の警官、テーザー銃のケーブル、弾、電流——。

　テーザー銃は電源と接続していなかったと警察は発表している。本当だろうか？　警察の言い分を信じるほかない。一部のテーザー銃は電圧出力が記録されているが、警察はそのデータを公開していない。

　我々が得た情報はこんなものだ。スマホで撮った動画、パトカーに反射した日の輝き、現場一帯を照らす反射光、そしてヴォラスゲスの怒声。「こいつ、俺の銃を取った！　俺の銃を！　こいつ取りやがった！」

　チャーリー・クネインは銃を奪ってはいなかった。確かに手を伸ばせば奪えた。電流を当てられてけいれんしている腕がヴォラスゲスの銃の方へとガクンと動いた。こんな状態では苦痛と恐怖で何も考えられず、銃のことなど頭になかったはずだ。

　チャーリーが銃を握れるはずがない。

　スマホ動画を一時停止させると、チャーリーの手の様子がシルエットからわかる。マルティネスは銃を持つ手を見たと証言した。誰の手？　そこまではわからない。ヴォラスゲスが大声を出したから

だと、マルティネスは言う。対するヴォラスゲスは、自分が被疑者にのしかかったから、向こうが"降参"し、ホルスターも"保持する力を失った"ため、銃が飛び出し、自分はチャーリーの手を上から押さえたと証言した。

ヴォラスゲスは右腰に銃を装着している。

チャーリーは仰向けになり、体をよじらせ、右側を地面につけている。

シド巡査部長のボディカメラからでは、チャーリーの手が伸びた先は見えない。

マルティネスのボディカメラからでは、チャーリーの手が伸びた先は見えない。

ヴォラスゲスの証言は正しかったのかもしれない。殴られている間にチャーリーの左腕が舗道に伸び、肘から先をヴォラスゲスの大腿部へと直角に曲げ、彼の制服のベルトをひねったらベルト穴がふたつゆるんだ。馬乗りになっている大柄なヴォラスゲスも、それを防ぐことはできなかった。

あり得る話だ。

理屈で考えるとあり得ないところもある。ヴォラスゲスは証言する。「被疑者はそれを」——銃のことだ——「撃つのをあきらめた」ボディカメラの映像をもう一度スロー再生する。「こいつ、俺の銃を取った！ 俺の銃を！」の部分をコマ送り再生すると、ヴォラスゲスが立ち上がろうとしている。彼とチャーリーの体の間に日光が差し込む。「ヴォラスゲスは右手——彼が銃を持っていたと証言した手だ——を、勢いよく後ろに引いている。

ヴォラスゲスの左手——チャーリーを組み伏せていると証言した手だ——はまず、自分のベルトの左側を握っているように見える。ホルスターを握っているようにも見える。ホルスターは右側に装着しているので、そこに銃はない。

興奮のあまり、ヴォラスゲスは左右どちらだったかわからなくな

ったようだ。

その後、ヴォラスゲスの左手が挙がる。マルティネスが銃を取り出す。ヴォラスゲスが立ち上がる。ふたりの体の間に日が差し込む。チャーリーはそれでもヴォラスゲスの銃を握っていられただろうか？　彼の腕はそんなに長いのか？

銃声。

シドのボディカメラ、5分33秒のところで動画を一時停止する。マルティネスがまたがっているため、チャーリーはもう動けない。ヴォラスゲスは立っている。マルティネスは左手でチャーリーの体を組み伏せている。マルティネスは右手に銃を持っている。

標準再生。3発ともいわれているが、銃声は5発という証言が大半だ。チャーリーの家族が立ち会った検視によると――公立検視官事務所は検死結果の公開を数ヵ月間拒んだ――警察はチャーリーに6発発砲した。メディアが動き出してからようやく、6発であるとの正式な報告書が公開された。撃ったのは一度だとマルティネスは証言したが、検視結果が信頼できるのなら、彼は2発撃ったようだ。トレス巡査はチャーリーが2発撃ったと想定した上で、銃声を聞いたと証言している。シド巡査がチャーリーに撃った銃弾は残り3発だ。

「ブーンブブーン、ブーンブブーン」車椅子に座って現場を見ていたナディヤ・ナイェリ・パーマーが言う。

「何やってんだ！」携帯電話を持った男がわめく。「どクズが。このクソ野郎。最低最悪のゴミ溜め野郎、人間のク・ズ・野郎め」

4人の警官がチャーリーを取り巻いたままあとずさった。その動きは花弁を連想させた。チャーリーは瀕死の状態にあった。ヴォラスゲスは意気消沈していた。彼は体を丸め、息をしたら命が消えてしまいそうなほど弱っていた。両腕はだらりとさげていた。チャーリーをじっと見ていた。「銃はどうした？」ほかの警官のひとりがヴォラスゲスに尋ねる。チャーリーを撃ってしまいたいから訊いた

のだ。ヴォラスゲスは腰に手をやる。銃はそこにある。ホルスター
の中にある。ホルスターはいつも身に着けていた。ホルスターから
銃を取り出し、ぎこちなく構えると——サイド・グリップで構える
余裕はもうなかった——構えたものの、撃てるわけがないといった
様子だ。シドとマルティネスの胸に装着したボディカメラの映像は
同じ景色を映し出している。チャーリーの手がピクピクしている。
「動くんじゃない！」と怒鳴る警官の声。別の警官が続いて怒鳴る。
「抵抗すんな！」と、地面に横たわるチャーリーに、集まってきた
通行人に向かって言う。その様子をカメラが記録する。その晩刑事
が事情聴取を行う。
「抵抗するのはよせ」と、巡査がチャーリーに言う。もう返事がで
きなくなったチャーリーに言う。

　彼らが逮捕したのは遺体だった。体を引きずり、両腕を後ろにひ
ねったかたちで。暴れてはいけないという理由で。威嚇する目的で。
遺体に向かって。

　逮捕にあたっては、憲法が定める被疑者の権利文を読み上げるこ
ともなかった。

　後日、刑事はヴォラスゲスに訊いた。「チャーリーは抵抗した
か？」

　ヴォラスゲスはその質問に当惑したようだった。「手錠をかける
ことだけで精一杯でした」

　刑事は続いてマルティネスに訊いた。「彼は申し立てをしたか？」
「誰がです？」とマルティネスが言った。

　最後に刑事は、遺体に手錠をかけたトレスに訊いた。「彼は意見
を述べたか？」
「誰がです？」
「被疑者だ」

　午後12時07分に死亡したチャーリーのことだ。
「いいえ」トレスは刑事に答えた。「何も言いませんでした」

彼が生まれて初めてホームレスになった直後、亡くなる10ヵ月前、チャーリーは @bothleservant というハンドル名でTwitterにアカウントを開設した。英語と、母国語であるフランス語の両方でツイートし、内容はいつも健康のことだった。体の健康——チャーリーは以前から栄養学に関心があった——そして、心の健康について。ハンドル名の前半、"both（両面性）"は、チャーリーらしさを体現する表現だ。人間性と神性、善と悪のどちらもあり、ということだ。ハンドルの後半はフランス語の"Le Servant"で、過去に罪を犯したからこそ、自分は謙虚でいられるのだという想いが込められている。2014年5月21日、彼はフランス語でこんなツイートをした。「実は、天敵——悪魔や体調不良、不正な行為、自己の過ちを指しているのだと思う——は、おしなべて自分の中にあるのだ」おそらくチャーリーは、逆境は人を——あなたでも僕でも、彼の書いた孤独なツイートを読んだ全員を——強くすると考えていたのではないだろうか。そうすることで、広々とした空の下、心安らかに眠れるようになる、と。

————

　スキッド・ロウでは独自の形式で治安が維持されているが、むしろ、一般の警察とそう変わらないのかもしれない。「より安全な都市構想タスクフォース」と呼ばれる警官50人による分遣隊で、この一帯を正方形に分け、「スキッド・ロウ封じ込め区域」と名付けた区域それぞれに警官ひとりを配置するというものだ。警察の配置というより軍占拠に近く、セメント造りで窓がないも同然といった様相を呈する中央本部に拠点を構え、建物の前面には、アメリカ合衆

国の治安維持活動を描いたタイル画がある。壁画は白人カウボーイから始まり、白人母娘が道路を無事に渡れるよう見守る白人警官たちを経て、白人のみで編成された現代の警察隊らしき絵で終わっている。「より安全な都市構想タスクフォース」に任命された警官の中にはスキッド・ロウを"箱"呼ばわりし、自分たちは箱の壁面のようなものだと考えている者もいる。警察はタスクフォースの取り組みを"ホームレス撲滅戦略"だと述べている。ロサンゼルス商業地区開発者の団体から見ると、タスクフォースの活動は都市の中枢部を浄化し、広々としたロフト・アパートメントやビストロに転用しやすくする"アーバン・ルネサンス"の一環である。より安全な都市構想では、ホームレスが寝泊まりしにくいよう、歩道を狭める計画を検討した時期もあったが、"威嚇"する方がずっと楽だとわかったため、地区開発者はホームレスの男女を封じ込め区域に呼び寄せた。やがて、ホームレスは街の下へ、"ロフトの住民"は街の上へと、居住者の垂直化が進んだ。チャーリーが暮らす区画から1ブロック先は「リトル・トーキョー・ロフト」という産業用スペースに転用された。スキッド・ロウのブランド再編計画の一端である。若い専門職層が50万ドルも出せば、4.5mと高さのある天井の部屋に備え付けの実用的な暖炉、住民限定のドッグ・ランが利用できるアパートメントが手に入る。防犯カメラによる24時間体制のセキュリティ、ロサンゼルスの商業地域を担当する民間警備会社による警備など、ビル管理会社が用意したトップクラスの快適環境を提供し、路上生活者が暮らす区域と一線を画している。

"封じ込め"とは、実に使い回しが利く言葉だ。シェルターやフードキッチンなどのサービスを一極集中（ベッドの数がホームレス住民の実数より1,000床不足しているのだから、十分とは決して言えない）し、軽微な犯罪を徹底的に取り締まった結果、警察は軽犯罪者の摘発にやっきになり、居住者がいないコンテナ住宅への規制を強化。交通規則を守らない住民と争った末、彼らは刑務所とストリ

ートを頻繁に行き来することになった。「より安全な都市構想」導入初年度、ロサンゼルス市警はおよそ1万2,000件の召喚状をスキッド・ロウの住民に発行したが、そのうち8割が"点滅も含め、信号が「止まれ」の時に道路を横断した"罪に問われた"道路交通法違反"だった。この手の違反キップは僕もサン・ペドロの交差点を渡っていて食らったことがあり、その時僕は、警官とはビールを飲みながら一般市民の顔を壁に強く押しつけ、厳しく取り締まるものなのかと訊いた。すると警官は再び僕を壁に追い詰め、197ドルの罰金キップを手渡したのだった。

　こんな金額の違反キップを切られて、ホームレスの人々が罰金を払えるのだろうか？　彼らは払わない。そこがポイントだ。罰金が支払えないと逮捕令状に切り替わる。その結果、スキッド・ロウで有罪を成立させるには警察をさらに動員するべきだという意見が正当化される。何しろ住民の大多数が事実上の"おたずね者"だからだ。精神医療の専門家で構成される特別チーム、SMARTは「より安全な都市構想タスクフォース」の直轄だが、実際には機能していない。テントから4ブロックも離れていないのに、SMARTチームは中央本部に留まったまま、チャーリーの様子を見にくることもなかった。スキッド・ロウで取材した人は口を揃えて、SMARTチームのメンバーの誰とも会った覚えがないと語った。ある局員に理由を尋ねたところ、彼は肩をすくめてから指の腹をこすり合わせた。金、または援助を表す万国共通のジェスチャーだ。中央本部の受付で会った警官は、外回りが性に合わないと語った。そんなことより、と、彼は壁に留めたテディベアの話を始めた。クマの横には、封じ込め区域を黄色で塗りつぶした地図が貼ってあった。テディベアはロサンゼルス市警の制服を着ており、10ドルで買えると教わった。ナロキソンの過剰摂取で死にかけていた3人をパートナー警官とふたりがかりで助けたという巡査の話も聞いた。全員がチャーリーのテントがあったイチジクの木のすぐそばにある公衆トイレで見つか

ったという。そのトイレをチャーリーは"重大犯罪の部屋"と呼んでいた。

スキッド・ロウの公衆トイレにはたくさんの使い道がある。用を足すという本来の目的のほか、薬物を打ったり、吸ったり、あぶったりする場所でもある。ここの個室トイレでバンクこと合成コカインの調合手順を紹介するYouTube動画が実際に配信されている。ひらたく言うと、自分の手の内を明かす行為なのだが、薬物依存者の私生活は悲惨というより驚きの方が強い。LAPDの中でも記者対応の多さから、"シャッターチャンス刑事"の異名で知られるデオン・ジョセフ巡査部長から、公衆トイレで遭遇した一件を語る女性の動画を見せてもらった。彼女は警察に苦情を言いにきたのだ。ジョセフは後輩警官から付箋を数枚調達すると、画面に映った女性の顔を隠した。彼女の物言いが辛辣なので——ジョセフは敬虔なクリスチャンだ——私物のイヤホンを渡すから、それを装着して聞いて欲しいと僕に言った。同僚を不快にさせないようにとの配慮だった。女性の苦情は切実だった。個室トイレに汚物や注射針、パイプがあったのも不快だが、何よりの辱めは、彼女が便座に座っている間、ドアを開けようとする人が絶えなかったことだ。「おまえら何しやがんだよって」彼女は不満を垂れた。「性行為が頻繁にあるってことですか?」動画でジョセフが尋ねる。そう、そうなんだ、ただね、問題は、人様に見せたくないことやってる時に無理矢理突っ込んできてさ——「コンドーム?」動画の途中でジョセフが口を挟む。それそれ、と言って、もう一度ジョセフに話を中断されるまで、彼女はみだらで立ち入った話を続けた——おまけにジョセフには動画音声が聞こえないので、僕は再生中ずっと、女性の苦情を小声で彼に伝える羽目になった。ジョセフは僕に向かって身を乗り出すと、彼女はセックスの話をしているのか? と尋ねた——さて、動画の女性はジョセフの意図を理解し、たとえ数分間でも、えー、その、セックスできる自由が認められた場所のプライバシーを侵害されたと

いう、彼が聞きたい話題へと移った。「トイレに設置した防犯カメラは役立っていると思いますか?」動画のジョセフが女性に尋ねる。その場面が来たのに気づいたのか、僕の脇にいるジョセフは話に合わせてうなずいている。そう。カメラだよ。トイレに設置した。

　これがアメリカ合衆国の警察捜査の実態だ。哀しいから笑える、笑えるから哀しい。黒人でも貧困層でもなく、黒人かつ貧困層でなくても、ただの苦情で終わらないことばかりだ。どうでもいいと片づけられないことばかりだ。

————————

　事件の後、現場の状況について尋問された目撃者ふたりが私に話してくれた。事情聴取の際、警官たちがチャーリーはゲイだったと彼らに吹き込んだというのだ。警察側はその事実を明かすことで、それが事実ならばだが、目撃証言が死者側に有利にならないかもしれないと信じていたようだったと。警官のひとりは警察がチャーリーと近所の男が屋上で事に及んでいたのを発見したこともあると言った。私はその近所の男なる人物にも話を聞いた。彼は別に気分を害するふうでもなかった——彼もほかの誰も、チャーリーがゲイだったという話は知らなかった。彼の知る限り、チャーリーのセックスライフは謎だった——むしろ当惑したように彼は言った。チャーリーはどこの屋上にも上がっていない!　あのストリートの片隅から離れるのも嫌だったんだから!　あの雑貨店の店主、ミス・メッカも話した。「まるで木みたいな人だったよ。頑として動こうとしないところが」

　チャーリーが住んでいた"区域"、いわゆる片隅を番地で呼ぶと、サウス・サン・ペドロの1区画、フィフス・ストリートとシクス・ストリートの中ほどになる。この区域が片隅と呼ばれるのは、ユニオン・レスキュー・ミッションの地下駐車場に続く幅広の車寄せが

あるせいで、ストリートがここで遮断されているからだ。ユニオン・レスキュー・ミッションは傾斜のある5階建ての建物で、全米最大のホームレス・シェルターがここにある。「みんなが壁沿いの場所を選ぼうとするのに」伝道所のスタッフ、トニー・ジョーンズは僕に言った。警備員は時折伝道所から出てくると、ホームレスが寝る場所の配置を換える。チャーリーは配置換えを嫌った。イチジクの木の下がいいと駄々をこねた。スキッド・ロウは平屋建ての倉庫街で、舗道や壁とちょうど良い角度で目隠しになる植物がほとんど生えていない。このイチジクの木は日よけというより雨よけにもってこいで、日の出以降にテントを張ることを市当局から禁じられているため、ホームレスはイチジクの木の下で目玉焼きの卵のようにカンカン照りの日光にさらされていた。チャーリーはこのイチジクの木を傘代わりにしていたのだろう。

　公衆トイレもここにあり、伝道所の中ではシャワーを浴びることができる。1ブロック先にはミス・メッカの雑貨店、その正面には教会がある。街の喧騒と入り交じり、毎晩のように教会お抱えのパワフルな聖歌隊の歌声が聞こえる中、ダイスという、年配の小粋なホームレスが路上で石けんやキャンディのほか、ホットプレートで焼いたソーセージや目玉焼きを売っている。そこから通りを挟んだ向かいにあるのが、スパイス・ロウだ。邪悪（イーヴィル）や不可思議（ストレンジ）と名乗るディーラーやデニス——名前で虚勢を張るつもりのない連中もいる——が、5ドルか10ドルで薬物の需要を満たす商いをしている。

　イチジクの木の下には誰もテントを張らなかった。誰もテントを張らないから比較的散らかってはいなかったが、2階まで届く、背の高いガラスの十字架の裾は小便にまみれていた。トニー・ジョーンズが言う。「月曜日は巡回当番の日で、スタッフと一緒に電動清掃機で、このあたり一帯を洗い流すんです」安眠妨害だのと文句を言いながら、センスが良くて繊細な自分たちの住処をひとまず片づ

け、小1時間ほど場所を空けなきゃいけないのは面倒だと、ジョーンズに文句を垂れるホームレスは相当な数におよぶ。だがチャーリーはちがった。「彼は自分から腰を上げ、率先してテントを動かし、仲間の移動まで手伝ってくれました」チャーリーはジョーンズに礼を言った。「ありがとう。いつもきれいにしてくれて助かるよ」

　チャーリーが亡くなるところを目撃したハディヤ・パーマーにも、チャーリーとの思い出があった。ある晩遅く、所持品を山ほどくくりつけた車椅子に座ったハディヤが僕に言った。「私たちが話してたら、チャーリーが割って入ってきてね。テントの前を箒で掃いて欲しいか訊きたかったみたい」ハディヤと女友達は掃かなくてもいいと答えた。それでもチャーリーは掃いた。ハディヤは面白くなかった。「ストリートから入ってきた埃やゴミをきれいに掃いてくれてたよね」ハディヤには、汚くなければスキッド・ロウじゃないという持論があった。「CDC（アメリカ疾病予防管理センター）が綿棒でぬぐって培養皿にちょんと載せたら、育ってグレムリンになっちゃうんだよ、クソ虫がよ」

　チャーリーは気にせず掃き続けた。きれいにしたいだけだった。「シーッ」と、ささやくように言った。「シーッ、シシシーッ」

　チャーリーの死後、美人の誉れ高く、スキッド・ロウの憧れの的、トランス女性のターシャが言った。「あいつら、どうして」——"あいつら"とは警察であり、メディアである。メディアは警察から提供されれば何でもすぐさま拡散させる——「チャーリーを動物みたいに仕立て上げるわけ？　あたし、チャーリーのテントでひと晩泊まったことあるんだけどさ。だってほかに行く場所がなかったから。夜は冷えるわよ」スキッド・ロウはトランス女性にとってことのほか冷たいところだ。それでもチャーリーは優しかった。「礼儀正しい人だったわ」

ミス・メッカの雑貨店を最初に訪ねた時、彼女は開口一番「きちんとした人だったね」と、チャーリーの印象を述べた。ミス・メッカはすでにメディア対応に食傷気味だった。だから彼女とは店の話をした。そもそもはガレージだった場所を、彼女と仕事上のパートナーとで日用雑貨を売り始めたのが2年前、郊外での生活を終え、スキッド・ロウに戻ってきた時のことだった。郊外に一軒家を購入し、スクールバスの運転手をしていた。家族もいた。彼女は気が短く、時折軽犯罪で逮捕されたりもして、そうこうするうちに仕事を失い、家も失い、スキッド・ロウに戻ってきた。10代の頃、初めてパーティーに通い詰めた場所へ。「手のつけられないワルでさ」ミス・メッカは向かうところ敵なしの少女だった。「ギャングスタだった」そうだ。小柄だがメリハリのある体、濃いカラメル色の肌、タイトなホワイトジーンズにゴージャスな白のブラウスというお気に入りの全身白コーデに、コマドリの卵のようにあざやかな青緑色のスカーフ、キリストとユダヤ教、イスラム教、仏教の神々をかたどったジュエリーをじゃらじゃらさせ、街を闊歩していた。「あたし、神々を味方につけたワルだったね」

　ミス・メッカは界隈の住民ほぼ全員と顔見知りだった。小柄でしみが目立つ、「アジアの信念（エイジャン・パースウェイジョン）」と呼ばれるアジア系の女性が通りがかり、歯抜けの顔でミス・メッカに向かって笑いかけると、最近体売ってないのよとサバサバした口調で言った。首、顔、剃り上げた頭にタトゥーを入れ、ブライアンと呼ばれている巨漢のギャングが、ミス・メッカがいる方に向かってにやけた顔を一瞬見せた。すっかりメンタルをやられているようで、メッカの店に腰を落ち着けると、怒りをたぎらせるというより、沸々とさせているようなひとり言を言いだす。ヴァイオレットという名の女性が薬物でハイになり、チャーリーが殺された現場で、

チャーリーのようにクルクル回りながら倒れる。メッカが両腕を勢いよく回しながら彼女のそばまで来ると、鼻同士がくっつきそうなほど顔を近づける。ヴァイオレットはようやく正気に戻った。「ありがと、ミス・メッカ」

自分の店のまわりで暮らす連中のことは知っておきたいとメッカは思っている。チャーリーがイチジクの木の下に住みついた頃、ミス・メッカは、はにかむような甘ったるい笑みを浮かべて彼に近づいた。知り合いが苦境にあえぎ——それでも踏ん張って生きていこうとしているとわかると、彼女が決まって使う手段だ。頼れる男、と、ミス・メッカはうっとりとチャーリーを見つめた。「サイズ感がよかったのよ」と。チャーリーは好意的に受け取った。彼は本名を決して口にしなかった。誰かが——メッカだったかもしれない——出身地にちなんで、チャーリーにアフリカというあだ名を付けた。「アフリカの大使みたいだからな」ある男が僕に言った。チャーリーには威厳があったそうだ。一瞥しただけで場の雰囲気を支配するようなところがあり、アメリカに移民してきた覚悟が伝わってきた。チャーリーはいつも最後まで待つタイプだった。長時間待ち続けた。薬物でハイになっていても、チャーリーの目は饒舌だとみんなが思っていた。あの明らかなフランス語アクセントで"あなたもがまんした方がいいですよ"と、視線で語っているように思えた。メッカは言う。「きちんとした人だったね」

チャーリーがイチジクの木の下を住処に選んだのには、他人と少し距離を置きたかったからでもあった。テントの位置決めをした跡はたたずみ、建てたままにしておこうとした。牛乳ケースに座って、ミッションにある、2階まで届く背の高いガラスの十字架を眺めていたかった。自分が丁寧だとみなす会話をしようと努めていた。チャーリーはこの界隈にテントを建てた第1号で、それから人が集まってきた。友人のジェイムズやジュジュを誘ったように、チャーリーが誘ったのだったら、何の軋轢もなかっただろう。「チャーリー

のおかげで、スキッド・ロウのこと以外の話ができた」と、ジェイムズは言う。「あいつとはいろんな話をした。政治。宗教。歴史。教育。濃い話ができたな」

ジュジュは「本腰入れて聖書の話をしてたね」と語る。「チャーリーは祈ってた。よくあそこに座って、あの十字架を見つめてたね」その後ふたりは薬物でハイになった。「血を分けた兄弟みたいだった」とジュジュ。「葉っぱを吸うバディだった」ジュジュに言わせると、マリファナが結んだ絆だった。

ジュジュは当てもない旅に出るのが好きで、旅立つ時はチャーリーに自分のテントを託していた。「んで、チャーリーはちゃんと守ってくれるんだ。『手数料は2,999ドルってとこだな』なんて言うわけがない」ジュジュが旅に出ている間にチャーリーがテントを売るようなことはない、ということだ。スキッド・ロウでは、あわよくばどんなものでも売り払おうとする連中がいる。「馬以外なら何でもストリートに売ってるぜ」と、別の男が言う。物資の売買はチャーリーも手がけていた。売るのは小間物で、姉が送ってくれた金で買い、取引した品物だ。たまに合成麻薬を売るが、ドラッグディーラーはやっていない。チャーリーはただで人にあげたりもする。ジュジュとはそれがきっかけで出会った。サン・ペドロに来たばかりの頃、あたりをぶらついていたジュジュは目が真っ赤で、酔っ払っているのが見え見えだった。「チャーリーのテントの前を通ったら、声をかけられた。『よお、気にすんな、食べ物やるよ。また手に入るから』って」

ジュジュは毎月生活保護手当を小切手でもらっていたが、チャーリーは現金をよく使っていた。「通りを渡って、ふたり分のスパイスを買ってきてくれ」と、チャーリーに頼んだりもしていた。スキッド・ロウの薬物依存者にとって、ドラッグは現実逃避の手段だった。チャーリーは——チャーリーと一緒ならジュジュも——スパイスとクリスタルをいっぺんにキメて、いい気分になった。外の世界

に出ていくのではなく、自分の内面を見つめる、といったかたちで。恐怖を一時的に和らげてくれた。

　当時の記憶がよみがえってくる。ある晩のこと、ジュジュ、ジェイムズ、そして僕は伝道所の壁にもたれ、チャーリーが愛したイチジクの木を眺めていた。ふたりは、ジュジュが言うところの"暴力の精神"に思いをはせていた。チャーリーが死んだ朝になると"暴力の精神"を感じるという。「思い知るんだ」と、ジェイムズが言う。「あまりに長く暴力と関わってきたことをね」あの日の朝、チャーリーは不機嫌だった。ユン・アメイジン、通称Y.A.という男と口論していた。誰もがすばらしい（アメイジン）とは呼びたくなかったので、Y.A.と呼んでいたが、こいつが"縄張り"がどうのこうのといちゃもんをつけてきたので、ああ、Y.A.は何か盗みやがったなと本人以外の全員が考えたそうだ——そのいきさつはいまだ明らかになっていないが、後日Y.A.と会った時、あいつはチャーリーが愛したイチジクの木にもたれ、にやけた顔で僕に言った。アフリカが殺されてよかった、と。この日はそんな風に過ぎた。そしてまたこの壁にジュジュやジェイムズと一緒にもたれていると、あの晩もこんな感じだったなあと思った。ジュジュは涙をこらえ、ジェイムズは僕に言った。チャーリーが死んでから、ジュジュも8本の腕で連れ去られないよう、自分があいつをしっかりつかまえておかなきゃいけないと思った、と——8本の腕とは、仲間を殺した例の警官4名のことだと、後になって気づいた。ジェイムズは「報復は俺たちには向いてない」と言った。ふたりはその後スパイスではじけ飛び、心にへばり付いていた恐怖をつかの間吹き飛ばした。

　次にジュジュと会ったのは深夜遅く、メッカの店で開かれたささやかなパーティーの場だった。メッカの店は毎晩がパーティーも同然の賑わいだ。トイレ内セックスの撲滅に血道を上げるシャッターチャンス刑事ことジョセフは、ミス・メッカの店は"ドラッグの拠点"だと語った。あの店を取材の拠点にしてはどうかと僕に言った。

本とか絵画とか、ハローのセーターを売ってるコンクリートの床の一角を借りてさ、座り込んでドラッグやって、ハイになるんだ、と。治安は悪くなる一方だとジョセフが言った。彼によると、メッカは"キューバ人"と取引しているらしい——このあたりはカストロの刑務所でならしたキューバ人の集団が支配しているとの通説がある——キューバ人は女の子を薬漬けにし、メッカの店の裏に連れ込んでレイプポルノを撮影しているとも言われていた。終わったら、連中は女の子たちを殺しているんだろうとジョセフが言った。ミス・メッカの店には何度か泊まったことがある。薬物パーティーは確かに開いているかもしれない——ディーラーが薬物を店に隠すのをオーナーが黙認する行為はよくあることだ——だがメッカの店で、遺体にも、キューバ人にも、ポルノの撮影現場にも、一度も遭遇したことがない。

ドラッグでハイになった頭を冷やすためにメッカの店に来る連中は確実にいる。気分が悪くなった客がトイレの脇でぐったりしていても、メッカはそっとしておく。品物を売りにくる客もいる。新品のスニーカー、スタックヒールの靴、汚れた毛布、他人のCD、シェービングクリームの缶。午前1時、売りたい品を抱え、にやけた顔だが、訴えるようなまなざしの客が訪ねてくる。「これなんだけどさ、ミス・メッカ」"これ"とは、拾ったり盗んだり人からもらった品のことだ。数ドル用立ててくれないかと言う。彼女はフンと鼻先で笑って値下げ交渉をする。父ちゃんに聞かないとね——父ちゃんとは神のことだ——だが結局、メッカは売り手に数ドルを渡す。あまりあることではないが、その品を高く評価した客に彼女は譲る。「潮時ってものが必ずあるの」と、メッカは言う。彼女は店をたたむつもりでいた。かなり前から考えていたことだ。

客たちは、メッカに相談に乗って欲しいから店に来ることもある。メッカは必ず聖書を携えている。午前2時頃、黒いコートに黒い帽子、ユダヤ教徒の男性が身に着けるツィーツィートといういでたち

の、背中が曲がったホームレスのラビが杖をつき、ゾーハル*注の記憶をひもときながらメッカと語り合う。歌い出す客もいれば、ラップのライムを刻むために来る客もいた。引き締まったウエスト、広い肩、みっちりと筋肉を蓄え、息を呑むほど美しいダナという新進気鋭の俳優──当時はホームレスで、ドラッグと縁を切ろうとしていた──がミス・メッカの店で、ピルエットで旋回しながら、コンクリートの床の上を斜めに横切った。自己陶酔とはほど遠く、1回転するたび、店の蛍光灯が放つ冷え冷えとした光が、ダナの色黒の顔を捉えては散る。

「アフリカに似てるでしょ？」ダナが帰ってから、メッカが言う。彼女はダナの優美なダンスを褒めていたのか、その本質にあるもの、つまり、チャーリーがたどった死へのスパイラルを見抜いていたのか。ダナは話したそうにしていたが、さっきからずっと歌に気を取られている。突然立ち上がったかと思うと、心の中で自分にキューを出し、コンドルの暗い羽色の翼を思わせる長い両腕を上に向かって広げた。ガレージの空きスペースに、甘ったるいゴスペルのヒット曲「ユー・アー・ホーリー」が鳴り響く中、ダナは舞い上がる。暗いガレージで残響と影に心を乱されていると、名も知らぬ大柄な男がドラッグのバッドトリップから解放されたくて、ひとり椅子に座り、めまいが落ち着くのを待っている。

　チャーリーの思い出話をしにジュジュがやって来た。だからこの日、ジュジュは薬を断っていた。彼は思いつく限り、すべて話してくれた──大半がマリファナがらみの話題だったが、テントをなくしたジュジュに、アフリカことチャーリーが自分の聖域へと招き入れてくれたこと、"靴下"がきっかけで、ルームメイトのように屈託のないけんかをしたこと、そして、チャーリーの"純真なところ"についても。チャーリーはストリートを生き抜いてきたならば

＊注：ユダヤ教の重要文献。

誰でもできる、たとえば、警官が近づいてきたら壁沿いに立った方がいいと瞬時に判断し、深刻に考えすぎないよう調整するといった、駆け引きの才能に欠けていた。彼はすぐ怒る。ジュジュはチャーリーのそういうところを気に入っていた。あいつと一緒にいると、俺も腹が立つんだよ。そういう気持ちは大事だとジュジュは思っている。「俺も若い頃はそうだった」と言う。バトンルージュにいた頃、ジュジュには輝かしい未来が待ち受けていた。優等生協会の会長をしていたそうだ。大学でフットボールをやりたかったが、体格も敏捷性もいまひとつだったので陸軍に入隊し、10年過ごした。E6、第2軍曹まで昇進した後に心境の変化が訪れた。「神の存在を意識したんだな」彼は除隊して牧師の勉強を始めた。そして——「放浪の旅に出たってわけだ」理由は言えないのか、言わないのか。昔の話だ。ジュジュはいまだ放浪の旅の途中だ——目を赤くしたり黄色くしたりして、かつてはたくましく引き締まっていた体も、ぬいぐるみの詰め物が抜けたかのようにたるんでしまった。だからチャーリーが好きだったのだろう。チャーリーは整った体型を維持していたから。

　僕たちは流されるように夜の世界に出て、チャーリーがそらんじていたマクベスのモノローグを思い出そうとした。あれは27年前——ジュジュと僕は同い年で——ふたりともハイスクール時代に暗記し、一言一句漏らさず発表させられたのだ。今覚えていると言っても「昨日というすべての日は」ぐらいだ。午前4時を回る頃、ジュジュはちょっとした手助けをしてくれそうな人物をサン・ジュリアンで見つけると、夜が明けたら、思い出せないところはチャーリーの追悼集会ではっきりさせようと言った。

　彼と別れた後、頭がしゃっきりしてきた。夜明け前の静寂の中、歩道からたちのぼるすえた臭いのように、思い出せなかった台詞がふつふつと湧いてきた。愚か者たちに、しまいには塵となる死への道を照らしてきた……少し飛んで、わめき立てる響きと怒りはすさ

まじいが、意味など何もない。

　追悼集会はチャーリーが愛したイチジクの木の前の通りで行われた。内外の活動家が「アフリカは殺せない」と歌いながら、スローガンを上げ下げし、演奏するふたりのストリートドラマーのまわりを取り囲むぐらいの規模で行われた。戻ってきたはいいが、ジュジュは立っていたくてもできずに壁にもたれると、へなへなと座り込んでしまった。座ったまま体は傾き、ズボンがずり下がり、尻が半分顔をのぞかせている。みんなの立ち小便の場所で知られる、例の巨大なガラスの十字架の下まであと10歩だというのに、衰弱しきってたどり着けなかったのだ。できることをやる。ジュジュにとってそれは気を失わずにいることだった。何時間も薬物で高揚していた。だがもうその効き目は失せていた。なのに恐怖が薄れることはなかった。傍らの歩道の上に吐いた。薄黄色の液体のたまり。ジュジュは泣いていた。僕に伝えたいことがあったようだ。ドラムの音にか

き消され、ジュジュの声が聞こえない。そばで一緒に座っていて欲しいようだ。だが傍らには嘔吐のたまり。自分の前にある段ボール箱に手を伸ばすと、ジュジュは胆汁を覆うようにかぶせた。

　礼儀ってことか。僕を見上げるその顔は朝日を浴びて輝いていた。汗、そして涙。僕は段ボール箱の上に座った。ジュジュがこちらに身を寄せ、何か言いたそうにしている。「アフリカ——」と言ったきり、ジュジュは口をつぐんだ。

————————

　警官らがチャーリー・クネインを撃つにいたったLAPDの見解——チャーリー・ベック署長による公式声明と、メディアにリークされたもののふたつ——は矛盾していたが、突き詰めれば同じ内容だった。ベック署長は、チャーリーが銃に手を伸ばしたため発砲したと述べた。チャーリーが銃に手を伸ばすところがボディカメラの映像には残っていないと、司法当局はロサンゼルスタイムズ紙の取材で認めている。本事案発生時になされたという緊急通報の通話記録を警察は公開していないが、内容はお察しいただきたいとベック署長は述べている。「被害者がいる場合、この段階で混乱が生じる場合があります」署長が言う"被害者"とは、チャーリーのテントのそばで生活するラル・ジェイ・カーティスのことだ。署長の話は続く。「被害者は、救急車内で傷の手当てを受けています」これは事実で、防犯カメラ映像にも記録がある。救急車が停車し、同じ車が発車してその場を去っている。マルティネスとヴォラスゲスの到着時、ラルは座ったまま、アイスパックによる患部の冷却処置を受けていた。発砲時、ラルは自分も撃たれると言わんばかりに両手を

上げていた。その晩、彼は殺害現場にテントを張っていた。テレビのレポーターはラルの背後で現場レポートを撮影していた。誰もラルにわざわざ話を聞こうとはしなかった。

その頃LAタイムズは、警察が公開しなかった匿名の情報提供による、ボディカメラの映像を再構成したものを発表した。だがこの映像には発砲ではなくチャーリーが"抵抗"する様子が映し出されている。チャーリーは腕を振り回し、テーザー銃を当てられたショックでバランスを失いながら旋回していたが、口論するといった風ではなかった。警察が先に武力を行使し、武器を持たないチャーリーが地面に押さえ付けられたまま、6発の銃弾を浴びた件をどう釈明するかが論点となった。

チャーリーには前科があり、保護観察官に知られると困ったからだと、"捜査に詳しい情報筋"が推測に基づく判断を下した。どちらの主張も一理あるが、どちらも真相とは言えなかった。論点のすり替えが問題視された。"殺害は正当化されるのか"という話ではなく、"ロサンゼルス市警は人種差別をしたのか？"という、もっと漠然とした内容だった。ベック署長が答えたかった質問ではなく、メディアの側としても署長に訊きたかった質問ではない。訊きたかったのはもっと些末なことだ。もっと卑劣、と言おうか。「この男は」——犯罪歴があり、ドラッグを常習するホームレスは——「死んで当然な存在なのでしょうか？」

チャーリーを殺した警官らは、彼の名はおろか、犯罪歴も知らなかった。匿名の情報筋がメディアに語ったところによると——公式見解を裏付ける筋立てをかたちにする目的で流した"リーク"だ——チャーリーは2000年、銀行強盗で有罪が宣告された際、チャーリー・サターミン・ロビネットという偽名を通したという。チャーリーが面談をすっぽかした件を"リークした"にもかかわらず、その保護観察官は、彼の本名がチャーリー・クネインであると知っていた。"チャーリー・ロビネット"と名乗る路上生活者には家族は

おらず、ただの一度も罪を犯したことがなかった。"チャーリー・ロビネット"は、警察が話をでっち上げる上で都合が良い、真っ白な経歴の持ち主だったのだ。チャーリー・クネインは父をカメルーンに残し、母と姉はマサチューセッツ州在住だった。チャーリー・ロビネットのものと確認されている唯一のもので、これは2000年のマグショットで、生気のない瞳でニヤけたもので、これが広く行き渡っていた。チャーリー・クネインの姉、リーンは撮影から１年にも満たないチャーリーのスナップ写真をメディアに出す用意があった。写真のチャーリーはスーツ姿で母親の肩に長い腕を回し、輝くほどの笑顔を見せていた。チャーリー・ロビネットは名もなき男だ。チャーリー・クネインは皆から愛されていた。

———

@Bothって、

あれ、おまえか？

——チャーリーの最初のツイート、2014年５月18日

———

　チャーリー・ランドウ・クネインは1971年９月６日、カメルーン共和国ドゥアラ市で、エレーヌ・チャヨウとイザク・クネインの間に生まれた。同国独立から11年後のことだった。エレーヌとイザクは起業家の才覚を誇りにしているバミレケ族の出身で、教会に足しげく通い、敬虔ではあっても急進的なキリスト教徒ではなかった。一家は未舗装路を走ること５時間、赤土と緑の丘が広がるバナのピーナッツとトウモロコシを栽培する農園から都会のドゥアラへと移り住んだ。家族は生まれ故郷の農場を愛し、自分たちを育んだ一族

12:07 p.m. ──スキッド・ロウにて

を愛し、地元の言葉を愛した。この言葉を住民はバナ、母なる言語と呼んだ。だが地方の住民はウォリ川が大きく川幅を広げた港町、ドゥアラへと次々に移住した。チャーリーの姉、リーンがその後、ドゥアラを"カメルーンのニューヨーク"と呼んでいたことがあった。人々は魅力を感じて町に集まってくるのではなかった。チャーリーの幼少期、ドゥアラは建築ラッシュで、かろうじて住める植民地時代の遺物と実用本位の新建築とが無秩序に立ち並んでいた。チャーリーが生まれた頃、イザクとエレーヌは名もなき新しい通りに家を建てた。チャーリーが幼児になる頃には、また別の名もなき通りに建てたもう少し大きな家に引っ越した。2階建てで、子どもたち一人ひとりにベッドルームを用意した。イザクは自動車修理工で、ドゥアラは、買ったばかりでも、その大半が旧式の車が道路を埋め尽くすような町だったため、自動車修理工はある意味花形的職業だった。至近距離に公立学校があったが、私立のミッションスクール（フラタニテ）の方が教育水準が高かった。歩いて通学できる距離だったが、イザクは子どもたちを車でフラタニテまで送迎した。オペル、ダットサン、フォルクスワーゲンと、彼は整備の行き届いた車を乗り継いだ。長身で手足の長い姉と、大きな目の弟が転がるようにして車から降り、教科書が入った鞄を手に意気揚々と学校に入っていくのを見守るのが父親の習慣だった。

昼になり、子どもたちを連れ、豆と生食バナナの昼食を取るため帰宅すると、イザクはラジオのスイッチを入れてニュースを聞く。「うるさくするな」イザクがラジオを指さし、静かにするよう注意すると、家族全員がニュースに耳を傾ける。彼は子どもたちに政治に関心を持って欲しくなかった——「俺たちは政治を知らなくても生きていける」と、よく言っていた。当時のカメルーンは、政治的思想を持つことが危険視されつつあったからだ——だが、子どもたちには世界情勢を理解し、バナの言葉とフランス語と英語を話し、世間並みに自分のことを理解できるようになって欲しかった。学び

の次は遊びである。イザクは近隣の子どもたちがサッカーの試合をできる程度の土地を購入していた。エレーヌは司令塔として、台所から家族をとりまとめていた。チャーリーより3歳年上のリーンは母の補佐を務めた。チャーリーは家族に愛されて育った。

　2枚の家族写真がある。1枚目はパフスリーブのエプロンドレスを着た7歳か8歳のリーン、4歳か5歳のチャーリーは自慢の息子だけに、1枚目では、幅広の襟のパリッとしたストライプのシャツ、2枚目では白いシャツに白い靴と、それぞれ別の服装で写真におさまっている。家族4人の写真では、イザクは肩のサイズが合ったスーツとネクタイ、エレーヌは襟付きのドレス姿だ。ふたりとも肉づきが良く、アメリカなら中西部にいそうな、颯爽としたカップルである。チャーリーの唇と高い頬骨は父親ゆずり、アーチを描く眉は母親ゆずりだ。黒い瞳、彫りが深い目元は両親のいいところを受け継いでおり、生真面目にじっと見つめるくせがある。とはいえチャーリーは父親っ子である。まだ幼いチャーリーがイザクの脚の間に立ち、パパのたくましい腕にもたれかかっている姿を見るとよくわかる。

　チャーリーはこんな子だった。ごく自然にまわりの人から愛されるよう振る舞えるところがあった。誰とでもすぐ仲良くなった。いや、相手にそう思わせていただけかもしれない。同世代の少年がチャーリーのところに集まってくる。チャーリーは彼らから慕われていたが、当のチャーリーは姉が大好きだった。ふたりはほぼ必ず手をつないで写真におさまっている。チャーリーはよく、姉をサッカーに誘っていた。「姉ちゃん、ほら、もっと積極的にならなきゃ」リーンは弟の試合を見物する方が好きだった。チャーリーは友だちを絶対に仲間はずれにはしないし、いつ、誰とでも交代できるよう、

どのポジションでもプレイできた。

　チャーリーは映画が好きだったし、セルロイドのフィルムを巻き付けたリールが回転し、三角形の光がスクリーンに広がって物語を見せるという映写のプロセスにも興味を持っていた。チャーリーとリーンが学校でいい成績を取ると、両親は地元の映画館にふたりを連れていった。少年時代のチャーリーはシルベスター・スタローンが演じるロッキーやランボーに憧れた。大きくなると、フランス映画のスター、アラン・ドロンのファンになった。パトリシア・ハイスミスの小説『リプリー』を映画化した『太陽がいっぱい』で友人になりすます主人公を演じ、世界的な名声を獲得した俳優である。だが、どの映画を観ても、自分に似た境遇の主人公は出てこなかった。だからチャーリーは自分で脚本を書くことにした。寝る前に灯りを消した部屋で目を閉じると、チャーリーは自分だけの映画館、心のスクリーンを作った。間に合わせで映写機を作ったこともあった。チャーリーにとって、たいそう自慢の映写機だった。ところがその映写機を友人に売ると、彼の父親がすぐさまクネイン家に文句を言いにきた。この映写機、観客の頭の中にある映像しか映せないそうだね。それを聞いたイザクは喜び、そんな光景が頭に浮かぶ才能に恵まれるとは、うちの息子はたいしたもんだと思いますよと答えたという。

　ハイスクールを卒業する間際になって、チャーリーは「大学では数学を専攻する」と宣言した。最難関の学科を選んで両親を喜ばせたかった。大学入学資格（バカロレア）を取得してドゥアラ大学へ入学し、副専攻として物理も受講した。大学生当時のチャーリーの写真がある。赤土の道に立ち、こぎれいな白いシャツを着て、本を脇に抱え、いつもの穏やかな笑顔はどこへやら、真剣なまなざしのインテリ青年がそこにいた。だがそれから1年で、イザクは失業する。学資はもう期待できなかった。

自活を余儀なくされたチャーリーの足はおのずと海外に向いた。カメルーン人は教育を重んじるが、学位に見合った経済力がなかった。カメルーンで高等教育を受けるには、カメルーンを去る覚悟が必要だ。優秀な頭脳の海外流出と語るのは、ロサンゼルス在住のカメルーン人実業家、デイヴィッド・シンギだ。彼はチャーリーの死後、遺族の相談役を務めている。チャーリーは葛藤していたとシンギは僕に語った。「なにせひとり息子だ」両親の面倒を見ることを期待されていた。「右を見て、左を見て、父親と母親の顔色を見て──希望が持てなくなったんだよ」あらゆるところから負担が押し寄せた。「国を出ないでいてみろ、わがままだ、なまけ者だと後ろ指をさされる。親の面倒を見る気はないのかと言われる。カメルーンに残っていたらきっと心を病むよ」

　だからチャーリーは国を出た。カメルーン人の多くがそうだったように、植民地支配国の言葉として身につけた言語が、ついこの間まで祖国が自由を求めて戦った豊かな国へと自分を導いてくれるのを身にしみて感じた。フランスである。フランスの大学に進学する学資稼ぎが目的だったはずが、生活費のためだけに働くようになった。後日チャーリーは、その頃自分はギャングや拳銃強盗もやっていたと話すのだが、語り口に現実味がなく、まるで映画のようだったというのが、話を聞かされた相手の印象である。どうやら日雇いで仕事を得ていたらしい。ドイツからフランスまで高級車を運転する仕事についた。想像の世界の住人であるチャーリーにとって、かっこいいポルシェの新車でアウトバーンを飛ばすのは心躍る仕事だったが、運転が終わるたび車を引き渡し、歩いて家に戻らなければならなかった。自分の車が持てなかったのだ。

　チャーリーは実家へこまめに電話していた。自分の話はせず、代わりに家族の話を聞き、困っているとは一度も口にしなかった。彼がフランスに滞在していた短期間のことは知らないも同然だったと家族が気づくのは、もう少し後のことだ。「ブラックボックスの情

報みたいだった」と語るのは、リーンの夫、チャールズだ。２年経ち、ヨーロッパにいる方がカメルーンにいるより未来が閉ざされてしまうと、チャーリーは踏ん切りをつける。「フランスには我々の同胞がたくさんいるため、遠縁同士で競い合って終わってしまうんです」と、シンギは言う。フランス人はカメルーン人から見ると人種差別主義者であり、アメリカと言えばセレブしか知らない者の多くは、アメリカ人はアフリカ人に対してオープンだとの認識を持つ。そこそこ通じる程度に英語が話せるチャーリーも、そんなひとりだった。

　渡米を決断した結果、チャーリーは高等教育を受けたアフリカ人の出世コースに乗れた。事業を興す者、MBAを取得する者、公認会計士になる者。チャーリーは別の進路を考えていた。リーンには、これまで学んできたことを活かせる進路だよと語った。ビバリー・ヒルズ・プレイハウス。これ以上の選択肢はないよ。プレイハウス？　何を学ぶ学校なの？　演技だよ、とチャーリーは姉に答えた。賛成できる選択だったので、リーンは弟の希望を快く受け入れた。疑問は差し挟まなかった。疑問があると言おうものなら、チャーリーは頭の中で描いた映画構想を話し出し、気がつくとお気に入りの俳優、ロバート・デ・ニーロが演じた『ゴッドファーザー』のヴィトー・コルレオーネや『レイジング・ブル』のジェイク・ラモッタの台詞をそらんじて聞かせるからだ。

　警察の手でチャーリーが殺された後、彼はフランス人のパスポートを盗んでアメリカに入国したとの報道があった。正確には他人のパスポートを買ったわけだが、1990年代にアフリカ移民が入国する際の常套手段だった。アフリカ系移民の大半が、その国で同胞を見つけたところで、それまで偽装していた身分を捨てる。チャーリーには別の思惑があった。カメルーン人やフランス人というより、いかにもアメリカ人が選びそうな動機。自分のアイデンティティをゼロから変える、ということだ。スターを見てみろ。イリノイ州ウィ

ネトカ出身のロイー・シェラーがロック・ハドソンになり、ニューヨーク州アムステルダム出身のイスール・ダニエロヴィッチがカーク・ダグラスになり、イギリス出身のアーチー・アレグザンダー・リーチがケーリー・グラントになったじゃないか。というわけで、ドゥアラのチャーリー・クネインがチャーリー・ロビネットになった。1999年、ついにハリウッドに着いたチャーリーは新しいキャリアをスタートさせた。

———————

2014年5月21日：存在感について。嘘つきでなければ、まことの人生は送れない。嘘をつくなら自分自身につけ。

——チャーリーのTwitterより

———————

　アメリカ合衆国カリフォルニア州ハリウッド。チャーリーはロサンゼルス市のウィルコックス・アベニューにある、薄汚れたアパートに住んでいた。車はなかった。彼の話では、その後フランス語の個人指導の仕事を見つけたようだ。会う人ごとに、自分はフランスの武道の達人の息子で島育ちだと語っていたそうだ。チャーリーは美形だった。品良くついた筋肉が描く流れるようなライン、優しい微笑み、大きな瞳、そして生まれついての見栄えの良さに加え、自分をおしゃれに演出する才能にも恵まれていた。『GQ』編集部は、チャーリーの友人、ビッグ・ハルクをよく覚えていた。チャーリーは付近の渓谷を走るのが好きだった。一滴も酒を飲まず、"自分の体こそ信仰のよりどころ"を実践するタイプの男だった。独学で栄養学を学び、難解な健康法に課金し、パーソナル・トレーナーとし

ていくばくかの収入を得ていた。リーンの結婚費用の足しになればと、収入の一部を実家に送金していた。「姉さん結婚するのか！」チャーリーは嘆いた。「この俺が出席できないなんて信じられない」

　チャーリーはアパートのロビーに座って戯曲を読むのが好きだった。時折、やはり移民の俳優志望者が仲間に加わることもあった。「国連のようだね」とは、ビバリー・ヒルズ・プレイハウスの校長の弁だ。校長はチャーリーをとりたてて覚えてはいない。（ジョージ・）クルーニーや（アレック・）ボールドウィン、（パトリック・）スウェイジといったスターを輩出してきたが、無名のまま終わった卒業生の方がはるかに多い。「学生は星の数ほどいますから」と。チャーリー・ロビネットは、あっさり忘れ去られた。授業は週に2回、夜間に4時間行われる。学生は決まったシーンを演じる。チャーリーは独白を好んだ。学友は「チャーリーは洞察力があった」と振り返る。だが彼は授業料が払えなかった。「授業料は前払い制です」と校長は言う。抜擢されるかもしれないが、その場限りの起用だ。

　そんな事情もあり、2000年2月、凍えるほど寒かった火曜日、チャーリーはショットガンを携え、小型のドッジ・ネオンに乗った。ロバート・デ・ニーロとアル・パチーノのダブル主演の『ヒート』という映画からヒントを得た、ファット・ラジャと呼ばれる仲間から銀行強盗の話を持ちかけられたのだ。きゅうくつな後部座席に押し込められ、標的のウェルス・ファーゴ銀行の下調べをしたのがビッグ・ハルクだ。ハルクとはハーキュリーズの略称、童顔の巨漢であるハルクは3人で唯一、俳優として活動していた──〈黒人ガチムチ系〉というポルノのサブジャンルで役をもらっており、『ブドンカダンクパート8』とか、『黒人女の陰毛を剃っちまえ──パート13』といった映画で主演を務めている。

　ラジャはポルノ映画の男優スカウトをしており、彼とハルクがいうところの〈ポルノゲーム〉に出ないかと、チャーリーに何度かオ

ファーを出していたのだが、彼はその都度断っていた。「何だよ、おい」ラジャはぼやいた。「せっかく稼がせてやろうっていうのに」お断りだとチャーリーは言った。彼は演技をする俳優を目指していた。

　たとえポルノゲームだって、男優志願者は山ほどいるんだぜ、と、現在のビッグ・ハルクは語る。俳優になるには芝居の仕事をするべきなのは、頭が良ければすぐわかることだ。一方でチャーリーのような俳優の卵もいる。役者になる運命を背負っていると自負し、まわりの連中も、こいつはひょっとしたら一流の役者になるんじゃないかと錯覚してしまうような奴らだ。チャーリーはそんな華のある男だというのは、ハルクも認めざるを得ない事実だった。ハルクは筋肉自慢で、カメラは彼の体ばかりを追う。チャーリーは自意識過剰気味だった。彼に見つめられると、心の奥底まで見透かされそうだった。チャーリーは、服装はもちろん、身のこなしも洗練されていた。お坊ちゃん育ちで洗練されたチャーリーは、黒人版ジェイムズ・ボンドだとハルクは思ったという。チャーリーほど賢い奴には、生まれてからこのかた一度も会ったことがないとも思っていた。暇さえあれば本を読んでいる。一緒に読もうとハルクを誘ったこともあった。ハルクは思った。チャーリーの想像力は大海のように豊かだ──と。

　一方でハルクは、チャーリーには役者としてのセンスがない点も見抜いていた。ハルクにとって、銀行強盗は"黒人ガチムチ系"ポルノ男優のキャリアからワンランクステップアップするためのチャンスだった。分け前をもらったら自分磨きに投資するつもりだった。ハルクはラッパー数名のマネジメントを担当しており、自身のレコードレーベルを立ち上げたいと考えていた。ラジャは芸能プロダクションの設立を考えていた。だがチャーリーは、分け前をもらったら演劇学校の授業料に回すと言った。

　チャーリーは暇さえあればロバート・デ・ニーロ愛を語っていた

が、銀行強盗を計画した2月の火曜日、チャーリーのキャラは、どちらかというと『レザボア・ドッグス』だな、と、ハルクは感じた。めそめそした白人女に痩せこけた黒いネクタイの連中とか、マドンナの〈マテリアル・ガール〉のPVに出てくるやさ男たちとか。仲間に加わったチャーリー、今度はチョコレートが必要だと言う。それだけはゆずれないと。

「銀行を襲う前に欲しいのか」ハルクが尋ねた。

　ラジャが言う。「チョコレートなんか、要らねぇだろうに」

「俺はチョコレートが欲しいんだ、でなけりゃおりる」

　犯行計画は実にシンプルなものだった。ファット・ラジャが車を運転し、ビッグ・ハルクがアサルトライフルを構える。チャーリーは9口径の拳銃が使えるとの触れ込みだ。現場に到着したら、銀行内の全員に床に伏せるよう指示するのがビッグ・ハルクの役目。カウンターを飛び越え、金を奪うのがチャーリーの役目。金をいただき、誰も傷つけずにずらかる。盗難保険が適用されるから、銀行にもダメージは与えない。「犠牲者のいない犯罪だ」彼らは口々にそう言った。でも、今やるのか？　ハルクはチャーリーが怖じ気づいているのに気づいていた。パリとロンドンで銃撃戦をくぐり抜けてきたと豪語していたが、10代からギャングの世界に出入りしてきた——犯罪者にならずに済んだのはポルノのおかげだと語る——ハルクは、チャーリーは3人で唯一犯罪経験がないのを見抜いていた。ハルクは銀行強盗の一般的手口を踏襲し、無難に金儲けがしたかった。ところがチャーリーは、犯罪をクールに決めたかった。チョコレートは銀行強盗の小道具にもってこいだと信じ込んでいたようだ。

「車を停めてくれ」今すぐチョコレートが欲しいと、チャーリーが言った。

「は？」ラジャが言う。「ここらへん、あんま黒人いねぇぞ」黒人男性3人がカラバサスで出会い、その翌日に銀行強盗？　ほら、おまえさんご指名のハーシーズだ。

チャーリーが言う。ハーシーズじゃない、欲しいのはゴディバだ。

　ラジャはチャーリーの好きなようにさせた。3人はガソリンスタンドで車を停めた。

　ハルクは思った。チャーリーの奴、びびってやがる。

　翌日は朝から雨が降っていた。銀行強盗に全然うってつけの日じゃねえな——ハルクは、これは悪い兆候ではないかと案じてもいた。ファット・ラジャが車を停めようとする頃、同乗していたチャーリーが妙に口数が少なくなった。自分語りも、チョコレートの話もなし、デ・ニーロ愛を語るでもなし。ハルクも嫌な予感がした。すでに手遅れだったが。

　ハルクがライフルを手に、先頭を切って銀行のドアの前に立った。後ろからチャーリーが続いた。数年後、中に誰かいたとチャーリーが証言している。証拠はない。中に人がいたなら、あんな行動をとるはずがないのだ。チャーリーはカウンターを飛び越え、いつもとはちがうアクセントで叫んだ。どう考えてもちがう。中東系か、クラックをキメたジャマイカ人かと思ったというのが、カウンターにいた銀行員、アリ・サブジの印象だ。「金庫室を開けねぇとぶっ殺すぞ！」チャーリーが怒鳴った。サブジには金庫室を開ける権限がなかった。チャーリーはそのあたりの事情がわかっていなかった。時計はカチコチ時を刻む。チャーリーは鍵を見せるようサブジを脅す。「金庫室の鍵じゃありませんよ」と、サブジは言う。チャーリーにはわからない。いや、それでよかったのかもしれない。鍵はもう要らなくなった。銀行強盗から大きくはずれる展開へと進んでしまったからだ。チャーリーは、持っていたピストルでアリ・サブジの頭を強打したのだから。

　恐怖のあまり、ハルクは目をそらすことができなかった。やりすぎじゃねぇのか。どうしてチャーリーはあんな行為におよんだのか。ハルクにはわかっていた。チャーリーは映画の1シーンを真似たのだ。

アシスタント・マネージャーが金庫を開いた。お宝がざくざくだ。チャーリーが9万4,000ドルをバッグに詰め込み、3人は銀行から逃げたが、時間をかけすぎた。犯行現場にはネオンで向かい、乗り換える車まで準備していたというのに——ラジャが別人のクレジットカードを使って手配していた——3人はあっさりと見つかってしまった。追いつ追われつのカーチェイスが始まる。101号線を赤のナビゲーターが50kmほど独走する後ろを、赤と青の警光灯をつけ、サイレンを鳴らすパトカーの車列が続く。路上にはスパイクが打ってある。スパイクにタイヤを取られ、車は横転。ビーチに逃げたチャーリーがつかまった。下着の中に3万3,500ドルを突っ込んでいた。保安官補が自分を撃ち殺さないでくれてよかったと彼は思った。

家族に恥をかかせてしまったとチャーリーは泣きじゃくっていた。知らせを聞いたら、母親がショックのあまり死んでしまうのではないだろうか。家族に知られると絶対に困る。チャーリー・クネインの不祥事が家族に知られずに済むなら、チャーリー・ロビネットのままでいよう。チャーリーは腹をくくった。だが警察はその後、回収できていなかった紙幣2枚を見つける。チャーリーが尻の穴に突っ込んでいたのだ。10ドル札が1枚、50ドル札が1枚。

「私は甘やかされて育ちました」と、チャーリーはあるFBI捜査官に語っている。失うものは何もなかった。「これまでの人生を洗いざらいお話しします」と言って、チャーリーは大学のこと、フランスのこと、アメリカ合衆国にたどり着いたことを捜査官に語った。演技のレッスンについても語った。犯罪者にはなりたくなかった、芸術家になりたかったと述べた。銀行強盗は——他人のパスポートと同じく——必要悪だと信じていた。必然的にそうなったのだ。犯罪じゃない。演技だ。強盗を演じたのだ。強盗であり、演技でもある。彼は語った。「私にとって、銀行強盗は演技と同一線上にありました」

この主張はもちろんまちがっている。刑が確定した以上、弁明す

るには遅すぎると、チャーリーもわかっていた。「母さん」チャーリーは泣いていた。「私は誰も撃っていない」本当は撃っていた。チャーリーにも自覚があった。彼がFBI捜査官に語ったところによると、チャーリーが支店の待合スペースを見渡したところ、カウンターにいたサブジを認め、銃を手にして叫んだ——「私の英語はそんなに流暢じゃないので、お金をくれという意思が伝わるようなことを言ったんです」——そしてチャーリーは、待合スペースにいた赤ん坊連れの母親に目が向いた。「覚えています、あれは——」彼は口をつぐんだ。何を言っても、自分に不利になってしまうから。

　数年後、リーンと最後に会ったチャーリーは、おそらくこの時に——母、赤ん坊、銃、血、金の話をし——アメリカで失敗した、すまないと姉に言ったと回想している。

————

　ビッグ・ハルク——現在はマーカス・ティモンズと名乗り、結婚してまっとうな暮らしを送っている——は、減刑を嘆願した。彼は8年8ヵ月の刑期を務めた。ラジャも減刑を望んだ。こちらは7年務め上げた。チャーリーはどうなった？　ハルクは納得がいかなかった。チャーリーは自白し、無罪を主張した。チャーリーは頭がおかしいとハルクは決めつけていた。判決を待つ間、3人が数ヵ月間収容された刑務所でおかしくなったにちがいない、と。「しょっちゅう口論に巻き込まれていたから」と、ハルクは今になって語る。ハルク——ティモンズ——はその後、ビジネスで成功した。彼はクラシックカーのレストア業を始めたので、ことあるごとに、自分の賢明な選択を自慢しようとする。ロータリークラブの会員になったようだ。人生で最悪の選択をした当時を振り返り、自分ひとりだけ更生できた中年男性といった風だ。ラジャは紅斑性狼瘡が回復せぬまま、獄中で亡くなった。チャーリーは？　まだムショじゃねえの

か、とティモンズは思いつきでそう言うが、ある日テレビのニュースで、見知った顔のマグショットと対面することになる。"スキッド・ロウでLAPDに射殺されたホームレスの男性、銀行強盗の前科あり"という見出しがKTLAの紙面を飾った。チャーリー・ロビネット。ホームレス。死亡。バカな、ティモンズは思った。そこまで運に見放されなくても。

　獄中生活はこんな感じだった。ハルクとチャーリーは当初仲が良く、一緒にウエイトリフティングをこなし、前科があるハルクは刑務所のルールをチャーリーに伝授しようとした。それなのにチャーリーは、ハルクから学ぼうとはしなかった。納得がいかなかった様子だ。「もっと謙虚になれよ」と、ハルクはよく彼を諭していた。我を張るのはチャーリーらしくなかった。「思い込みが強くて頑固だった」代わりに瞑想にふける時間が長くなった。点呼の時間に並ばなくなった。同じ房の仲間はアフリカ人で——チャーリーはまだフランス人のふりをしていた——あいつに世の中ってものを教えてやってくれないかと頼みにきた。やってはみたが、無駄な努力だった。ふたりがまともに話した最後はそれから2ヵ月後、ハルクが事件の証拠開示手続書類を作成した時だった——チャーリーの供述書も含まれていた。ハルクとラジャはチャーリーの房内で彼と向き合った。チャーリーは泣いていた。彼らに協力すると誓った。裁判に出廷し、すべてを取り下げると。「いいって、気にするな」ハルクはチャーリーに言った。「こっちは結審した。おまえは自分のことをやれ」チャーリーは号泣した。「裁判には行くから」と、チャーリーは言った。「芝居するから！」「妄想ですよ」当時を振り返ってティモンズが言う。自分の証言にデ・ニーロを召喚できると思ったようだ。

　裁判記録を見ると明白だが、チャーリーが証言に立ったのは事実だ。自分が証言をしても、どうせ弁護士に却下されるに決まっていると思い込んでいたようだ。彼は4時間房に拘留され、慣例法によ

る電話も認められなかった。チャーリーは到着したFBI捜査官に尋ねた。「弁護士を雇っていた方が有利でしたか？」

　その捜査官はチャーリーの言葉尻を取った。「君は私にどう答えて欲しいんだい？」チャーリーがようやくまともに話す気になったと思ったようだ。

　法廷はチャーリーの主張を考慮したかったが、彼は現行犯で逮捕されている。そのため15年の刑が求刑された。ただ、チャーリーは家族にこれだけは守り切ることができた。刑務所に収監されたことを家族に知られずに済んだのだ。投獄されたのはチャーリー・ロビネットで、チャーリー・クネインは失踪した。彼にとって、せめてもの慰めだった。

　チャーリーは連邦刑務所に14年服役した。服役中は何をやってた？　読書。瞑想。運動。自殺未遂を三度。三度目はハンストを試みた。30日間何も口にしなかったと、後に語った。だけど死ななかったんだよなあ。ミソをつけた。しくじった。自ら命を絶つ方はマーカス・ティモンズに先を越された。

　2003年、刑務所はチャーリーを精神医療刑務所に移そうとした。チャーリーは拒否した。2005年、刑務所は裁判所命令を出そうとした。申し立てには「精神疾患または障害」とある。選択肢を失ったチャーリーは10年ほど刑務所内の精神病棟で過ごしたが、公式の記録は残っていない。

「脳病院」——数年後、スキッド・ロウに来る前にいた場所をミス・メッカに話す際、チャーリーはこう言った——口に出して言うのもはばかられる表現だった。ご近所さんの素性は知っておいた方がいいと思ったから、と、チャーリーはミス・メッカに言った。だが、過去について語ったのはこれだけだった。自分のことをうまく説明できなかったからと、チャーリーは言った。別に言う必要もないとも思っていた。いって、ミス・メッカもそれ以上聞こうとしなかった。過去なんかいらない。「ねえ、ベイビー」彼女はチャー

リーに言った。「それがあんたの人生なんだよ」

　チャーリーはうなずいた。そうだね。

––––––––––

　2014年6月7日。「こんなにもろいハートだとは。崩れ落ちそうなほどはかない、俺たちのハート」

――チャーリーのTwitter

––––––––––

　6月10日だったとリーンが言った。彼女は何度もこの日付を口にした。2014年6月10日。チャーリーが実家に帰ってきた日だ。「火曜日でした」

　火曜日であるこの日は蒸し暑く、ボストン近郊の都市、ゴールデンのひび割れたアスファルトは雨で滑りやすかった。

　リーンと夫のチャールズは葬儀の支度（したく）を手伝うため、友人宅に向かうところだった。カメルーンでは悲しみを溶かすといわれる夜明けが来るまで、死者を夜通し眠らせないよう番をする習わしがある。リーンとチャールズは束縛されている。夫婦として、お互いの家族に、祖国の風習が通用しないアメリカに移民し、祖国で付けられた名を捨て、国中に散って、新しい名で生きている同胞たちのしがらみの中で生きている。だがこの夜、葬儀の参列客はリーンとチャールズのために集まり、何かやろうと計画していた。亡くなったのはチャールズの姉、彼女の魂は海を越え、祖国に帰るだろう。

　さて、帰ろうという段になって、リーンのスマホにメッセージが届いた。Facebookの友達リクエストの通知だった。リーンはFacebookではそれほど友人がいない。自分にはチャールズがいる。

2歳になった娘のジョイシーがいる。看護助手という仕事がある。それに自分には母がいる。うらぶれた通りのモールの裏、狭いがきちんと片づいたアパートで自分たち家族と一緒に暮らす母が。

かつて、チャーリーとも一緒に暮らしていた。弟が消息を絶つと、リーンはフランス語のウェブサイトに尋ね人の広告を出した。有力情報が得られなかったので、リーンはアメリカ合衆国に移民多様化ビザを申請した。6年待った。ビザを取得したちょうどその頃、リーンはドゥアラで新しい仕事を提示された。経営者のアシスタントという好待遇だった。そこでリーンは、ドゥアラ大学経済学部教授の座と妻のどちらを取るか夫に尋ねた。チャーリーのいない人生は考えられない。そこで一家はアメリカに移住し、チャーリーを探すことにした。それが8年前のこと、チャーリーが消息を絶ったのはそれより6年前のことで、弟が死んだ事実を受け入れるべきだとリーンもわかっていた。夜通し番をするチャーリーの遺体はないけれども。

スマホの画面にリーンの目が釘づけになる。

Facebookから通知があった。「チャーリー・クネインから友達リクエストが届きました」

リーン・マーキス・フォーミングは堅実な女性だ。頬骨は家の梁のように高く、声は低く、長母音を伸ばし気味に話す。まっすぐなまなざし、ゆっくりとまばたきする目。何度かあった人生の分岐点を過ぎたところで、過去が転がり込んできた。リーンは片手をふわりと上げた。声は震え、やがて止まった。リーンは視線をそらした。覚えている限りずっと、涙をこらえた。

リーンはメッセージをまじまじと見た。

そしてまばたきした。「誰かのいたずらでしょ」と言った。

チャールズが妻のスマホをのぞき込んだ。チャーリー・クネイン。自分たちの結婚式費用を援助してくれたのに、まだ一度も会っていない義理の弟だが、ふたりの結婚生活は彼がいないまま続いていた。

チャーリー・クネイン。いないのが当然だったはずの人物の名前。

「こういう悪ふざけは好きじゃない」リーンは言う。最初、チャールズは何も言えなかった。リーンが悪ふざけとして片づけようとする意図がわからなかったからだ。

「悪ふざけだなんて言うな」チャールズは声をひそめた。母親に聞かせたくなかったからだ。知られたらどうなるか、見当もつかない。確証がつくまで大声で話すこともない。

「行こう」と、リーン。

　ふたりは車に乗った。リーンの気持ちがゆらぎつつあるとチャールズは思った。チャーリーであるわけがない。こんな悪質ないたずらを、誰が仕掛けたのだろう。信じられない。

「まったくだ」チャールズも妻と同意見だった。「うまく説明できないけど」カメルーンの大学で経済学を教えていたチャールズは、アメリカで会計士になる勉強をしている。彼は論理的にものを考える。必ずデータによる裏付けを求める。

　データがもっと必要だ。

「次のステップに進もう」チャールズが言う。「返信するんだ」

　リーンはスマホを見つめた。「あなたは」彼女は指でキーボードをタップする。「誰ですか？」

「ジュ・スウィ・トン・フレール」あなたの弟です。

　リーンはガクガクと震えだした。

「どうした」チャールズが声をかける。

　リーンは14年も待ち続けたのに。

「なあ」チャールズは言う。「あきらめず、ずっとやりたかったことをやろうよ」妻の弟は生きているかもしれないのに、自分の姉は死んでしまった。生きている者には必ず死が訪れる。弟が生きている情報が来るのを待とう。

　チャーリーも待っていた。ロサンゼルスの、木もれ日差すグリフィン・パークの毛布の上、ユーカリとベイスギの木が立つ奥まった

場所に居住処を構え、大事なもの——聖書、ランニングシューズ、戯曲を数冊——をすべて、手の届くところに置いて。だが大事な姉、リーンはそこにいなかった。チャーリーは死の直前、こんなツイートを残している。「自分の人生を愛するには、生きる上での障害を克服することにも心を配るべきだ」チャーリーは、ものごとを達成する上で逆説や矛盾が生じるのを面白いと感じていた。必ずふたつが揃っていなければいけない。チャーリーがいないリーン、リーンがいないチャーリー。何という姉弟愛だろう。

　リーンは待つことにした。ひとまず実家に戻った。チャールズが車を停めた。エンジンを切った。日中の喧騒を夜が鎮める。車のシートに座ったまま、リーンはチャーリーからもらった番号に電話をかけた。

「あなた、誰？」

　彼が電話に出た。成長したチャーリーではなく、愛しい弟の、深く豊かな声。「姉さんか」チャーリーの声だ。

　悪い冗談だと彼女は思った。こんなことして何が楽しいっていうの？

「姉さん」チャーリーがもう一度言った。

　リーンの声が厳しくなる。「私の父の名は？」

「イザク」

「母の名は？」

「エレーヌ」スマホに現れた幽霊は、祖母やおじ、いとこの名をミドルネームまで挙げ、一族のルーツや分家など、枝葉末節にいたるまで指摘できた。彼は祖父母の農場の話をした。緑の丘にヤム芋の畑、ピーナッツの収穫競争——誰が最初にバスケットいっぱいのピーナッツを採れるかを競う——のこと、チャーリーはピーナッツを摘むより早く食べ尽くすから、いつも競争に負けてしまう、といった話をリーンにした。この頃になると、彼は英語でもフランス語でもなく、ドゥアラから遠く離れた小さな町で家族が過ごしたあの夏、

姉弟が使っていたバナ語で話していた。

「嘘でしょ」リーンは声を漏らした。わかってはいたが、ようやく自分自身を納得させることができた。私の弟（モン・フレール）。帰ってきた。リーンがいるチャーリー。チャーリーがいるリーン。ふたりだからこそ、きょうだい。神様が弟を返してくれたようだとリーンは思った。今度こそ弟を離さない。スマホに保存したあの写真のように、しっかりと手をつないで。チャーリーが4歳、リーンが7歳、エプロンドレスから突き出た細くて長い彼女の腕が下に伸び、弟の指を握る。瞳を除いて、どれもこれもが小さい弟の手を握っている写真だ。チャーリーの瞳はいつも開かれた窓のようだ。リーンが7歳、チャーリーが4歳、リーンは眠そうだが、誇らしげな目をしている。手をつないでいるこの子を見て、白いスーツを着た、ちっちゃな弟を見て。弟はとても大きな目をしている。姉を心から信頼している。姉のすべてを受け入れる。チャーリーの手を離さない。強く、強く握りしめる。決して離さない。

———————

　リーンがチャーリーに電話したあの日、彼は生涯最後となるツイートを投稿した。「自分より偉大なものに突き動かされると、人は不屈の存在となる」これを機に、チャーリーは不特定多数の相手に向けてつぶやくのをやめた。これからはリーンが話し相手だ。リーンが長距離バスの代金を送った8日後、チャーリーは夜遅く、姉を訪ねた。リーンはボストンのサウス・ステーションで待っていた。会いにきた男が本当にチャーリーかを確かめなければ。どこを見ても弟にちがいないかどうかを。「今日、弟に会ったらね」リーンは夫の手を握りながら言った。「アメリカに移住した目的がかなうのよね」

　そして、チャーリーがバスから降りてきた。「ここだよ！」彼は

声を上げた。弟だ、リーンはそう思うや脚を強くつねり、自分が夢を見ているのではないのを確かめた。「お互い、これまであったことを話しましょう」リーンはようやく弟に声をかけた。「こうやってお互いを理解するの」と、彼女は自分で自分を抱くようなポーズを取った。「こんなに幸せだと思ったことはないわ」リーンはつぶやいた。もう一度、ささやくように繰り返した。

　チャーリーはロサンゼルスに戻った。彼はそれから263日間、毎日姉にテキストメッセージを送るか、電話をかけた。亡くなる前夜、スマホを切ると、チャーリーは『マクベス』の台詞をそらんじた。「明日、また明日、そしてまた明日と」

　不幸に追い込まれる流れに惹かれるのは、避けられないとわかっているから。過去を振り返って、ほかに選択肢がなかったじゃないかと、自分を納得させようとするからだ。

　ただ、そんな状況もいつしか終わった。

　姉弟の会話はよそよそしかったが愛情にあふれ、微笑ましかった。親愛なる姉さん、かわいい弟よ。家族のこと、母のこと、父のこと、故郷に帰ることを話し合った。「姉さん」チャーリーが言った。「食べ物と家に帰ることのどちらを選ぶかと訊かれたら——家に帰る方だね」銀行強盗の話はどちらからもしなかった。弟が服役したことは知っていたが、わざわざ刑務所の話をする必要はなかった。出所後のこと、一時的にグリフィン・パークに住んでいたことも話題にしなかった。自分が孤独だと伝える必要もなかった。姉と再会できた今、チャーリーはもうひとりではなかった。

　新しい恋人もできた。ホセだ。ホセには別の相手がいたが、チャーリーとも交際を始めた。チャーリーがグリフィン・パークに住むようになると、ホセが通ってきた。チャーリーが信頼できると感じたホセは、ロサンゼルス郊外、ジュロッパ・バレーで両親と暮らす実家の部屋を貸そうと申し出てくれた。こうしてチャーリーはホセの実家にあるガレージの上の部屋で5ヵ月ほど、ヤギやニワトリに

餌をやったりしながら過ごした。この時期、チャーリーはカメルーンに帰国した後、自国の工芸品を輸出する新規事業をしようと、オコローの計画書を書き始める。ラジオでもっぱらクラシック音楽を聴いていたチャーリーだが、ホセが過去14年にリリースされたポップミュージックを教えてくれた。チャーリーが気に入ったのがコールドプレイの〈パラダイス〉で、象の着ぐるみを着た人物がアフリカに帰り、象の着ぐるみ仲間と再会するという筋書きのプロモーションビデオを繰り返し観た。ばかばかしい演出だ。でもチャーリーは気に入った。自分もばかばかしい人生を送ってきたから。彼はホセと連れ立って、ロサンゼルスにある天使のマリア大聖堂に行き、聖歌隊の歌声に耳を傾け、空に向かって伸びる、鋭角的だが押し出しがあまり強くないデザインや、穏やかな光に満ちた雰囲気など、教会の見事な建築設計について語り合った。食事は、やはり移民であるホセの両親と一緒に取っていた。チャーリーはホセの両親に感謝し、親愛の情を込めて「パパ」、「ママ」と呼んでいた。

　チャーリーは父とも連絡を取った。父イザクから「帰ってきなさい」と言われ、チャーリーは泣きに泣いた。帰りたくても帰れなかったからだ。カメルーンで発行したパスポートはとっくの昔に失効しており、アメリカでは別人のパスポートを使っている。チャーリー・クネインはアメリカ人でも、フランス人でもない。身分証明が自分の記憶しかない元詐欺師を祖国は自国民とは認めなかった。ドゥアラに家があって、広い庭に子どもたちが集まっていたそうです。子ども会を主催していたそうですよ。彼の名を覚えている人もいるようです。クネイン、ロビネット？　両方です、と、チャーリーは言いたかったが、それでは入国審査官への答えにはならないのもわかっていた。

　それでも帰国に向けての準備は進めた。ホセの運転で、ロサンゼルス市の入国管理局に出向いた。そもそも入国申請書類を作っていない。そのため当局は強制的にチャーリーを本国に送還するだろう

と踏んでいた。そのため、帰国するのにふさわしい服を着ていった。入国管理局の外の路上で、チャーリーはホセに別れを告げた。45分後、彼はホセに電話した。強制送還はなかった。申請書類に記入漏れがあったのだ。

　ホセはもう一度チャーリーを入国管理局に連れていった。

　今度こそうまくいく。チャーリーはホセに言った。

　入国管理局でチャーリーは訴えた。本国に送還してくれ。祖国に帰してくれ。私はアメリカ人じゃない。

　この時は警備員につまみ出された。

　歩道に立ち小便をして軽犯罪法違反で逮捕されてやろうかとも考えた。それなら国も私を強制送還するしかないだろう、だよね？

　ホセは車でチャーリーを市街地まで送った。今回で三度目だ。

　チャーリーはマリファナを吸った。そして合成麻薬（スパイス）を吸った。「終わったら……」と言いかけたが、ホセはその先を言わなかった。チャーリーは薬で正気を失っていたからだ。秋になり、ホセは決断した。チャーリーをこれ以上実家に置いておけない。当初、ホセは実家に近い川縁の静かな場所にテントを設営し、チャーリーをそこに住まわせた。チャーリーが落ち着くまでの措置として。川に運ばれてカメルーンに行き着く自分をチャーリーは思い描いた。事業計画書の執筆も再開させた。ちょうどその頃、川縁に寝泊まりしていたホームレス男性が刺殺されたニュースをホセは思い出していた。チャーリーももう川のそばでは暮らせないと覚悟していた。ホセはロサンゼルス市の伝道所でボランティア活動をしていた。チャーリーは伝道所に移った。ところが彼はホセには内緒でそこを引き払った。どこかで——ホセには心当たりがないが——チャーリーは覚せい剤（クリスタル）を覚えたのだ。誰もはっきりとした日時を覚えてはいない。10月か11月のある日、名前も告げず、ひとりの男がサン・ペドロにある、2階まで届く、背の高いガラスの十字架のそばに張ったテントに姿を見せた。

僕と出会ったばかりの頃、チャーリーは、入国管理局に近いから
という理由でスキッド・ロウに流れてきたと言っていた。ホセと別
れてからも出国申請を繰り返していたのだろう。管理局に残るよう
指導されたことがあった。カメルーン当局が出国を認めたからだ。
ところがしばらく経つと、チャーリーは入国管理局に通うのをやめ
た。保護観察官との面談にも足を運ばなくなった。周囲の連中が彼
をアフリカと呼ぶようになったのも、その頃だ。チャーリー本人も
その呼び名を嫌がってはいなかった。姿を見せては消える。当時の
彼は明滅を繰り返していた。

　体調がいいとチャーリーは饒舌になる。牛乳ケースに座っている
と、自分のまわりにクリスタルの哲学者が小さな円を描くように集
まってくる。10ドル分のドラッグを打つと、うらぶれたスキッド・
ロウの片隅に追い込まれた悲喜劇を思い知るだけの力を取り戻す
人々、それがクリスタルの哲学者だ。「政治。宗教。歴史」と、ジェ
イムズ・アタウェイが言う。「あいつは有能な兵士だったよ」と、
ジュジュが言う。そして第3の男が現れる。ラル。あの日曜日、チャ
ーリーが通報されるきっかけとなった男だ。ラルの話によると、
彼は、まだ幼い娘がいるミネソタの自宅に帰るバスのチケットを聖
書に挟んで持っていた。あの日の朝、ラルが女性を侮辱するような
ことを言ったため、アフリカと口論になり、ラルが持っていた聖書
が落ちて開き、チケットが風に乗ってどこかに消えていった。どこ
にもなかった。だから彼は警察に通報したのだ。アフリカならわか
るはずだ。彼も故郷に帰るチケットを失ったのだから。

グリフィン・パーク、チャーリーのキャンプでくつろぐホセ。

航空チケット代を送ってきたリーンには、ラルやジェイムズ、ジュジュの話を一切していない。スキッド・ロウのテントのことも、牛乳ケースのことも、人生の最後にたどり着いた、あの巨大な十字架のことも。姉はスキッド・ロウのことを何ひとつ知らない。踏ん張って生き続けるつもりだった。姉と約束したから。もう二度と姉から離れないと誓ったから。ロサンゼルスとボストンという全米をまたぐ距離があっても、姉弟の絆は強くなっていった。だから、姉と電話する時はストリートの喧騒から離れた場所に移動した。テントにもぐり込んで電話した。

　リーンは言う。「弟とは電話でよく神の話をしました」チャーリーはリーンに『『神様はあなたを守ってくださる』と言ってもいいんだろうな」と、よく話していた。彼はリーンに守って欲しかった。過去のことから、これから起こりうることから。

　チャーリーはいつも神に祈っていた。リーンは以前より用心深くなっていた。彼女が信徒だからでもあるが、信仰とは何だろうか。弟が最初に失踪した時、リーンは教訓を得た。弟は生きていると、彼が消息を絶ってからずっと信じ続けた。「遺体をこの目で確認しない限り、弟は生きていると断言できます。弟の無事をまだ信じていられます」リーンの信仰心はチャーリーとの再会でさらに強くなった。

　おやすみ、俺の大事な姉さん、あの火曜日の夜、チャーリーはリーンに最後の手紙を書いた。

　こうして迎えた日曜日の朝。こんな朝はきっと来るだろう。もう、すぐそこまで来ているかもしれない。

　朝が来たよ。

　目を開いて。リーンに電話をかけて。神様のことを思い出して。

どちらも忘れずに。暗闇の中、十字架の足下で小便の臭いをかぐ前に、イチジクの木に宿る露、君が吸っていない合成麻薬、毎朝決まって唱える祈り。祈りが終わると、君の1日が始まる。テントのジッパーを開き、あの日曜日が始まった。

「何を祈っていたんです？」僕はジュジュに尋ねる。

　ジュジュはこの問いを意外に思ったようだ。

「祈りは人と神の間にある」と、ジュジュが言った。

————————

　マサチューセッツ州モールデン。チャーリーの母エレーヌが、テレビで夕方のニュース番組を観ている。「リーン」と、娘を呼ぶ。「ちょっと、これ観てくれる？」

「うん」と返事をして、リーンは部屋の大型テレビで、あの不憫な動画に目をやる——どこかの哀れなホームレスの黒人男性が、犬みたいにあっさり撃たれた。「それ、もう観た」と、リーン。この日は月曜日、ホームレス射殺事件は24時間前からニュース番組で取り上げられている。リーンはチャーリーを案じていた。約束したのに、日曜日に電話してこなかった。あの子、必ず電話してくるのに。昼間、リーンの方から電話をしてみた。チャーリーは出なかった。あの痛ましい事件が起こったのは同じ日の夕方だった。かわいそうな男性。ホームレス。ホセがいてくれて良かった、あの人のおかげでチャーリーは住む場所を得た。

　火曜日、リーンはふたたびチャーリーに電話をかけた。「ボンジュール、ブラザー！」と、テキストメッセージも送った。返信はなかった。アフリカと呼ばれる被害者の男性の続報を追い続けた。彼は海外に家族がいるらしい。その情報がリーンの不安をかき立てる。

　電話があったのが午前2時30分。カメルーンにいる、いとこのドリスからだった「どうしたの？」リーンが問いただした。ドリスに

答えるすきを与えず、たたみかけた。「どうしてこんな時間に電話してきたの？」ドリスが話しだした。「こっちは朝の２時半なのよ！」さえぎるようにリーンが言う。「どうしてこんな時間に──」「ヴォワ・チュ・チャーリー？」チャーリーに会った？

「『どうして？』と訊きました」モールデンにある彼女の自宅を訪ねたある日の午後、リーンは僕に言った。彼女の話しぶりは単調で、僕の肩先をじっと見据えていた。気丈な女性だったのに、スイッチが入った。悲しみのスイッチが入ってしまった。二度と元に戻らないスイッチが。殺された男性のね、ドリスが話す。マグショットが公開されていた。チャーリーだよ。

　あれから１ヵ月が過ぎた。聖金曜日とイースターサンデーに挟まれた、長い土曜日だった。リーンが暮らすキリスト教徒の暦では、キリストが殺された翌日で、死者はまだよみがえっていない。死んだと思っていた弟は一度自分のもとに帰ってきたけれども、彼がよみがえることはもうない。リーンは前のめりに倒れる。その声はくぐもりながらも甲高くなる。こんなに泣いているのに、あなた、人の話を全然聞いていないでしょと、僕を責めるようにも感じられた。「私は手を自分の頭に当てた」と、リーンは話しだした。「あの人は病気なの！」と。自分たちの母親、むせび泣いているエレーヌのことだ。カメルーンの堂々たる黄色い伝統衣装に身を包んだエレーヌが歩み寄り、娘の膝をつかんだ。

　リーンの娘、ジェイシーが寄り添って母親を抱きしめた。子どもがよくやるハグではなかった。大事な人をいたわろうとする抱擁だった。ジェイシーは３歳。リーンは娘に抱きしめられるがまま、少しずつエレーヌのそばへと移動する。ジェイシーはゆっくりと歩いて、祖母の大きな黄色いドレスの中にもぐり込む。ジェイシーのピンクのシャツが見えなくなる。エレーヌは孫娘を包み込む。まるでエレーヌが子どもたち、リーンとその娘、そしてチャーリー、チャーリーがもてなかった子どもたち、２世代にわたる悲しみを自分の

胎内に戻すようにも見えた。大海原を越え、ドゥアラにある生家へ、チャーリーが生まれた場所へ、チャーリーが殺される前の時間へと戻る。ジェイシーは祖母からもらった贈り物を手に取る。少女はアフリカにルーツを持つ祖母の腹に、自分の頭を押し当てる。チャーリーの殺害事件はジェイシーへと受け継がれる。アメリカ人である彼女の物語だ。

————

　チャーリーの遺体はクレンジャー・ブルーバードにあるアンジェルス葬儀場で冷凍処置の上、3ヵ月ほど安置された。家族は遺体のカメルーンへの輸送を希望したが、それには費用がかさむ。遺族の友人がGoFundMeというクラウドファンディングのページを立ち上げたものの、2ヵ月で集まったのはわずか1,346ドルで、とうてい足りなかった。そこで遺体はアメリカに据え置かれた。身長およそ1m80cm、体重90kgほどの遺体だ。遺族が発表した検視報告書によると「頑健で筋肉質、栄養状態は良好」とある。肋骨3本にひびが入っており、そのうち2本が"銃創その1"を受けたことによるもの。これは二度目の検視で明らかになり、遺体検証の大半がすでに終わっていた。銃創その2と3を見た検視官が「皮膚の数ヵ所が欠損している」とコメントしている。「銃弾の射入口にあたる創傷が吹き飛ばされている」との記録がある。銃創その3は心臓を貫通したものとみられている。銃創その4では、銃弾が肝臓内に刺さっていた。左脚に残った銃創その5を検視した検視官は、「広範囲の切開が求められる」とした。銃創その6——この検視報告書では検証されていないようだが——チャーリーの左手首に銃弾が斜めに入っていた。

　銃創その3が致命傷だろう。銃弾は心臓を貫通し、チャーリーは亡くなった。銃創その6は、彼が腕を挙げた際に受けた傷と思われ

る。

　本件は後々問題視されるだろう。いずれ真相が明らかにされるだろう。

　純然たる事実、それは、アメリカ合衆国の警官に銃弾を6発撃ち込まれ、チャーリー・クネインが死んだことだ。

　純然たる事実だ。

　その後に、もう少しましな現実、いや、死者に許された、せめてもの情けといえる事実がある。チャーリーは祖国に帰ることができた。家族では工面できなかった費用を負担するという人物が現れ、リーンとエレーヌはチャーリーの遺体をおさめた棺とともに海を渡った。2015年5月24日、リーンとエレーヌ、そして、チャーリーが帰還を誓った家の主、父親のイサクは、チャーリー・ランドウ・クネインを自宅の大地に横たえた。チャーリーはもう、ここを離れることはない。家族は夜明けが来るまで彼と一緒に寝ずの番を務めた。

　　12:07 p.m. ——スキッド・ロウにて

彼はテレパシー能力があるとの評判だ。人の考えていることがわかるといわれている。本名はヴァージルだと本人は言う。母親は詩人の名を息子に付けたのだそうだ。「『神曲　地獄編<ruby>地獄編<rt>インフェルノ</rt></ruby>』かな」ダンテの『神曲』だとすると、ダンテの道案内をしたヴェルギリウスの亡霊、ということになる。こちらのヴァージルは清掃係だ。彼はチャーリーが住んでいた場所を掃除している。

「箒はどこで手に入れたの？」僕は訊く。

「お前らはどこで箒を手に入れるんだ？」と言って、ヴァージルは死者が残した段ボール製の天使の羽や書籍のまわりを掃いている。その簡潔な語り口と同じく、ヴァージルは短く、鋭く、正確に箒を動かして掃く。歩道がきれいになる。できるだけきれいにする。ヴァージルは箒を放り投げると、歩いて車道に入る。ブレイン——元ギャングスタで図体がデカく、完全に頭がおかしく、まともじゃない。剃り上げた頭を覆うようにタトゥーがのたくっている——がすっ飛んでいって箒を取り戻す。箒をだ！　お前らはどこで箒を手に入れるんだ？

　ブレインは壁にもたれて座り、例の箒を背後に隠したかと思ったら、両膝に挟んだ。ブレインは箒の毛束を数えている。

私が見張りに立つ間、私の神は眠り、
疲れた私の弟は家族の夢を見る。
弟は子どものように小さく
私は弟を夢の中に閉じ込める。
眠れ、わが神よ、避難者の弟よ、
眠れ、そして私たちの夢の中に消えてしまえ。

——ジェイコブ・グラットシュタイン "My Brother Refugee,"

イディッシュ語から英語の翻訳：ルース・ホイットマン

ほっといてくれ——アイルランドにて

　町の話題。この写真を撮った理由は特になかった。ただの秤だ。
ミニマリスト？　ミニマリスト風？　写真を使って語りたいこと、
写真を通じてわかることは、言葉というかたちで伝えるべきだとわ
かっている。この目安で、どんなストーリーが伝えられるだろうか。
この写真は近所にある一軒の店で娘に粘土を買ってやりながら、そ
の店の裏で撮った。通りすがりに目に留まった、この秤の写真を撮
ったのは、青くて黄色くて、正確に測れそうな秤だと感じたからだ。
数字がずらりと並び、両手を広げて情報を分かち合おうとしている
ように見えたから、台座にある棒に自分の顔が映り込み、秤を使っ
ている人のように見えたから撮った。雑然と物が置いてある中、ひ
ときわ大きな物体のディテールを切り取るようにして撮るのが好き

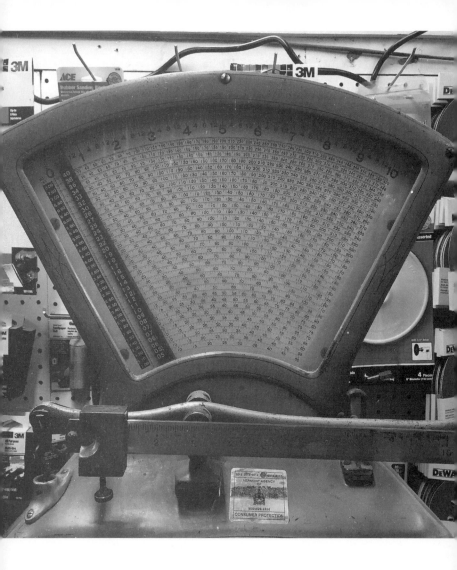

だから、秤の後ろから黄色い円盤状の何かが、ひょいと顔を見せていたから、３Ｍやエース、デウォルトの工具が背後にあったから撮った。この写真には僕も写っている。写真の解像度をもう少し上げたら、ガラスに映った僕の姿が見えたかもしれない——赤い服を着た僕の肩、体の中央でカメラを構えた僕の手、スマホに隠れた僕の顔が。フレームに入り込むには身長が足りなかったが、この場には娘もいた。おまけに娘は僕の真後ろにいて、姿は見えない。娘はそこで子どもサイズのショッピングカートを押し、先ほどの粘土をカートに入れた。うちに帰ってから、娘は粘土をカボチャの型に入れ、カボチャを作った。娘はナイフでカボチャらしく凹凸を描くと、僕に言った。「カボチャってさ、外の皮にいっぱい線が入ってると、中にたくさん種があるんだって！」

「そうなのか？」

「そうだよ」と、娘は粘土のカボチャを掲げた「だから、いっぱい線を描いたよ」

　ある春の日のこと、娘がため息をつきながら言った。「いつになったらアイルランドに行けるんだろう？」娘がなぜアイルランドに行きたいと思ったのか、その理由がわからずにいたが、１週間後、ダブリンで開かれる文章講座で教えないかと誘われた。娘の希望がかなえられるのではと、僕は一も二もなく承諾した。スキッド・ロウの取材から帰ってまもなく、僕と娘は旅支度を調え、欧州にしばらく滞在することになった。

　わが家の書棚で見つけたのが、『ユリシーズ』の、ページが糊ではなく糸で綴じてある、この版だった。母の蔵書だった。母は1989年、乳がんでこの世を去った。僕は本を開いた。１枚のハガキがはらりと本から落ちた。僕の姉が母に宛てたハガキで、かなり昔のも

のだった。「大好きなママ、骨盤を折ったそうですね、心配です。死ぬかと思うぐらいびっくりしました。仕事とコンサートのことは任せて。すぐに見舞いに行けなくてごめんね、図書館にいたの。愛してる。ジョスリンより」姉の名の横に、下手くそな僕の字で"ジェフ"と書き足してある。父が母宛てに送ったものだ。

　両親は憎み合いながら離婚したが、父は僕たちを連れ、母を見舞いに病院へ行った。この日は母が初めて自分の仕事というものを持った日でもあった。母は出版社に就職したのだ。赤信号にもかかわらず、1台のトラックが走り去った。母は6mほど吹っ飛んでアスファルトに激突した。自慢の美しい頬骨は粉々になり、骨盤と大腿骨を何ヵ所も折った。

　僕が字を覚えた頃のことだった。母は退院後もしばらくベッドに寝たまま過ごした。たまに読み聞かせをしてくれたが、体がつらくて思うようにはいかなかったようだ。何か本を読んでくれる？と、母に頼まれたことがある。僕が読み聞かせをした。『ぞうのババール』だった。今まで一度も本を読んだことがなかったのに。

　『ユリシーズ』は読んだことがないが、ストーリーは何となく察しがつく。このハガキが挟まっていたページの文章（ハガキをしおりとして挟んでいたことから考えて、母も読了していなかったのだろう）から考えて、母親について書いてあるのではないか。
〈ブルームは決心がつきかねるように三人の娼婦を見渡し、つぎにシェードをかぶせた藤いろの明りを見つめ……〉[*4]

　だからと言って、母に対する印象が悪くなったわけでもなかった。母は子どもたちに本やお話を読ませないような真似を一度もしなかったから。

VIRAG

(502) (*Arches his eyebrows.*) Contact with a goldring, they say. *Argumentum ad feminam*, as we said in old Rome and ancient Greece in the consulship of Diplodocus and Ichthyosaurus. For the rest Eve's sovereign remedy. Not for sale. Hire only. Huguenot. (*He twitches.*) It is a funny sound. (*He coughs encouragingly.*) But possibly it is only a wart. I presume you shall have remembered what I will have taught you on that head? Wheatenmeal with honey and nutmeg.

(*Reflecting.*) Wheaten ...
This searching ordeal. ...
a chapter of accidents. ...
you said . . .

(*Severely, his nose har ...
twirling your thumbs an ...
forgotten. Exercise you ...
Tara, Tara. (*Aside.*) H ...

Rosemary also did I u ...
parasitic tissues. Then ...
of a deadhand cures. M ...

(*Excitedly.*) I say so. I ...
parchmentroll energeti ...
with all descriptive par ...
of aconite, melancholy ...
going to talk about am ...
must be starved. Snip ...
neck. But, to change the venue to the Bulgar ...
have you made up your mind whether you like ...
women in male habiliments? (*With a dry snigger.*) You in ...
tended to devote an entire year to the study of the religion ...

[514]

---

problem and the summer months of 1882 to square the circle and win that million. Pomegranate! From the sublime to the ridiculous is but a step. Pyjamas, let us say? Or stockingette gusseted knickers, closed? Or, put we the case, those complicated combinations, camiknickers? (*He crows derisively.*) Keekeereekee!

(503)

(*Bloom surveys uncertainly the three whores, then gazes at the veiled mauve light, hearing the everflying moth.*)

... was never. ...
... Past was in ...
... was past ...

... of the day ...
... red by the ...
... essing ex- ...
... Poll! (*His ...
... verb in the ...
... hundred ...
... will attract ...
... choice mult ...
... At another ...
... thers. (*He ...
... tifully with ...
... ects follow ...
... unadjust- ...
... nteenth book ...
... sion which ...
... . Some, to ...
... automatic- ...
... d nightsun ...

BLOOM

... Marylebone too other day butting shadow on wall dazed ... that my wandered dazed down shirt good job I . . .

[515]

Dear Mommy,
I'm very sorry you banged up your hip. It scared me half to death. Don't worry about the job and concert. Sorry we couldn't come sooner but we were at the library.
Love,
Jocelyn

Jeff

Get Well!

Nancy
Sharlet

写真を撮ってもいいかと彼女に訊いた。

「いいよ、どうして？」

「グレイのジャケットがピンクの壁に映えてきれいだから」僕は言った。「グレイがかったブルーの瞳もきれいだ」

「瞳。そっか」

　写真を撮った。山ほど撮った。

「見せて」と、彼女が言う。スマホを彼女に渡した。彼女は上下にスクロールした。

「この写真、もう少しアップにして、あたしにくれる？」僕は画像をトリミングした。「そうじゃなくて。瞳がはっきり見えるよう、アップにして欲しかったのに」

　投稿された記事には意外なタイトルが付いていた。「私の瞳」じゃなく、ただの「瞳」だった。

「『瞳』でいいの？」と、僕は訊いた。

「うん。そのものズバリだから」

　12:07 p.m.───スキッド・ロウにて

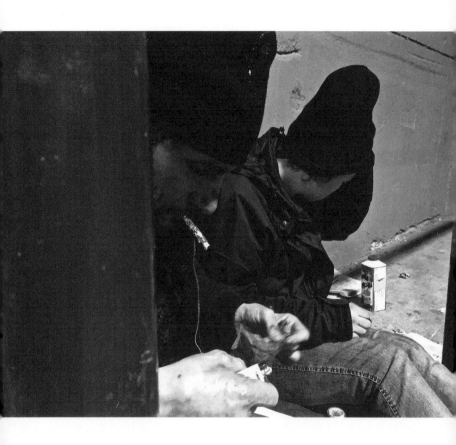

彼はアルミ箔からヘロインを吸い、彼女はコカコーラの曇ったガラス瓶の口に覚せい剤を載せて吸う。マイケルは38歳、シュボーンは20歳。マイケルは僕に心を開くが、シュボーンはだめだ。マイケルは雑談に乗るが、シュボーンは100ユーロくれと言う。じゃ、20ユーロではどうだ？　彼女は20ユーロで手を打つ。「お金はどちらに渡せばいい？」と訊くと、マイケルが僕から紙幣を受け取ってシュボーンに渡す。「あんた結婚してんの？」シュボーンに訊かれたので、僕は指輪を見せる。「君は？」今度は僕が訊く。「してない」彼女は顔にできたかさぶたを血がにじむ爪ではがす。爪には赤いネイルポリッシュが少しへばりついている。

「こいつは俺の妹」マイケルが言う。くぐもった声は低くて力がなく、顔を寄せないとよく聞こえない。頬に当たるマイケルの吐息があたたかい。「俺はこいつの兄ちゃんだ」マイケルが言う。「たいていみんな納得する、だろ？」と言って、ニヤッとする。マイケルは僕に心を開くが、シュボーンはだめだ。

　ずっとまともに寝ていないとマイケルが言う。黒く盛り上がった傷口をむくんだ手で指さす。ふたりともホームレス・シェルターでもらった靴を履いているが、シェルターは妹と相性が悪かった。「ろくな奴がいなかった」と、マイケルはシェルターの住民について語る。マイケルのすぐそばには食べかけのチョコレートバー、尻の下には新聞。妹の手にはドラッグ。そろいの黒いニット帽をふたりともきちんとかぶらず、ちょんと頭に載せている。児童書によく出てくる、子どもが寝る時にかぶるナイトキャップのようだ。

　マイケルは長男だ。「生まれたばかりのこいつを俺が世話した」ふたりの間に兄弟姉妹が6人いるらしい。7人だったかもしれない。マイケルは帽子を脱ぐと、今、どんな暮らしをしていたかがわかる

よう、写真を撮ってくれないかと僕に言う。「まだ血ぃ、出てっか？」と訊かれたので、僕はズボンの片方の裾をまくって、かさぶたのできた肌を見せた。「乾癬だ」と言う。マイケルがうなずく。「俺にも似たようなのがあるんだ」と、頭にできた、ヒリヒリしたできもののことを言う。

　シュボーンは自活を考えている。着実に生活を切り開こうとする。僕のスマホを貸してくれと頼まれる。「仕事を探すんだ」と。探している男がいる。20ユーロ持っているからと彼に伝えた。すぐ迎えにくると言ったのだそうだ。マイケルは自分の足で立ちたい。だが右足は骨がないかのように、ぐんにゃりしている。「待って」図体が兄の半分のシュボーンがそう言って、マイケルの膝を抱える。そして僕に言う。「もうあたしたちのことほっといてくれないかな」マイケルも言う。「俺らに恥をかかせないでくれ」そんなつもりじゃなかったのに。「俺らの両親にはそう見えるだろうさ」僕はうなずく。マイケルはうつむいてライターの火をつける。アルミ箔から立ち上る黄色くかすかな輝きが、マイケルの顔を、彼のかさぶたを金色に染める。「だからほっといてくれって言ってんだろ」

12:07 p.m. ──スキッド・ロウにて

神話によると、こういうことは誰にでも起こりうるようだ。

　　　　　　　　──ウェンディ・ドニガー『The Implied Spider』

写真を撮ってもいいかと訊いた。いいよ、と、彼は言った。帯状の糞を乗り越え、僕は近づいた。ハトを驚かせたようだ。足を止める。近づきすぎた。押し寄せるような灰色と青とピンク、そして鳥の糞。彼は顔を上げた。ハトがいなくなる。彼は無言のまま。僕はあとずさった。ハトが戻ってきた。鳥たちがえさをついばむ中、彼が「いいよ」と言ったので、僕は写真を撮った。

203   12:07 p.m. ──スキッド・ロウにて

自転車に乗った男に追い回されている。「あんた！　そう！　あんただよ！」と、大声でこっちに向かってくるし、公園のこのあたりを歩いているのは僕しかいない。だから僕はあいつに追われている。早足になっても、相手は自転車に乗っている。立ちこぎしている。ぴったりとしたダブ・ブルーのパーカーにペイントデニムといういでたち。「止まれ！」と怒鳴る。僕は止まる。彼も止まる。サドルにまたがったまま立つ。「あんた、俺ん家の写真撮ってただろ？」

　そういうことか！　「撮ってました」と答える。まさか正直に白状するとは思わなかったようだ。「俺ん家の写真撮ってたのか！」僕はスマホを掲げる。「僕はフォトグラファーです」あながち嘘ではない。「うちでテレビ観たいって母ちゃんに言ったんだってな」ああ。そうか。あの年配の女性は彼の母親か。僕がこの写真を撮ったその時、彼の息子らしき男の子を連れ、自宅の玄関先にいた女性は。「うちでテレビでも観る？」彼女から誘われたのは確かだ。「いや、その」僕は事情を説明した。「ちがうんです、僕はただ、窓に差し込む日の光がきれいだったから」女性は「わかったわ」と言い、僕は謝った。彼女はいいのよと言わんばかりに手を振った。「いいのよ」というのは僕の勝手な思い込みだった。

　僕は彼女の息子に写真を見せた。彼はまじまじと見ていた。「何なんだこれは？」

「さあ。僕はジャーナリストです。この辺を歩いていたら──」

　男は片手を挙げて制した。事情がわかったようだ。「いいか。用心するに越したことはない。この辺にはルーマニア人がたくさんいるから」ジプシーのことだろうか。ロマ人、と言いたかったのか。それから男のロマ人差別トークが始まった。豪華なアパートに住んでいようが、物乞いもどきの振る舞いをすること。毎週金曜日にはモスクに通う真面目な信者から施しをだまし取ろうとすること。彼らはイスラム教徒でもキリスト教徒でもなく、独自の宗教を信じて

いること。そして、彼らの祖先はキリストが 磔 にされた時、両足
に刺さっていた釘をローマ人から盗み、その際、神から窃盗に対し
て寛大な措置を得ることができたこと——などを述べた。どうだ、
ロマ人は盗人なんだよ、男は断言する。「目玉が顔から飛び出すほ
どびっくりしただろう！」

「ご不快なようなら画像を削除しましょうか」

「いいや。あんたはルーマニア人じゃないようだからな！」と言っ
て、男はバカ笑いする。「写真なんかどうだっていい、ちがうか？」

　それはそうだ。だがテレビの話と辻褄が合わない——彼がテレビ
を観ていると、母親がドアを開けて入ってきて、ひとしきりルーマ
ニア人の話をした。そのルーマニア人、どうやらうちに来てテレビ
を観るらしいって。だからさおまえ、頼むからちょっと外に出て、
ビシッと言ってきてくれないかね——そういうことか。

「俺は差別主義者じゃねぇぞ」エイダンは言う。「俺は左官だ」壁を塗る職人、ということだ。いや、壁を塗った、の方が正しいな。今の彼は現在形と過去形の途上にある。途上って？　と尋ねる。壁を塗る仕事は彼の手をもう離れたのではないか。1パイント*注の塗料を塗ったら、仕事としてひと区切りだそうだ。

「テレビに出たんだ」と、エイダンが言う。路上インタビューのような取材を受けたようだ。難民について、シリア人をどう思うか。「俺たちの仕事を取りやがった」と、彼はテレビカメラに向かって言った。助けてやりたいのは山々だが、と前置きしつつ──知ってのとおり、俺は差別主義者じゃないが、シリア人だって、俺たちに助けて欲しくなんかないだろう。テレビが話題にしてる連中じゃねぇぞ。富裕層だ、財産を隠し持ち、同胞だけを雇うから、出来映えはさんざんで、まともな壁とはお世辞にも言えねぇのに、アイルランド系の職人とは桁ちがいの金を払いやがる。おまけにアイルランド系には仕事を出し惜しみする。同胞ばかりで固めたがる。

　エイダンとは石造りのアーチの下、同じ悪ガキの落書きを目で追っていて出会った。「ロウ──せんせいは」名前が途中から緑の斜め線でかき消されていて読めない──「がっこうで一番いいケツしてる」この落書きから会話がスタートした。互いの出身地を言い合う。僕はヴァーモント州。エイダンは女のきょうだいに会うためモンタナ州に行った。赤い車。アイルランドの女性。ひょっとしたら彼女を知っているかもしれませんね、と言うと、「あんたをからかっただけだ」と返される。この話題はなかったことにする。「シカゴにも住んでいた」とエイダン。モンタナ州に女きょうだいがいる、いた、かもしれない。シカゴには男きょうだいがいる、いた、かもしれない。アイルランドはスライゴー市にもきょうだいがいる、い

た、かもしれない。病気なのか、亡くなったのか、だんだん区別がつかなくなってくる。死んだ、死んだ、死んだ。本論は死んだきょうだいの話で、最後のひとりがエイダンだ。白血病で病の床にある男きょうだいを除けば。

　雲が広がる。黒ずんだ銀色（しろがね）の雲が。この日最後の日の光が北寄りの雲間から差し、路上に停めた車の窓を金色（こんじき）に染める。僕はしゃがむ。エイダンは咳き込む。僕らはあてもなく歩く。

「好きな歌手、いるか？」エイダンが僕に訊く。彼は自分のお気に入りを語る。「俺はニール・ダイヤモンド。〈セプテンバー・モーン〉が一番好きだ」と言って、歌詞の思い出せるところをつまみ食いするように歌う。「だけどな、ニールの出身が思い出せないんだ」とエイダン。「ニューヨークだよ」と僕。「ブルックリン。ブルックリンのユダヤ系だ」「ユダ公か！」エイダンが声を上げる。「ユダ公が歌うか。俺は無理だ。歌えない。俺は左官だから」

　　＊注：0.473ℓ。

　マッサージ・パーラーに勤めているから、あたしのことをみんな娼婦だと思っていると〈レベッカ〉は信じ込んでいる。レベッカは頑としてこちらに顔を見せようとしない。

　レベッカが写真を見ている姿を見ることはできる。スマホを上下にスクロールしながら、故郷のクアラルンプール、彼女の母、男きょうだい、おいっ子たちのスナップ写真を見ている。パスポートを取り出す。僕も自分のパスポートを見せる。「おんなじ、5月生まれだね！」レベッカが声を上げる。彼女は5月12日生まれ、僕が5月7日生まれ。レベッカは48歳、僕は43歳。「あんた、太ってるね」レベッカは僕に言う。「あたしは劣化してる」彼女の言う"劣

化"とは、48歳になったので商品価値が低下したということでもあり、劣化したから肥満の中年男性をマッサージする羽目になったということでもある。「ぶよぶよした太っちょばっか！」レベッカは嘆く。不公平だよ。痩せた男と同じ料金だなんてさ。

　レベッカは自分の右肩を左手でぎゅっとつかむ。あたしがマッサージをやりたくてやっているのかって、誰も訊こうともしない。

　君の時間を買わせてくれないかと頼んでみる。体を横たえるのではなく、テーブルにノートを広げてから訊く。

「金はいらないよ」レベッカは言う。「僕が負い目を感じずに済むから払わせてくれ」と言っても、彼女は首を横に振る。

「いらないって。その代わり、ひとりの人間としてあたしを見て」

〈レベッカ〉いわく、家族で独身なのは自分だけだという。恋人はいた。成人してからはずっと経理として働き、45歳で仕事を辞め、マッサージの勉強を始めた。最初の仕事で"マッサージ以外のサービス"を学んだ。クアラルンプールを出たのは3ヵ月前、アイルランドにやってきた理由は「えーと、えーとね……」言えなかった。午前9時から11時まで英語を学び、午後1時から9時までパーラーで接客した後、徒歩で帰宅し、夕食を作り「料理上手なんだよ！」——寝る。次の朝が来る。

「自分で選んだ人生だし」とレベッカ。マッサージ以外のサービスはどうするかと僕に訊く。「遠慮しとくよ」男はみんなそう。あいつらは決まって「サービスしてくれる？」と訊いてくる。パーラーの女経営者、ケリーは訊かない。それがこの業界の仕組みだ。ケリーが訊かないのは、そういうサービスがあることを知らないから。「できない」と言えるから。「お客様は上司」とレベッカ。「あたしは雇われる側」

　言いたいことはもっとあるようだが、うまく説明できない。「真実」そう言ってから、レベッカは自分が言いたいことを英語でもっと的確に表現できる単語を探している。僕は円を描く、そして、中

心ではないところで縦線を引き、小さい方を指さす。それそれ、と
レベッカ。取り分はそんな感じ。彼女はテーブルに広げた僕のノー
トを脇に追いやり、僕のスマホをつかむと、自分の顔から離れたと
ころで構え、横顔が写るよう角度を調整してから、セルフィーを3
枚撮った。「どうかな」S——、これがレベッカの本名だ。彼女が
言う。この写真、あんたにあげる。「ひとりの人間としてあたしを
見てくれたお礼」と言って。この写真——〈レベッカ〉がジャング
ル模様の壁紙の前、金の指輪、爪を彩る薄桃色のネイルポリッシュ
——は、読者の皆さんに宛てた彼女の写真だ。

12:07 p.m. ──スキッド・ロウにて

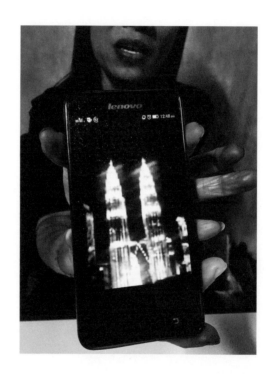

秘めた営み――ロシアにて

　町の話題、ロシア編。報道とは、たくさんの断片的情報と人目には触れない一瞬の輝きで構成される、たとえて言うならモザイクのようなものだ。モスクワにあるという情報だけを頼りに、僕はこの壁を見つけた。この写真を撮った人物を探しにモスクワに向かった。男には〈マチェート〉*注という別名がある。マチェートは仲間と結託し、ゲイの男性たちをアパートに連れ込んでいた。見つけた獲物を拷問に遭わせていた。痛めつける様子を撮影していた。撮った動画はオンラインに公開した。知る人ぞ知る人気動画だ。こんなことをする理由を本人に訊きたいと思った。男性同性愛者への憎悪やサディズム、得体の知れない性的妄想。だがなぜ動画を手段に選んだのだろうか。"ヘイト"を"ポルノグラフィ"で表現するのは安易

ではないだろうか。マチェートの目的とは。彼は何を知っているのか。

闇からずっと目をそらしてきたが、この取材では現場に出向くことにした。それまでは、「残酷な取材はもうたくさんだ」と、自分に言い聞かせてきた。今、僕には子どもがいる。子どもたちを啓発させるような記事を書くべきだし、そうでなくてもせめて、あの子たちが大人になり、父親の書いたものを目にするようになったら、心の安らぎを与えるようなものを残したいじゃないか。

編集者から電話があった。「雑誌連載をまだ続けてらっしゃいますか?」との問い合わせだった。はっきりとした答えを出せなかった。「はい」と伝えた。本音を言うと、子どもたちに伝えることを意識してしまうと、苛烈な日常を書く仕事に気が進まなくなっていたのだ。

僕がロシアに着く頃、マチェートは消息を絶っていた。潜伏したのか、それとも死んだのか。いずれにせよ対応がずさんすぎる。政府が彼の思想を受け入れたのなら、なおのことだ。彼が行方をくらませてから、ロシア政府は"同性愛者による情報発信"を禁止する新法を通過させた。どういうことだ? 何らかの権力が働き、法に訴えて制圧しようとしたのか。問答無用か。今後はありとあらゆる方面で弾圧がまかり通るのか。拷問があるのか。拘留されるのか。子どもを奪われるのか。

一部の同性愛者はロシアを離れた。僕は残った人たちと会って回った。写真撮影の許可は得ている。

　　　＊注：ナタのような形状の刃の部分が幅広のナイフのこと。

同性愛者が子どもたちに情報を発信する権利を奪うだけでは物足りず……同性愛者が交通事故で死んだら、彼らの心臓は人命の継続には不適切なものとして焼き捨てろとか、土に埋めろとでも言うのか。

——ドミトリー・キセリョフ、ロシア国営通信社
〈ロシアの今日〉代表

　通訳を務めてくれたゼーニャと僕は、クラブに6つある個室のひとつに入ってテーブルについた。テーブルを挟んで僕らの向かいに座ったのは、レザージャケットを羽織り、苦虫をかみつぶしたような顔をした年配の男性だ。大きくてしわが目立つ顔、小さくて狡猾そうな目。ゼーニャは彼を、ゲイ売春の元締めだと見抜いた。男は少年3〜4人を引き連れてきた。そのうちのひとりが僕らのテーブルにつき、こちらの気を引こうとする。明らかに泥酔している。少年はボックス席を滑るように移動してテーブルの端まで行くと、着ていたパーカーのフードをかぶり、うつむいたままいびきをかき始めた。

「別の取材対象に訊こう」僕が言うと、ゼーニャはゲイ売春の元締めの目の前で大胆にもテーブルを乗り越えて個室を出て、明るい緑色の瞳をした首の長いゲイ売春の青年を連れてきた。オートバイに乗った、デカい頭の雄牛の漫画の下に"Paris"と書いてあるTシャツを着ている。名はニコライという。先ほどの男が少年たちに体を売らせているのだろうか。ニコライいわく、レザージャケットの彼はプロデューサーなのだそうだ。「俺の身のこなしが好きだって彼は言います」プロデューサーはニコライにしかるべきポストを与えると約束している。ポスト？　僕にわかるわけがない。

ニコライは今、ポルノを撮っているとかで、若い頃は彼も男性と肉体交渉を結んで金銭を受け取っていたそうだが、もう過去の話だ、と言う。「パトロン探しをするには薹(とう)が立ちすぎて」と語る。ニコライは25歳。「17とか18とか、主戦力はみんなそれぐらいです」

「一緒に仕事するの?」テーブルに頭を載せて爆睡している少年を顎で指しながら、僕はニコライに訊く。

　ニコライはタバコの煙を僕に吹きかけた。「アル中とはつるまない主義なので」

　ニコライが男性と初めてキスしたのは14歳だったが、ゲイだと自覚したのは17歳になってからだ。同級生と比べても小柄で、けんかっ早い方だった。自分がいじめの対象にされる理由が、ニコライには理解できなかったが、やがてわかった。ゲイだからだ。だから、いじめに反撃する方法を体得していったのだ。こうしてニコライは自分の性自認を明確にしていった。ゲイであることは生きる上で妨げにはならなかった。自分の性的指向を知って良かったと思った。

　問題は母親だった。ゲイであることは反対されなかったが、母は孫を欲しがっていた。そこで彼女は息子のニコライに取引を持ちかけた。孫の代わりにアパートを買ってちょうだい。最低でも2戸。ニコライは母親への義務を果たした。「女性と結婚したんだ。今じゃ俺も父親だよ!」彼は顔を輝かせた。こうして彼は母親の希望どおり、1歳半の女の子と4ヵ月の男の子の孫の顔を彼女に見せてやった。奥さんの気持ちは考えてあげないのか?　ニコライは困った表情を見せた。「子どもがいればよくない?」逆に僕に尋ねた。

　二度目の妊娠がわかったところで、ニコライは自分が同性愛者だと告白した。「妻は冗談だろうって思ったようです! だけどね、母さんは(僕がゲイだと)念押ししてくれた」彼はトトトンとテーブルを指で叩く。

「君から告白があって、奥さんはどうだった?」

「どうだった?　妻に何ができます?　どうしようもないでしょう。

もう母親だし！」

　彼女もつらかっただろうとは思うとニコライは言うが、妻の本心はわからない。「気にしているそぶりを決して見せないんですよ。でも一度だけ言われました。『あんたって人の心ってものがないよね』って」弱みを一度も見せたことがなさそうなニコライが、一瞬心もとなげな表情を見せる。「家族とは週に二度会ってます」ニコライは骨張った細い腕で自分を抱きしめるようなポーズを取る。「娘たちと、もっと一緒にいたいです」そしてゼーニャにタバコをもう１本せがむ。

「もう長くないんです」ニコライは言う。そういうのには理由がある。20歳か21歳の頃、彼はジプシーの占い師と出会った。そういうことかと苦笑いしたが、ニコライは大真面目だ。「彼女が言うんです『あんたには子どもがふたり生まれる。ひとりは女の子、もうひとりは男の子。だけどあんたは27歳になったら交通事故で死ぬ。でも、まず最初の事故で重傷を負って、その後にね』」「そう、交通事故です。だけどこれが最後じゃなくて。重傷を負って、その後に……ということですよ。まもなく二度目の事故に遭う。今度は何としても助からないと。だから、（二度目の事故の前の）今、自分のために生きなきゃ。自分を大切にするってことだよ」

「じゃあ、法律は？」

「法って？」ニコライが訊いてきたのでゼーニャが説明する──反ゲイ法のことです。こないだ成立したんですよ。

　ニコライは小ばかにしたように笑う。「俺、銃はいつも持ってますよ」

　どうして銃が出てくるのか、一瞬わけがわからなかった。たとえ狙われても防御できると言いたいのか。先手必勝の術を心得ているということか。

　ニコライの身の上話によると、彼の父親は前科者で、つい最近、ゲイが不特定多数の相手と交渉を持つ、いわゆる"ハッテン場"で

息子を"見かけた"という。そして、いつかお前を殺してやると手紙に書いてきたそうだ。ニコライも「親父も首洗って待ってろよ」と返事を書いたそうだ。

　ニコライは頭を一度ちょん、反対側をもう一度ちょん、と指でつつき、銃弾があっちから入ってこっちから出てくる、というジェスチャーをした。そう遠くないいつか、自分が死ぬ前に親父の頭を銃で撃ち抜いてやるという意思表示だ。

　12:07 p.m. ───スキッド・ロウにて

「〈シークレット〉に行くよ」と、ニコライが言う。また別のクラブで、車で20分かかるらしい。「タクシー代くれないか？」そしたら連れていってやる、と。午前2時を過ぎて、通りはもぬけの空、旧ソヴィエト時代から走っている錆びついたおんぼろタクシーに手を振り、車が停まったらニコライがタクシー代を値切る。それでも僕たちを乗せてくれたのが、このドライバーだ。車は細い路地を選んでいるかのように延々と走った末、轍が深く刻まれた未舗装路に入るようニコライがドライバーに告げる。ここでゼーニャが言う。ひょっとしたら、道をまちがえたのかもしれない。「そうだよ！」ニコライが言う。「ダー！　ダー！　俺、運転手が着ている分厚いコートに気を取られてたよ。てっきり銃を隠し持ってんじゃないかと思ったから！」

　車は曲がり角まで引き返した。ニコライが「あそこだ」と指を差す。針金1本で鉄の門扉にくくりつけられているのは、黒くて小さくて四角い金属のプレート。そこには英語ではっきりと〈シークレット〉と書いてある。その先にあるのがうらぶれた駐車場、夜の色に染まった書斎だ。別棟では蛍光灯が照らす窓が1列に並び、夜明けまえの曇ったワイン色の空の下、アスファルトをグリーンに染める。駐車場の片隅には葉が落ちた1本の木。クリスマスの電飾をまとい、傷口のように赤い電球に灯りがつく。その下にある開きっぱなしのドアは粗末な建物に続き、その先には、なお赤く輝く廊下があった。廊下を進んだり後退したりして着いた先で、黒服の巨漢が僕らに触ってボディチェックをする。武器のたぐいを一切中に持ち込ませないルールのようだ。ニコライはまず自分のコートをチェックしたので、彼が銃を持っているかは結局わからなかった。こうして僕たちはクラブのまた別の突き当たりへとやってきた。

　壮観だった。若い男女が先ほどのクラブの3倍は集まっている。彫刻のように整った美形の集団がゆらゆらと蠢いているかと思え

ば、大柄でニキビ面の派手やかな連中もいる。後ろの壁面には、「秘めた営み」を英語で書いたバナーが貼ってある。惜しいかな、英文法に難がある。「Secret Lifes」と書いてあるが、このLifeは不可算名詞なので、ひとりでも、ふたりでも単数形でなければならない。

　僕たちはキリルという少年に会った。彼は18歳で、すでに同性愛者だとカムアウトしているそうだ。「もうみんな、誰だって知ってる」2階にある暗い部屋（ヤリ部屋）のそばにある小さなテーブルで、僕らと酒を飲みながら、キリルは話す。華奢な脚、ずいぶんと長い首、まばたきをほとんどしないダークチョコレート色の瞳と、まるでキリンのような子だ。「ここじゃゲイの誇りなんて言ってたら身が持たない。だいたいどうして自分の性指向を明らかにする必要があるの？」ギャングはゲイを拉致し、警察はゲイを逮捕し、おばあちゃんたちはゲイに卵や石を投げるという話をよく聞くらしい。「みんなロシアから出て行きたがってるけど、僕は嫌だ」と言って、キリルは肩をすくめる。「ロシアが好きだもの」

　キリルにはもっと深刻な問題がある。ニコライの気まぐれに振り回されていることだ。自分はニコライの恋人だとキリルは思っていた。ある晩ダンスフロアで関係を持ったのに、別の晩、キリルが女の子を連れていた。ニコライはバイセクシャルの一面をキリルに見せつけた。「僕の友達を口説こうとするなんて」キリルは嘆く。ゲイはゲイであるべきだよ、でなけりゃ誰を信じていいのかわからない。

「キリルもかわいそうなんだ」その後、ニコライが言ったが、彼の英語もかなりたどたどしい英語なので、キリルはよけいに理解できない。あいつは自分をごまかしているというのがニコライの主張だ。

「たとえばさ」ニコライはまず腕を広げてから、テーブルに両手をついた。「ここに来る子たちはみんな『僕がタチ*注ね』って言う。だけど急に」——ベッドの上か、暗い部屋での話だろう——「『勃たないや。君がタチやってくれる?』ってことになる」ここでニコライは指を左右に振り、ロシア語で話し出す。「ロシア人はどうして嘘をつくんだろうね」

　確かに君も嘘つきだ、ニコライ。「すばらしい人生に幻想を抱いてる。手に入らないものだから。リア充のふりをしてれば、いつかそうなると信じてる」と言って、ニコライは苦笑いした。彼は頬にチークを入れている。黒バラのように濃い色のチークを。また英語で話し出す。「俺」——キリルに伝わらない言葉を探すかのように、彼は虚空を指でつまんだ——「嘘つき。俺は、嘘つき」ニコライは眉をぐいっと上げると、薄暗い小さなテーブルを囲んだキリル、ゼーニャ、僕を指さして「俺らは、嘘つき。イエス?」ニコライはそう言ってから背もたれに身を預け、骨と筋しかない両腕を広げ、手の指を精いっぱい伸ばしてコウモリの羽のようなポーズを取った。彼は僕ら3人を手中におさめた。

　キリルはロシア語で何か言った。「帰ってもいいか、って」ゼーニャが通訳したが、ニコライはその前にキリルを追い払うように手を振った。

　　　*注:ゲイの男役。

　12:07 p.m. ──スキッド・ロウにて

「秘めた営み」は"秘め事"というより"妥協"の場で、秘めているようで秘めていない。舞台に上がって踊っている、ホルターネックトップスを着た警官に扮した29歳のゴーゴーガールは両親と同居している。生計を立てる手段と割り切って——あらゆる意味でプロ意識が高い——アパートを出る時と戻る時には、男の自分を受け入れている。「両親に見られていないところでは女でいる」と言いながら、ゴーゴーガールのゾーヤは髪を後ろで結び、後退しつつある生え際をあらわにする。

　僕たちは暗い部屋のそばで落ち合った。自宅で性交渉が結べなければどこに行くのか。ゾーヤは当初、僕が彼女に性交渉を求めているのかと思ったそうだ。ゼーニャの通訳によると、自分は"調達"されたのかと。僕の取材対象になって欲しいとゼーニャがニコライに頼んだように、ニコライが仲介役を務めてくれたのだ。金を払ったのだろう、いや、金だけじゃない——酒は当然として、ニコライは仲介料をピンハネしている可能性も考えられる。彼は、僕がゼーニャの踊る姿に見とれていたのを見ている。ゾーヤの方から僕と話したいと持ちかけてきた。自分の身の上話を。とはいえゾーヤはプロなので、タダでは働かない。いくら払えばいい？　2,000ルーブル。米ドルに換算して50ドル程度。当然ニコライに払うことになっていた。彼からゾーヤに支払うのだという。

　ニコライが入れ知恵をしたようだ。お返しにどんなことをして欲しい？と、ゾーヤが訊いてきた。「話を聞いてくれ」と答えた。
「話を聞くって、どんなこと？」ゾーヤが訊く。ラジオのトークショーじゃあるまいし。
「トークだ」
「トークね」ゾーヤは納得した。話したがり屋の男たちの扱いなら

慣れているようだ。払うのは僕だし、僕は彼女の時間を買ったわけだし。こうして彼女の身の上話が始まった。住んでいる町のこと。本音と信条、日の出の頃戻るアパートのこと。ゾーヤとしてではなく、彼女が生きていくならば、ロシアが彼女に要求する——という名の男性として。権利が欲しいわけじゃないとゾーヤは言う。本来のゾーヤ自身になりたい、そして、故郷に帰りたい。

「暗い部屋」が空いたので、僕たちはほの暗い空間に座って話をした。子ども時代のこと、性への目覚め、同性愛者の自分をひた隠しにしていた頃のこと、彼女が好きな両親のこと、両親が気に入った——という名の男性のこと。「良かった」とゾーヤは英語で言った。「あなたがロシア語を話せなくて」良かったと言ったのは、彼女のこの話が、故郷を離れた場所で語られているから。ロシア語ではなく、英語で語られるから。彼女の言葉ではなく、僕の言葉で伝えられるから。ゾーヤ は自分の正体を隠して生きていく。「シークレッツ（秘密）」で踊るゾーヤ。赤や青のスポットライトが彼女の偽りのバッジ照らし出す。彼女の本当の姿は、この暗い部屋のためにある。

アレックスとアリサ

　12年前、モスクワに越してから日を置かずにアリサと出会ったアレックスは、近い将来、彼女と子どもを産み育てるだろうと直感した。アリサも同じ気持ちだった。クラブで朝まで遊んだ日、ふたりはウォッカを飲みながら、一緒になろうと誓った。仲間たちとアパートで飲み直そうということになった時、アリサはアレックスに思わせぶりな態度を見せつけ、アレックスはアリサの華麗な交友関係に圧倒された。彼女はモスクワっ子、アレックスはモスクワから東に2,000km弱離れた、旧ソヴィエト時代の都市計画で誕生した地方都市の出で、踊りに行けるような繁華街などなかった。アリサはアレックスより6歳下だが、彼女から教わることは多々あった。羽目をはずし、最先端の流行に乗り、自由を謳歌する生き方を彼に教えたのがアリサだ。ふたりは飲み明かし、踊り明かし、アリサ——「ユダヤ系なんだ」——によればアレックスはいかにもロシア人らしい堅物で、アレックスがシミーダンス*注1を踊っていると、腰も振るといいよとアリサが知恵をつける。やがてふたりともキッチンのテーブル付近に倒れ込み、さらにウォッカをあおった。アレックスは照れながら、もってまわったジョークで彼女を笑わせようとした。アレックスの思いにアリサはほだされた。「いつかあなたの子どもを産みたいな」アレックスは答えた。「僕もだ」

　急に酔いが覚めた。目の前がくるくる回るが、頭はしっかりしていた。お互い真剣に愛し合っているのはわかった。だが時間が必要だ。親になるには大きな責任を伴うものだとアレックスは考えた。住む場所を決め、収入を確保し、頼れるパートナーを見つけなければならない。

アレックスは国営石油会社のマネージャーになった。アリサは医師になった。ふたりは新生活にふさわしいアパートを購入した。2010年、結婚する準備は整った。だがこの年に起きた森林火災でモスクワ一帯を炎が包み込んで発生したスモッグが原因で、アリサは男の子を流産した。ふたりは悲嘆に暮れたくても時間がなかった。親友のヴァジリーとガリーナ（仮名）は女の子に恵まれ、しかも彼らはすぐ隣に住んでいた。子どもの成長に合わせてアパートを購入したのに、今ではヴァジリーとガリーナの娘がいるだけだった。「名前はオルヤです」アレックスとアリサはオルヤをわが子のようにかわいがった。

　アリサは再び妊娠した。「エマ」はオルヤの誕生から11ヵ月後に生まれた。オルヤは現在3歳半、エマは2歳半で、お互いを“姉妹”と呼び合っている。

　アレックスとアリサには娘がおり、ヴァジリーとガリーナにも娘がいる。2世帯は一緒の家族のように過ごした。「自然の成り行きです」アレックスは手放しの喜びようだ。教会に行くのも一緒、バケーションも一緒。彼らのダッチャ*注2で、アレックスは暖炉を囲んで娘たちにロシアのおとぎ話を話して聞かせた。「これがわが国の子育てです」と、アレックスは語る。アパートに戻ると、彼は娘たちとテレビの前に陣取り、自分が子どもの頃から親しんでいたアニメを見せる——「ソヴィエトのアニメは世界に誇れる名作ぞろいです」というアレックスも『トムとジェリー』は例外だと語る。「妻が言うんです——いい年をした大人がアニメを観て、声を上げて笑うなんておかしいんじゃないの？と」娘たちが歩いて行き来できるよう、ふたつのアパートの間にドアを作った。ブロンドの小さなオルヤは天使のようだと思っている。「もう、アレックス」オルヤは大人の真似をしてため息をつく。エマは髪も肌も黒く、父親譲りの生真面目な子だ。「エマは黙っているけど」アレックスに言わせると、ちゃんと見ているし、ちゃんと覚えているという。どちら

の家の娘もアレックスをパパと呼ぶ。簡単な洗濯や皿洗い、掃除をして両親を手伝う子守（ナニー）も共有している。家族の写真は必ず定位置に置いている。アレックスとアリサ、そしてエマ。ヴァジリーとガリーナ、そしてオルヤ。ふたつの幸せな家族だ。

「僕たちの物語はハリウッド仕込みです」ある晩、かなり酒を飲んでいたアレックスが言った。彼は中傷もしなければがろれつが回らないというわけでもなく、声も荒らげてはいなかったが、ワインで気が大きくなっていた。アリサと知り合う前、モスクワに来たばかりで、浅はかだが純粋だった頃の話だ。アレックスの声に怒りが滲む。「誰も僕たちを疑ったりしなかった」

　ナニーですらも。

　アレックスはゲイであることを隠していたわけではない。大人なら誰だって秘密のひとつやふたつはある。アレックスとアリサ、ヴァジリーとガリーナ——アレックスとヴァジリー、アリサとガリーナでもいい。男女のカップルではないことを除けば、ふたつの家族の物語は事実だ。彼らが家族同然に暮らすのは、つい最近までアレックスが望んでいた理想がかなったからだ。彼がゲイだと自覚したのとほぼ同時に抱いた希望でもあった。その頃彼は13歳、３人兄弟の長男で、大勢のいとこたちの面倒を見ていた。両親は労働者で、善良なソヴィエト市民であり、心優しいが、男女の体の性的な部分について口にできないほどの恥ずかしがり屋だった。そんな両親は１冊の本を隠し持っていた。『ふたりだけの愛のよろこび』のロシア語版である。アレックスがその本を見つけるのは時間の問題だった。彼はこっそりと読みふけり、男女の絵をじっくりと観察したが、好奇心がわいても心は動かされなかった。だがついに、彼のために書かれたような章とめぐり会った。ほかの男性を好きになる男性、ほかの少年を好きになる少年についての章だ。"ホモセクシュアル"と呼ばれていた。これだ、と思った。自分のような人のことが本に書いてある。正常だと。僕が正常なら、父親にもなれるってことだ

とアレックスは考えた。「それが僕のかけがえのない夢でした」

　ヴラド——彼には本当の名が別にある——の紹介で、友人のアレックス——彼にも本当の名が別にある——と会った。ヴラドは元警官で、ロシアの同性愛宣伝禁止法が施行されるなら、と、自分から警官を辞めた。だからといって、ヴラドは信念を貫き通したわけでもなかった。新人時代、彼は同僚警官のコンピューターに保存されたファイルをひそかに開いては、同性愛者の痕跡を探るという任務を遂行していた。「たまたまバレずに済んだだけです」ある晩、ヴラドはカフェで僕に言った。

　彼のボーイフレンドはそこまで楽観的ではなかった。ヴラドは「1930年代のドイツのようです」とまで言った。
「しーっ、静かに」ヴラドが僕に言う。「声が大きい」ここは1930年代のドイツじゃない、現代のロシアだ。ゲイ差別はさまざまな思惑をはらむようになってきている。

　　＊注１：身を軽く屈めて両腕を前に出し、肩を揺すって踊るダンス。
　　＊注２：ロシアや旧ソ連圏でみられる菜園付きの別荘。

————

「変わりつつあるね」と、アレックスが言う。これからどうなるか、彼にもわからない。ゲイの家庭から子どもたちを引き離す業務を専門に行う"特別部門"が地元の警察署で発足するという噂に気を揉んでいる。同僚にゲイだと気づかれるんじゃないか。脅迫状がきたらどうしよう。そんなことがあって、僕への取材に応じてくれたのだ。心配だが、かと言って、どうすることもできない。政府に反旗を翻したくても、やり方を知らない。嘆願書に署名する？　デモ行進に加わる？　今のアレックスには到底できそうにない。「子どもたちのことを思うと」

だから取材に応じた。警官だったヴラドがアレックスに電話し、ヴラドはさらにゼーニャに連絡を取り、とある地下鉄の駅にアレックスが行くから、彼を見つけてくれと言われた。僕たちがその地下鉄に行けば、アレックスが僕たちを見つける──と。僕たちはアレックスがどんな姿かたちか知らないのに。

指定された駅に着いたが乗降客がひとりもおらず、ゼーニャはヴラドに電話した。約束どおりだとヴラドが言う。アレックスは待ってるよ。追加の情報があった。角を曲がって階段を下り、地下にあるジョージア料理のレストランに入ってくれ。隅の席で白ワインを飲んでいる男がアレックスだ。あなたは──？　そうです。男は笑顔を見せた。僕たちは席についた。

アレックスは、そうだな……君にも似ているし、僕にも似ている。ありきたりなルックスだ。37歳で中肉中背、早くも髪に白いものが混じりだし、こざっぱりとした服装の男性だ。アレックスはワインを飲むかとこちらに尋ねてこない。無礼だとは思わない、警戒しているのだ。僕たちをではなく、これからあることを。アレックスの懸念はとても深刻で、マナーを忘れてしまうほど、危険な目に遭うのを恐れているのだろう。

「現在の法律では、何かあっても罰せられるのは僕だけだ。それなら僕が自分を守ればいい。政府に異議も唱えられる」だが新法では、アレックスのような父親、アリサのような母親から子どもを引き離すことになるのか？　「僕の娘が処罰の対象になる。僕のかわいい娘が」新法が議会を通過したら、アレックスは家族と国を離れるつもりらしい。生活は苦しくなるが、それでもロシアを出る決意を固めている。家族が離ればなれになるのも覚悟している。アレックスとアリサ、エマは、アリサが市民権を獲得しているイスラエルへ、ヴァジリーとガリーナ、オルヤは受け入れ先が決まればどこへでも行く。国家が望むカップルになるべきだったのかもしれない。それでも彼らはアレックスが言うように「この国からすぐにでも出て行

く」意志を固めるだろう。さしあたりはこの国に留まるけれども。

「あの子たちに教えるつもりです」アレックスはエマとオルヤ、ふたりの娘たちの話を始めた（当然だが、このふたりにも、本当の名が別にある）。「自分を守ることを。余計なことを言わないことも教えます」

オルヤには少しずつ事情を話して聞かせている。「あの子はいつも僕を父親と呼んできました。"パパ"ですね」今後は禁止される。もう二度とアレックスをパパと呼べなくなる。家の中でもだめだ。「父親はひとりだけだ」アレックスはオルヤに言う。「だから、僕は君の父親にはなれないんだ」

アレックスは不安だ。学校に迎えにいったら、オルヤからパパと呼ばれたらどうしようか。断固とした態度を取らなければ。だが、どうしてだめなのかは説明できない。そんな日はじきに来るだろう。

娘たちに事情を説明する日はじきに来る。

だが、どうやって納得させればいいのかわからない。子どもたちにも、自分に対しても。

アレックスは言う。「神よ、私たちに言葉をお授けくださいと祈

っています」

　"北のベニス"と呼ばれるサンクトペテルブルク市、タマネギを連
想させるドームを頂に掲げ、イエローにピンク、パウダーブルーに
ミントグリーンと、パステルカラーのキャンディをボウルいっぱい
に集めたような東方正教会がある街の中心部に、レインボー・ティ
ー・パーティーという集会の主催者である、ラ・スカイという組織
を訪ねた。レインボー・ティー・パーティーでは活動家が友人とお
茶を飲み、クッキーをかじりながらボードゲームを楽しみ、お互い
の誕生日を祝う。鮮やかな色のビーンクッションは椅子よりも数が
そろっており、レインボーカラーの調度品、シール、ピンがたっぷ
りと用意され、片隅の小さなドアの前にはレインボーカラーのビニ
ールカーテンがかかっている。
　ラ・スカイは部外者を歓迎しない。スタッフからは住所はおろか、
目的地までの道筋を本書に載せないよう要請されている。交通量の
多い道と運河の間にある長い通りを歩き続けると、やがてアーチの
あるビルにたどり着く。そのアーチを抜け、暗い廊下を進むと中庭
のような場所に着く。アスファルトが崩れかけ、照明もない、空の
駐車場だ。駐車場を横切って低木や草の生い茂る中を抜け、左折し
て狭い通路を進む。うっかりすると見逃してしまう。最初の1段が
ガクンと低く、その後、高さがまちまちの階段を下りていくにつれ、
あたりは暗くなり、突き当たりにあるのが看板ひとつないスチール
のドアだ。中のスタッフとインターフォン越しに話して中に入れて
もらう。スタッフと顔見知りか、会員と同伴でなければ入場は許さ
れない。ラ・スカイの裏手、レインボー柄のカーテンの後ろにある
ドアの向こう側にあるのが、バンカーというクラブだ。バンカーは、
このビルの広々とした地下全体に迷路を配置したような構造だった。

暗い部屋で、勘を頼りに進むしかない。なるほど、わかったぞ。バンカーを訪れる男性の多くは、いや、ほぼ全員が、表向きは異性愛者の男性か既婚者だが、顔ではなく、体目当てで、薄暗い迷宮を手探りで進むというわけだ。見たくもなければ見られたくもなく、触れたい、触れられたいから、顔見知りのいない場所に集う。前に進もうとすると肩同士がぶつかり合い、闇の中、無言のまま、見知らぬ誰かの指が僕の体を這っていく。

　迷路の始まりか、それとも終わりか、クリスマスの電飾の下、小さなバーがある。そこで僕は、地方から出てきた少年と知り合った。都会に出てくれば自由の身だし、ゲイだからとひどい目に遭うこともめったにないから、実力行使に出る必要はないと語る。また、過去に"保安機構"に所属していたと語る男性は、ゲイであることを隠している政府関係者が身の安全を確保してくれるので、案じることなどないと語った。ただ、恰幅がよくて頬が赤く、毛量の多い、ユーリと名乗る男性は、この手の話題を歓迎していないようだった。彼は身を乗り出して僕のノートをのぞき込んだ。威嚇ではない。怖いのだ。「パレードはこりごり！」ユーリは言う。「デモ行進もやめて欲しい！」本当はユーリだって自由が欲しい。海外経験のある彼は、ロシア国外のゲイ男性の生活ぶりを見知っている。「でも、ここはロシア！」

　ユーリは両手を上げ、僕の顔の両側で手のひらをひらひらさせた。そのことを僕がノートに書きつけたのを見届けてから「私、きっとマークされる！」と言った。

　彼は地方から出てきた少年を指さす。少年はクスクス笑っている。「この子もマークされる。私たちみんな、無事ではいられない！警察に助けを求めたって、あいつらはただ笑っているだけ」

エレーナ・コスチュチェンコ

　エレーナ・コスチュチェンコは、いつか痛い目に遭うだろうと覚悟していた。まさかこんなに強く組み伏されるなんて。意外だった。予告もなくやられたわけではない。頭を拳で殴られ、倒れたって、そう、また立ち上がってレインボーフラッグを揚げる。国民は何も語らない。国民の口は叫んでいるかのように大きく開いているのに、声が聞こえてこない。彼女は聴力を失う。そこを警察に制圧され、エレーナにとって初めてのプライド・パレードの幕は下りる。

　僕が取材した日、エレーナは26歳だった。「背はそんなに高くないし、体重は50kgそこそこ。こんな体でこの国を転覆できるわけがありません」と、エレーナ。それでも彼女は挑戦を続ける。入院し、5回の投薬治療を経て「脳の血管を拡張させる」のに数ヵ月を要したが、おかげで聴力はかなり取り戻せたし、動画視聴アプリは、音声ボリュームが150％まで上げられる特殊仕様のものをスマホにインストールしてある。黒髪をショートのシャギーカットにして、前髪を高く盛り上がるようスタイリングしている。相手の警戒心を解く、水色の大きな瞳。お茶目な声で真面目くさった話をし、気取らない人という第一印象を与える。エレーナと2時間ほど話し、2011年に初めて参加したプライド・パレードで彼女が耐えた暴力がいかに激しかったかを知ったわけだが、こんなの、全然たいしたことないですと、幼い頃、地元の病院の小児がん病棟で医者にさじを投げられ、死を覚悟した時の話をしてくれた。エレーナ、ゼーニャ、僕の3人は、彼女の最寄りの地下鉄駅のそばのどこにでもありそうなカフェで待ち合わせた。壁は灰色がかったピンクに塗られ、2台あるテレビは80年代から90年代にかけての欧米のヒット曲を流す。蛍光灯が照らし出すのは、帰宅途中にちょっとした打ち合わせをしに来たホワイトカラーの連中だ。エレーナは怖いもの知らずのジャーナリストで「セックスワーカーや依存症者の味方です」と語る。一

時的な失神発作をたまに起こすが、意志の力で踏ん張っている。「ジャーナリストは気を失ってちゃいけませんから」と言って。エレーナは戒厳令下、ストに参加した石油労働者の大量殺人を政府が隠蔽した件を取材するため、潜入取材を敢行したこともある。ロシア紙『ノーヴァヤ・ガゼータ』に8年勤務した間——大学を飛び級で卒業し、17歳から働き始めた——同僚の記者が4名殺された。「私はツイてたんです」エレーナは言う。今日まで生きていられたのも運が良かったからだ、と。

エレーナは英語がある程度できるが、もっぱらロシア語で話した。ロシアで台頭しつつある同性愛嫌悪（ホモフォビア）の傾向について私見を述べながら、彼女はゼーニャに現状を話す。「プーチンは国内外に敵を作りたいんです。国外の敵が欧米なら、国内にも敵を作らねばならない。民族的な問題に触れるのは危険です。コーカサスで紛争が二度あり、三度目の紛争はいつ終結するかわからない。ユダヤ人を迫害する？　ヒトラー以降、その手は使えません。だから私たちは」——エレーナは手を動かし、自分とゼーニャのことだとジェスチャーで言った——「格好の標的でした。ゲイはどこにでもいるし、パッと見、そうとわかるもんじゃありませんが、この社会に確実に存在しているのですから」

ここでエレーナはタバコの煙を肺まで吸い込む。彼女はタバコを吸う時目を閉じるタイプのスモーカーだ。タバコを肺にとどめたまま、エレーナが英語で話す。「私たちです。私たちが政府の標的です」そして、煙を吐き出す。彼女は人当たりのいい笑みを浮かべる。

エレーナがガールフレンドと出会ったのは4年半前、レズビアン映画ナイトが開かれたクラブでだった。地下鉄で一緒に家に帰り、電話番号を交換した後、エレーナが覚えているのは、レズビアン向けキャンプ場のキャビンで一緒に過ごしたことだけだ。そこで最初にキスを交わした。エレーナはアーニャの生真面目さと屈託のない笑顔が好きだ。アーニャはエレーナの熱意と落ち着いたところに惹

かれた。当時アーニャは財務アナリストとして働いていたが、今は法律を学んでいる。あくまでも個人の興味の範囲内で、イワン雷帝以降のロシアにおけるさまざまな人権の推移をグラフにまとめてきた。このグラフから、次の革命がいつ起こるか予知できると考えている。エレーナはガールフレンドの理論に賛同している。

　まもなく、エレーナはふたりで暮らす家を手に入れたいと思うようになった。ロシアでは、レズビアンのカップルに住宅ローンの融資を認めていない。「そこで、私たちに特例が適用されないか考えました。私には健康上の問題があります。出生時から健康とは言えない状態です。しばらく入院してもいました。私、たまに意識を失うんですけど、医療サービスを受けるとなったら、誰がその判断を下すのでしょうか。この時私は、アーニャと一緒に子どもを育てたいとの結論に至りました」だが、アーニャは懸念を示した。

　プライド・パレードを取材したエレーナは、クィアの人々に心を寄せるようになった。数百人規模、ほんの少数のクィアたち。彼女は同行したフォトグラファーに訴えた。「どうして誰も自分の権利を守ろうとしないわけ？　幸せな未来のために闘うって言えないってどういうことだろう？」

　2011年、プライド・パレードの朝、エレーナがブログに投稿した記事が炎上した。自分が書いた文章がここまで多くの人の目に触れたのは初めてのことだった。記事はとてもシンプルで「私はどうしてゲイ・パレードに行くのか」というもの。彼女はアーニャと出かけた。お互いに向いた矢印に、「私は彼女が好き」という、たわいのないメッセージの入ったTシャツをふたりで着て。エレーナは黒、アーニャはオリーブグリーンのレインコートを羽織った。「レインコートのジッパーが上がらなかったらどうしよう、って、ちょっと心配しました」とエレーナ。「だってレズビアンだってバレたら、旗を掲げる前に殴ってくる連中がいるだろうから」アーニャはロシアの子どもたちの間で慣れ親しまれているおまじないをずっと唱え

ていた。おびえる彼女に母親がよく言って聞かせたものだ。「ロシア語では韻を踏んでるんです」とエレーナ。「ロシア語だと、耳ざわりがもっといいんだけど」エレーナはロシア語でおまじないを言うと、僕らの間に座ったゼーニャに目をやり、訳して欲しいとメッセージを送った。「君たち天使は進め」ピアノを弾くように指をテーブルの上で滑らせ、リズムを取りながら、ゼーニャはささやくように英語に訳す。「僕らはついていくよ」

男がエレーナに暴行を加えている動画がある。男の名はロマン・リスノフ。エレーナの旗が翻ると、後ろからリスノフの握りこぶしが目にも止まらぬ早さで動き、エレーナの左耳のすぐ上の頭蓋骨を直撃した。エレーナは神を信じる方ではないが、小児がん病棟に入院していた9歳の頃、神と契約を結ぼうとしたことがあった。エレーナはもう一度大通りを歩きたいと神に祈った。神様、もう一度退院させてください。ヨーグルトを買いに行きたいです。

できるなら天国の病院に入院したいとも祈った。隣のベッドにいた友人のユリアと、よく花占いをした――愛してる、愛してない――ユリアは今、天国にいる。エレーナは跡を追いたかった。ささやかなお願いごとなら、神様はきっとかなえてくれると信じていた。「もうじき死ぬかと思うと怖かった」リスノフに襲撃されてから次の襲撃までの間、エレーナは日記に過去の記憶をつづった。「どうしてあの時書こうと思ったんだろう」エレーナは考え込んだ。病気の少女に花を持ってきた子どもたちのことを思い出そうとした。ロマン・リスノフや、「けがらわしい！」と甲高い声を上げ、エレーナのワンピースを引き裂いた老婦人たちのことは記憶から消し去りたかった。花の記憶の方が、ずっといい。エレーナは花に執着する。怒りを押し殺したりはしない。泣き寝入りなんてするもんか、と。

エレーナの言葉を当たり障りのない英語に訳せるのはゼーニャだけだ。本来はもっと下品な表現なんだけど、彼女は苦笑いする。文字どおり訳すと「ヤリ捨てられて黙っていられるか」ということ

になるが、それでもかなり手加減している。ロシア語でなければ彼女の本音——彼女の断固たる決意を的確に表現できない、という点ではエレーナもゼーニャも同意見だ。「こんなにかっこいいのに」エレーナはそう言って、くだんの下品なフレーズを繰り返しては、ゼーニャとふたりでクスクス笑う。「泣き寝入りなんてするもんか！」ゼーニャが言う。テーブルを勢いよく叩く。エレーナが拍手する。泣き寝入りなんてするもんか。午前3時か4時を回り、何時間もしゃべったせいか、頭がクラクラしてくる。

　泣き寝入りなんてするもんか！　楽しい語らいは続いた。

————

　当局はエレーナのガールフレンドを地下鉄の構内で拘束した。「私たちは面が割れてるから」とエレーナ。「アーニャが私の恋人だっていうのもバレてる」工作員は10人いた。3人が下りのエスカレーターでアーニャを取り囲んだ。背の高い男が彼女の頭を抱え込み、そのまま拳で顔を殴りつけた。1発、2発、3発、4発、5発。アーニャは殴られた回数を最後まで数えた。

　ドゥーマ*注1で同性愛者がキスをする抗議行動、いわゆる"キス・イン"の後の出来事だ。同性愛者には以前から警告が発せられていた。ネオナチはオンラインで声明を発表した。「蜂起をやめなければ、男性なら殴る、女性なら顔をめちゃくちゃに潰す」だが、地下鉄で行動を起こした男性はネオナチではなかった。リーダーと目されるのがドミトリー・エンテオ、「神の意志」と呼ばれるファシストの"実行部隊"を率いていた。後日エンテオから聞いた話によると、パフォーマンスアートと同様、"迫真性"を追求しているのだそうだ。

　キス・インはそもそもエレーナの発案だった。彼女はかねてから友人に不満をこぼしていた。「ポスターの脇に立つのって、そろそ

ろマンネリだよね」それを聞いた友人から、「じゃ、何がやりたい
わけ？」と訊かれた。当然だ。「アーニャとキスする」

　エレーナは抗議行動の内容をこんな風にブログで告知した。「キ
スはふたりだけの問題……ドゥーマの代表者から許可を得る必要な
んかない。だから私たちは許可を求めません」そしてこう付け加え
た。「キスはどれぐらい長くすればいい？　時間は無制限で」

　エレーナは主催者ではなかった。彼女とアーニャがドゥーマの前
でキスすることになった。見守りたいと思う人なら誰でも参加でき
た。

　2012年12月に行われた第1読会[注2]で、警察は第1回キス・デイ
の開催を中止させた。

　アーニャは翌年1月2日に襲撃された。

　アーニャは報復した？

「もちろん」

　その日、エレーナは襲撃についてブログに書いた。「今日、実に
態度のデカい人でなしふたりが、私の友人ふたりを骨折させる暴行
を振るいました」アーニャについて書く気にはなれなかった。「私
の運動にはもう誰も誘わないつもりです。ドゥーマは1月25日に法
案を強行採決する予定だとか。私は当日行くつもりです。私と一緒
に抗議のスタンディングデモに参加したいという方を歓迎します。
怖くなんかありません」

　キス・イン3日目、たくさんの人が参加してエレーナを支持した。
集まったのはクィアだけではなかったとエレーナは語る。「若い男
女がいた中に、かなり体の大きな男性が数人いました。彼らと面識
はありませんでした。キスをすると、彼らが私たちの前に立ちはだ
かりました。人間の壁です。暴徒からの襲撃を阻止するための。私
たちが殴られないようにと守ってくれたんです。彼らが誰か、いま
だにわかりません。それまで一度も会ったことがなくて。若い男女
がひとりずつ私の前に立ち、体を張って守ってくれました」

それ以外に——神の意志が送り込んだ攻撃者は——やっぱり姿を見せた？

「ええ、当然です」

　前回と同じ規模で？

「増えていました」

　第4回のキス・インでは？

　エレーナはタバコをもみ消し、新しいタバコに火をつける。煙を吸って、吐く。そしてしゃべり出す。ゼーニャが耳を澄ます。「ホモフォビアは——」ゼーニャの通訳が始まる。彼は訳すのをやめる。エレーナが先を続ける。落ち着いた声で話を続ける。

「ゼーニャ」僕は訊く。彼はタバコを取り出し、しばらく箱をいじっていたが、テーブルの上に置いて目をそらした。

　ゼーニャはウラジオストクで育ち、マドンナのミュージックビデオを観て英語を学んだ——7歳でマドンナの曲を暗記するようになった——自分をかばおうとしたストレートの友人が代わりに殴られるのを目の当たりにして、彼は「この国でいい思いができるのはクソだけかよ」と泣いた。ゼーニャは海外で5年暮らした。ボーイフレンドのイゴールと出会ったのは、ゼーニャが国際機関、フロントライン・ディフェンダーズに勤務し、ロシアでの暴力行為を解決に導くためのレポートを書いていた頃のことだった。レポートだけじゃだめだ、帰ってこいよとイゴールはゼーニャに言った。君は必要とされている。一緒に闘おう。「祖国のためにね」イゴールは、皮肉にも真剣にも取れる言い方ではぐらかした。ゼーニャは帰国した。闘うために。イゴールのために。これは愛なのかもしれない。断言はできない。お互いの思いを伝えたことはなかった。代わりに語り合った。苦境について、デモについて、暴行について、折れた鼻筋について。

　エレーナはさっきから黙ったままだ。ゼーニャもさっきから視線をそらせたままだ。

エレーナが英語で僕に語りかける。「彼、泣いてるね」彼女はゼーニャの好きにさせた。そして、穏やかな声で笑った。僕たちは夜が明けるまで、エレーナの穏やかな笑い声を聞いていた。何なんだろう？　冷淡とはちがう。ちょっと考えられないぐらいに自分を厳しく律している。寛大であると同時に、人を寄せつけないところもある。

　この時、エレーナはゼーニャの手に自分の手を重ねていたような気がするが、ゼーニャは自分の手をこめかみに当てていたし、エレーナは頬杖をつき、もう一方の手でタバコを持っていたのだから、それはあり得ない。

　ゼーニャは大きなため息をついた。彼は訳すのをやめ、通訳の時と同じ口調で、しばらく自分の話をした。

　法案が通過して最後のキス・インとなった日、反同性愛者陣営は新たな攻撃を仕掛けた。芸術への政治介入。冷笑的行為。教訓。彼らは自分の子どもたちを巻き込んだ。投石をやめた。わが子を動員した。子どもたちを武器にしたのだ。

　闘争が日常と化し、やや好戦的なところがあると自認するイゴールでさえ、心もとなく感じていた。子どもを撃ちたいわけがない。12歳か13歳か、思春期を迎えたばかりの、年端もいかない子らが動員され、活動家の間を練り歩く。暴力の日だ。

　その意味が一瞬わからなかった。「わが子を？」

　エレーナが微笑む。「そう」

「私たちは手を出せなかった」通訳をやめ、ゼーニャが言う。通訳ができる精神状態ではなくなり、ゼーニャはしゃべるのをやめた。つらそうな声を上げ、震え出した。エレーナが静かに語りかけた。僕が聞き取れたのは「イゴール」だけだった。ゼーニャが顔を上げ、鼻をすすって少し笑った。「彼女、『イゴールだったら泣かないよ』って言ったんです」エレーナは泣いたゼーニャをたしなめたのではなく、泣いてもいいと言いたかったのだ。ゼーニャは認めて欲し

かったのかもしれない。人は泣くものだという共通認識を持ちたかった。エレーナは僕を見つめた。そして英語で言った。「あなたも泣いてますね」そして笑った。「音楽のせいだと思うけど」

　ここで触れておくが、ドゥーマでの4回目のキス・インの話を聞いている間、カフェではレナード・コーエンの〈ハレルヤ〉がずっと流れていた。ジェフ・バックリィが溺死する前に収録した、心に残る長めのバージョン。落涙必至のあの曲だ。僕らがこの曲を選んだら、信じられないと目を回してあきれ果ててくれてもいい。だが確かに、ゼーニャが言葉を選びながら語る中、バックリィのわびしげなハイトーンの歌声、水面にできた光のさざ波のような、あのギターに僕らは耳を傾けていたのだ。

　賛美歌──〈マイ・ファニー・バレンタイン〉や〈アイ・ウィル・オールウェイズ・ラヴ・ユー〉のような不朽のスタンダードナンバーもそうだ──は、いつ、どんな形で流れても、聞こえてきたとたんに、その時の気分にしっくりとなじむ。時間の感覚をも変えてしまう。こうした概念をカイロスという。何度となく繰り返されているのに、その都度特別な意味を持つ。節目となるような出来事。

　この時の取材でカイロスだと感じたエピソードをいくつか挙げてみる。唇が切れ、鼻が折れてもキスを続けた相手は誰？と僕が尋ねたら、イゴールに「知るかよ！　関係ないだろ」と突っぱねられた。

　あと、こんなことがあったそうだ。キス・インのためドゥーマに向かう途中、エレーナの友人が言った。石を投げられ、拳を振るわれるからではなく、誰とキスしていいかわからないってことは、アーニャはもういなかったんだね。彼女は「ドゥーマでのキスは祈りと同じだよ」

　こんな話も聞いた。法案が国会を通過したため最後のキス・インとなってしまったあの日、アレクセイ・ダヴィドフという活動家から、キス・インの時間を正午から午後1時に遅らせてくれないかとの投書が届いたという。ダヴィドフはモスクワ・プライドの創始者

でもある。2011年の抗議行動で、警察はダヴィドフの腕を折った。徹底的にやられたせいで、彼は1ヵ月入院した。ダヴィドフの友人によると、感染症から腎不全を発症したらしい。たいしたことはないと、ダヴィドフはエレーナに書いてよこした。その日彼は朝の9時から正午まで透析を受けた。参加するには透析装置の電源を1時間早く落とさなければならなかった。エレーナは彼の希望をかなえたかった。「だけど」彼女の側にも事情があった。「ドゥーマの議員が来るのが正午なんだ」ダヴィドフは了承した。1時間前に透析装置をオフにし、キス・インに向かったが、ドゥーマが同性愛"宣伝"禁止法を通過させた直後でもあり、ダヴィドフは違反者第1号となった。学校の外に「ゲイであることは普通だ」と書いた看板を掲げたためだ。彼は裁判がロシア憲法裁判所まで進んで欲しいと思った。この時の裁判では同性愛宣伝禁止法が適用され、政府の思惑どおりに進んだ。ダヴィドフは判決を聞かずに済んだ。彼は合併症で亡くなっていた。36歳だった。

　6月のキス・イン、ダヴィドフは誰とキスしたのか。どんな気持ちだったか。彼に訊くことはできない。あの貴重な時間が戻ってくることは二度とない。

　　＊注1：ロシアの国会。
　　＊注2：読会性による議会における審議の最初の段階のこと。

　2週間前、見知らぬ人物ふたりがラ・スカイのベルを鳴らした。レインボー・ティー・パーティーの夜だった。アンナと名乗る若い女性は、誰が来ているのか知りたいと言った。「友人を探している

んです」もうひとりが言った。アンナはドアを開けた。彼女の後ろで、27歳のディミトリ（ディーマ）・チジェフスキが——彼の本名だ。僕が理解できるよう、後日病院で、英語で書き「あいつらに僕の名を見せてくれ」と言った——ジャケットを探していた。彼のまた後ろにいた若い女性を、その後僕はローズと呼ぶようになる。彼女はあと２週間ほどで18歳の誕生日を迎えるところだった。ローズは前方のドアにちらちらと視線を送る。ホッケーのマスクをかぶった男がふたりいた。彼女は言う。「その時です、あいつらが発砲してきたのは」

ディーマは言う。「最初の銃弾は僕の目に当たった。１発目、最初の銃弾です」ローズは言う。「抵抗するべきかな、大声出した方がいいかなって思いました」ディーマが言う。「音の記憶の方が鮮明ですね」パン、パン、パン、パン、パン。こんな音がしたと当時を振り返る。５発でまちがいないと彼は言う。

ディーマは伏せ、ローズは走り、ディーマは這いつくばった。男たちは追いかけて蹴る。ひとりはバットを持っている。「野球のバットです」ディーマが記憶の糸を解きほぐす。男ふたりは「カマ、カマ、カマ野郎」とわめきながらバットを振りおろす。すると、別の部屋でマスクを着け、銃とバットで武装したカマたちの襲撃に遭い、男たちは逃げる。背中を撃たれたディーマとアンナの銃創を確認する。撃ったのはペレット銃*注と判明し、一同はほっとする。ペレット弾は目を撃ち抜くことができると言われているが、この時は直撃を免れた。直径0.4mmの金属でできた球形のペレット弾がディーマの目の後ろに残った。ディーマは言う。「磁石を使って取り除こうとしたようですが、できなかった」

じゃあ、どうやって弾を摘出したんです？

　12:07 p.m. ──スキッド・ロウにて

「フックを使って」

　あなたは運に恵まれていましたと医師から言われた。もう少しで脳に到達するところでした、と。だが、ディーマは左目の視力を失った。

　　　＊注：ペレット弾を撃つ空気銃。

　ティムール・イアセフが言う。「誰かを銃で撃ちたくなったら、僕はまず、自分の身の安全を考えますね」この見解は、先週カマ野郎の目を撃ったのは自分ではないと示す上で説得力のある証拠となるそうだ。撃ってもいいことなんかひとつもない。ティムール・イアセフは平和を愛する男ですから。と言って、ティムール・イアセフは含み笑いをする。

　ある晩遅く、ティムール、通訳のターニャ、そして僕は、サンクトペテルブルクのカフェでの取材を終えようとしていた。ティムールによると、小児性愛者の61％が同性愛者、かつ強姦者で、同性愛者全体の50％以上が小児性愛者だという。5年前の午後2時、"幼女"、"少女"、"脱ぎっこ"というキーワードでヒットしたYouTube動画を観ていて得たデータだとも語った。ティムールはなぜそんな動画を観ていたのだろうか。その頃彼にはすでに子どもがいた。息子を守りたいから。息子さんの動画を撮られないように？　そう、だからティムールは小児性愛者の動画を観た。"開発者向け"の特別なツールを使ったから、午前2時にこうした動画を観ているのが同性愛者と特定できたのだと語る。「アカウントを解析した結果、YouTubeを観る同性愛者は男児の性愛動画も好んで視聴していたんです」そう、男児の。「最初は仮説を裏付けるために調べてたんですが、精神分析医の見解では、小児性愛者は、対象者が11歳になる

まで性別にこだわらないんだそうです」

　僕がティムールに取材したのは、この前の晩、小学５年生に歴史を教えていたオルガという女性から聞いた話の真偽を確かめようと思ったからだ。教師の職を失ったのは、政治に関心を持つ母親だとして、ティムールに追放されたという話を彼女から聞いた。ティムールはオルガにメールを送った。「10日以内に退職しなければ命の保証はしません」オルガはその警告を無視した。勤務先の校長は見て見ぬふりを決め込もうとした。だが、"案ずる母親"から苦情がきた。校長はオルガを職員会議に呼んだ。校長は言った。学校は国家と同じだ。オルガは国家を侮辱したと言われた。

　僕はティムールに訊いた。「オルガの主張は事実ですか？」
「そうですよ！」自ら偉業を誇るかのように、ティムールは晴れやかな声で言った。「我々はいつも的確な処分を下す。諜報活動を踏まえ、社会の役に立つ処分をね」

　罷免された当時、オルガは６年生の担任だった。ティムールはオルガ以外の名も挙げた。彼はタブレットを取り出すと、罷免された教師の画像を見せた。ティムールはソーシャル・メディアがお気に入りだ。彼は、オンラインで見つけたオルガの画像を掲げ、ポーズを取る。戦利品のようなものだ。ティムールはまた別の教師を罷免に追い込もうとしている。来週にもクビになるでしょうと彼は語り、画像の女性を指さす。彼女はモスクワの教師だと言う。「辞めさせる計画はもう立ててます」

　ティムールは若い頃、友人らと同性愛者を特定して糾弾しようと考えたことがある。もう少しでひとり殺しかけたことがあるんですと、自ら告白した。「今はそんな無茶はしません」彼にとっての黒歴史だそうだ。「ガタガタ震えちゃいましたね！」と言って、ティムール・イアセフは含み笑いをする。

　別の画像もあった。ティムールは宝石商だ。タブレットを掲げ、自分の作品に加えようと僕の写真を撮ろうとした彼の手首に、大き

な花をあしらったブレスレットがあった。花びらの1枚1枚に異なる色を配した花が光をたたえている。クライアントには同性愛者もいますよ、私が同性愛者を忌み嫌っているのを承知の上で、私が作るジュエリーの良さを高く評価する富裕層です、と、ティムールは私見を述べる。「彼らを恐れてはいませんし、向こうも私を恐れてません」

ティムールの話は続く。この日の夜、サンクトペテルブルクに本部を置くLGBTグループ、〈カミングアウト〉へ早めに顔を出すという"若い女性"の投稿を見つけたという。彼はグループの事務所に行った。「今日はその女性を尾行したんです。グループの事務所に姿を見せるのを先回りして待ってました」その場で警察に通報し、彼の情報をもとに、警官数人が集会の抜き打ち捜査に入ったそうだ。ティムールはリーダーと見られる中年女性数人の画像を僕に見せた。「この中の誰がロシア人だと思います?」と言って、ティムールはひとりの女性を指さした。「あとは全員ユダヤ系です」

さらに別の画像もあった。中庭を挟んだ路地にあり、地下の出入り口には何の情報も掲げていない、目立たぬよう考え抜かれたゲイ活動家の事務所。だが、ティムールは見抜いた。彼は友人ふたりと襲撃した後、内部分裂によるものとでっちあげるための証拠として、この写真を撮ったと語った。ほら、と、ティムールは言う。「防犯カメラが13台あります」ティムールは防犯カメラ情報を記録してきた。「これです」と、彼は写真を指さす。「ずいぶん高精度なカメラです。侵入者は必ず記録されます」そして、別のカメラを指す。「このカメラからは逃げられません」不可能だとまで言った。「ここに銃を持って入ろうなんて、正気の沙汰ではありませんよ。マスクなしで中に入り、現場で装着するしかない」だがそれも無理だろうと語る。実体験から得た情報だ。「このビルの設計図を手に入れたんです」なぜ? 建築が趣味なのかもしれないが、この銃撃事件は仕組まれたものだとティムールは語る。LGBTQ活動家のリーダー

は、撃たれた人物を宣伝活動の一環として利用してきた。彼らは仲間の活動家を自分たちの手で撃ったのだ。同情を買うために。ゲイはかわいそうだと思って欲しくて。ティムールはだまされない。彼は同性愛者に一切情けはかけない。

　ティムールの話はこれだけではなかった。彼はタブレットをテーブルの上で滑らせ、こちらに寄こした。箱に入ったままの空気銃やピストル。その上には瓶に入った金属の小さな銃弾の画像が表示されていた。「わかるでしょ──」とティムール。僕は銃の画像をカメラにおさめた。「見てください」と彼は言う。「私の息子です」少年は銃を手にしていた。

　彼らはもっぱら夜行動するのかと思っていたが、ターニャに言わせると、彼らは普通のロシア人で、廃墟となった工場の外にいて、警備の者たちに向かって口笛で異変を伝えている。僕らはサンクト

ペテルブルク郊外の南、暗くて長い道を歩いていた。ティムールが仲介役として、僕らの取材対象に推薦したのが友人のデイネコだ。ティムールが見せてくれたのはデイネコがゲイの男性を殴打している動画で、公開直後にYouTubeで論争が巻き起こった。デイネコの住所として渡されたところに立っているのが、この工場だ。僕らは当惑した。デイネコは工場に住んでいるのか？　まさか、ちがいますよ、電話越しにティムールが言った。とにかく行きましょう。もうあとすぐです。別の工場を通過する。路地を進む。建物の裏手。わかった。そこにいるんだな。ドアのすぐ脇に小さな銘板があった。社交クラブ的なノリだ。極右突撃部隊の基地だ。よし、ティムールが言う。デイネコに電話する。彼はきっと会ってくれますよ。

「ちょっと待ってくれ」電話口でデイネコが言う。「代理の者を行かせる」

　僕らは待った。機械音を上げてドアが開く。防弾ガラスの向こう側に年配の男性がいた。デイネコだろうか？　ティムールはデイネコに会ったことがない。

　僕らはさらに待った。何を待ってるのかすらわからなくなってきた。デイネコは出てこない。僕らは巨大なポスターに見入った。正教会の十字架を中心に、ロシア国家主義の英雄たちが取り囲むように配置されている。どうか持ってきていませんように。ターニャはそう言いながら、バッグを引っかき回して確かめた。イスラエルのパスポートだ。良かった、バッグにはなかった。"隠れユダヤ"と思われないようにと、ティムールから重々申し伝えられていたのだ。

　男たちに連れられ、僕らは地下へと向かった。待て、と言い渡される。別の者が呼びにくるから。そう言って、彼らは扉の鍵を閉める。

歴史の原点はコサックにあり、という日が来るでしょうと、彼は言う。「神は我々の血を通じて、コサックの魂を伝えている」ドスの利いた、人を怖がらせる声だ。彼は言う。そう、神はコサックをこの世に遣わしたのです。コサックは神の戦士だと。だから恐れてはいけないそうだ。コサックは正義である、と。そう言われるのには理由がある。コサックはイスラム教徒の女性をレイプしない。コサックの血を引くのに、イスラム教徒の血に穢された子が生まれるのは不条理であるから。それに我々は建設的だ。彼は言う。「コサックのユーモアは洒脱だと定評があります」たとえばこんな風に。言うまでもなく、同性愛者は根こそぎ処分すべきだ。これは世の習いである。そして彼は、コサックが同性愛者を殺す手口をいくつか述べる。「もちろん」彼は弁明を始める。「改まった場ではとても言えませんけどね」彼はここで初めて笑みをこぼす。このジョークを臆せず口にできる彼もたいしたものだが。いやはや――コサックのユーモアときたら。「同性愛者はペニスをアナルに入れたがるのでペニスの上に糞を置いてやる。そして薄く塗り広げるのだ」彼は声を上げて笑ってから、おまえも笑えと言わんばかりにこちらをにらみつける。このジョークの面白みを理解できない僕はおかしいのだろうか？

　そこで話題を変えようと試みる。「今日の服装についてうかがいます」と、明るい声で訊く。彼は鋭い鉛のブロックで重くした鞭(むち)を見せる。そして、木でできた分厚いグリップを僕に持たせ、「想像して」と言う。手首から肘まで届きそうな長さの、幅広で黒い刃を鞘から抜く。銃を持っていたって何の役にも立たないとも言った。「どんな銃のことです？」僕は訊く。

「立派な銃」と返ってくる。彼は銃のクリップを解除し、弾が装填されているのを僕に見せた。そしてクリップを押し戻すと、こちらに銃口を向けた。不作法にもほどがある。まっすぐこちらに向けるなんて。このジョークの面白みを理解できない僕はおかしいのだろ

　　12:07 p.m.——スキッド・ロウにて

うか？　僕は取材用のノートをテーブルに置く。彼は手を伸ばしてノートを取ると、音を立ててテーブルにたたきつけ、「ピシ」と言った。

「書いて」

　ロシア取材の最終日、僕はアレックスと彼の娘たちに会う予定だったのだが、彼から連絡が来なかった。政府の目を逃れるため潜伏したようだった。僕が例のコサックに取材した翌日で、同性愛者が出る演劇の上演は有罪であるとして、別のコサックが夜間に劇場2ヵ所を破壊したのもこの日だった。劇場に落書きする者あり、血まみれの豚の頭をドアに載せる者あり。彼らなりのユーモアなのだ。続いて爆弾を仕掛けたとの声明があったため、LGBTQ映画祭が中止に追い込まれ、あの日、午後中かけて取材したK氏がコサックの友人に襲撃されたと聞いた。

　その日遅くなってから、またティムールと会った。例の銃について聞きたいことがあったからだ。ところがティムールと彼の友人（この友人、ボマージャケットの上からも立派な筋肉が見て取れた）はご立腹のご様子で、怒りの矛先を僕と同性愛者の両方に向けるだけでは飽き足らず、同性愛者と旧敵であるユダヤ人を一緒くたにしていた。ユダヤ人である僕のせいだろうか。

　ティムールと筋肉男は、黙ったままでいる僕を笑い飛ばした。爆弾予告をバカにしたように笑い、筋肉男は、ゲイ男性に拳で殴りかかる自分の写真を見せびらかした。ラ・スカイで会った男性で、スクリーンに映った彼の血みどろの顔に、強い照明が当てられていた。

　ティムールは、そろそろお引き取り願いましょうかと僕に言った。正午近くまでフライトがなかったが、ティムールの事務所を出てホテルに戻ると、荷造りをして空港に向かった。午前4時だった。テ

ィムールのことは考えないよう努めた。これからペーターと呼ぶ、ある男の子のことに意識を集中させることにした。

ペーターには本当の名が別にある

　ペーターとはサンクトペテルブルクにあるLGBTQグループ、〈カミングアウト〉で会った。彼はアニメを観ていた。ペーターは8歳、母親のサーシャが迎えにきたら一緒に帰ることになっていた。ペーターから、おじさんもうちにおいでよと誘われた。彼は痩せっぽちで色白、バラ色の唇、大きくてキラキラした瞳、片時もじっとしていられないようだ。家に帰る途中、ペーターと歩きながら、壁に〈白血球〉というおもちゃをぶつけ、跳ね返ってくるのをつかまえたらまた投げるというゲームをして遊んだ。ペーターはミツバチの真似もした。

　ペーターは先天性のHIV陽性者だ。日常生活に支障はないが、サーシャがボランティアで児童養護施設を訪ねた時、ペーターは3歳半男児の平均体重の半分しかなく、髪がかなり抜け落ちていた。ロシア語で「やめて」としかしゃべれなかった。ペーターには触れないようにと看護師はサーシャに言った。AIDSは触っただけでは感染しないのは常識のはずなのに。冷たく接するのは愛あればこそ。情けをかけられれば期待してしまう。いつまでも大事にはしてもらえない。一定の年齢に達すると、ペーターは別の施設に移り、今度は大人も加わり、未来のない世界に放り出され、希望のない暮らしをやり直すことになるのだから。命続く限り、彼は未来のない世界を生きていく。

　それでは悲しすぎると、サーシャはペーターを引き取った。彼女はペーターをぎゅっと抱きしめ、自宅に連れ帰った。自分は独身だ

と児童養護施設に虚偽の申告をし、パートナーのクセニアと暮らす家に帰った。クセニアとふたりでペーターをハグすると、その日初めて会った彼に、これからずっと一緒だよと言った。6ヵ月後、ペーターが新しい言葉を覚えた。彼の本当の名を。彼の自慢の名前を。立派な名前だし、ペーターにぴったりだ。読者の皆さんにご披露できないのが残念だ。

サーシャが育ったのは、旧ソ連時代に軍事拠点として秘密裏に建設され、地図にも載らず、数字で呼ばれていた閉鎖都市だ。ソヴィエト連邦崩壊時、サーシャは両親とともに、人口およそ50万人の地方都市、イヴァノヴォに転居した。サーシャはそばかすがあり、赤毛を後ろで結んでポニーテールにした、妖精のような少女だったが、恥ずかしがり屋で自分の意見をなかなか言えなかった——そんなサーシャは大学の試験日、クセニアと出会う。まったくちがう個性を持つ相手に、お互い強く惹きつけられた。この想いをどう呼べばいいのだろう。ふたりともレズビアンのことを知らなかった頃の話だ。そんな呼び名があることも知らなかった。クセニアとキスしたサーシャは、彼女と新しい世界を築いているような気分になった。ほかの人には決して言ってはいけないことも、重々承知の上で。

ところがサーシャのおばがふたりをつけ狙い、あの子たちが怪しいとサーシャの母親に密告した。ある晩サーシャは母親に詰問された。「あの女の子とはどんな関係なの？」

親に、いや、誰に対しても逆らったことのなかったサーシャは、しばらく言葉を失った。クセニアとの関係を言い表す言葉が見つからない。やっと思いついた。"かけがえのない人"。

ふだんは優しいサーシャの父親が娘を殴った。母親はサーシャを家から追い出した。電車で18時間かかるところに住む知人の家で、サーシャは監禁された。まわりの大人たちはサーシャを依存症と呼んだ。あなたを浄化する手助けをしているのだ、と。ところがある日、知人夫妻が出かけた時、サーシャはその家の娘に真相を語った。

彼女は恋をしていると話した。男の子に？　娘は胸をときめかせながらサーシャに訊いた。そうだよ、もちろん！　男の子だよ。家から出してくれたら彼に電話できるんだけどな。

　クセニアは電車に乗り、18時間かけてサーシャに会いに行った。自由になったふたりは朝の4時まで街をさまよった。だが家族に見つかった。サーシャとクセニアは別々のアパートに閉じ込められたが、窓から這い出て、また一緒に逃げた。ところが行く場所が思いつかず、ふたりは18時間かけて故郷に戻った。こうして彼女らは、お互いの消息を知らないふりをして4年過ごした。

　その後のいきさつ——地方都市を離れて大都市に住み、人生が一変し、同性愛者であることをオープンにした——は、よくあるストーリーだ。同性愛者なら、アメリカでも同じ苦労を伴うからだ。2000年代半ばのロシアは今よりも寛容だった。何についてもさばけていた。党派主義より、むしろ社会的変化を求めていた頃のこと。隠すのではなく、オープンにすることが尊ばれてもいた。サーシャとクセニアはペーターを迎える、家族を作る、格好のタイミングにあった。

　ペーターは、自分の母親たちがレズビアンだと知っていた。ただ、世間がレズビアンを容認しないのには気付いていなかった。ペーターには学習障害があり、特別支援学校に通っていた——僕も見学に行ったが、どの教室にもミツバチや恐竜がいっぱいで、子どもたちは〈白血球〉ゲームで遊び、とても充実した環境だった——みんなそれぞれに個性があり、だからこそ奇異な目で見られることはなかった。ふたりの母親は、まさに倍の愛情をわが子に注いでいる。

　少なくとも、これまではそうだった。近い将来、ペーターに話さなければいけないとサーシャは言う。予想より早くその日が訪れそうだ、とも。同性愛者を排斥する法案がひとつ通過すると、別の法案が待っている。ロシアからあまり離れずにいられるので、ふたりはフィンランドへの移住を検討中だ。ロシアの今後を案じ、ロシア

を離れがたく思っている。

　ペーターは飛行機のことばかり考えている。取材最終日、一緒に公園に行ってからの夕食中、ペーターはアメリカからカードを送ってくれないかと僕に言った。もっといいものを送るよとペーターに言った。プレゼントはどう？　「やった！」ペーターは大喜びだ。おねだりしたいものは決まっていた。ノートを借りてもいいかと僕に言った。欲しいものを絵に描いて教えてあげるから。飛行機の絵だ。大きな飛行機がいいなとペーターが言う。家族全員が乗れるぐらい、僕をかわいがってくれる人全員、そう言いながら、彼は楽しそうに翼の絵を描いた。

　亡くなるまでのいきさつもへったくれもなく、死者を葬った墓が整然と並ぶだけだ。帰路、大きくカーブを切った飛行機から見えた景色。

12:07 p.m. ——スキッド・ロウにて

彼女には本当の名が別にある
——ニューヨーク州スケネクタディにて

　父の詩集用キャビネットの一番上にあったメモには「国家と個人との異なる役割」と書いてある。父はこのキャビネットに、メノラー*注など、ユダヤ教の祭式で使う道具をひとそろえと、孫たちが使うカラフルなフレックスストローをしまっていた。父は定年退職するまで"ソ連政治学"を専門に研究する学者だったが、若い頃は作家を志していて、雑誌から切り抜いた詩をスクラップして若き日をなつかしんでいた。ティム・ケンダルの『エウリディケ』やアドリエンヌ・リッチの『迷宮で鳴る電話』の隣にある詩2篇は、僕の娘によると、彼女が3歳の頃の作品だそうだ。「いいひとたち / おか

しなひとたち／わるいひとたち／ユダヤ系のひとたち／コメディア
ンたち」
　続いて娘はこんな詩を書いた。

　わたしがうまれたよる
　あなたがうまれた
　わたしたちがうまれた
　みんないっしょにうまれた

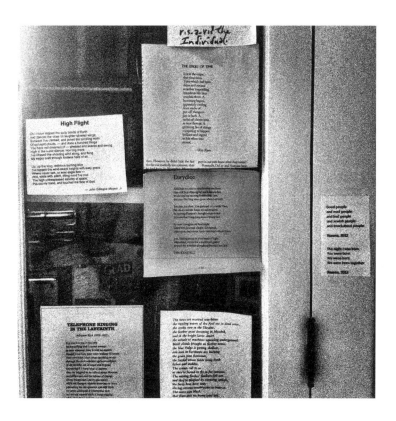

「ベンチに座ろう」父が言った。秋もこのぐらいになると、夕方には回転木馬のまわりに人影が少なくなる。心拍が新たに危険なリズムを刻み出した父は、この年の秋は、ほとんど病院のベッドで過ごしていた。「カモはどこにいる？」父が僕に訊く。池に視線をめぐらせながら、父は「カモがいないぞ」と言う。「当たり前か、もう暗いもんな」長年タイプライターやコンピューターに向かうデスクワークを続けてきた父が、歩数を記録しながら公園を散歩するようになった。1日の目標を達成するため、歩数を測りながらフットボール場を歩く。父はそれほど長身ではないが——若い頃は180cm弱、今は2cmほど縮んだ——アメリカンフットボールの奨学金で大学へ進んだ。「足が速かったんだ」と父。「もう、あんな風には走れないけどな」父はベンチとベンチの間を往復して歩数を測っている。故人の名を冠したベンチが父のお気に入りだ。「こいつ、誰だったかなあ」ブツブツつぶやきながら、父は、ある名前の前で足を止めた。「こいつは虫が好かん」僕らが座ったベンチのことらしい。このベンチには名前がない。「おまえに事情を説明してやらんとな」と父。「この公園では、ベンチに亡くなった親族の名を付けたい家族を募集してるんだ」

＊注：ユダヤ教の祭式で使う7本枝の燭台。

　12:07 p.m. ──スキッド・ロウにて

ワイン色のベルベットで縁取られた真鍮製の小箱。母がガールス
カウトをしていた頃のバッジが入っている。ガールスカウトだった
とは初耳だ。バッジのようなものに執着する方ではなかった。それ
なのにコレクションが残っていた。1954年、カンザス。第283部隊。
赤いスリッパ、黄金の翼、けっこう美しい。

　別の箱には祖母から母に当てた手紙が１通。母がステージⅣの乳
がんと診断された直後、1986年頃のものだ。「ナンシーへ、あなた
は生まれてからずっと、毅然とした子だったと、何度となく思い返
しています——生後たったの19ヵ月で、屋根に上ったあなたを見つ
けた日のこととか——サミュエル・ブランチより高く石を放り上げ
ようとして、投げたひとつがあなたの頭のてっぺんに当たり、血が
顔に流れ落ちても投げ続けていたこととか——自分の自転車を手に
入れたばかりの頃、練習はお庭でしなさいと言ったのに、『乗れる
もん！』と、大通りに飛び出していった日のこと——泳ぎを覚える
ため、お母さんがあなたをK.C.A.C.に連れていった時も、あなたは
勝手にプールの深いほうで泳ぎ出し、水泳教室を受講しようとしな
かった——たくさんの優等賞を取り、ハイスクールの卒業アルバム
に載せるんだと決意し、実現させた時も。こんなことはほかにもい
っぱいあった——だから私、たまに、もっとあなたに手をかけてあ
げたら良かったかしらって思うのよ——私たちはずっと思っていた、
でも、私とパパは、あなたはほかの子とはちがう、特別な子だと信
じて疑わなかった。それは本当のことだし、現状を考えると、受け
られる支援はすべて受けるべきです。気負わずに『流れに身を任せ
る』時期にきたのだと思っています。あなたが私たちの助言を受け
入れるつもりがさらさらないのも、わかっています。ママが今一番
望んでいるのは、あなたが日々、病に苦しむ間——さぞつらかった
でしょう——『人知を超えた安寧』があなたの心をずっと満たし、
平和がそこにあることも確信しています——どうか心安らかでいて。
私たちはあなたを心から愛しています——あなたのママより」

わが家の窓。ロジャー、姉、僕、そして母、ナンシーの写真。彼女をいったいどう呼んでいいのかわからない。母が生きていれば"マム"と呼んでいただろうが、母はもういないし、17歳の時に母を亡くしてから、僕は箱におさめてある母が書いた詩や書きかけの小説、日記などを何ヵ月も読みふけり、成人してからの母を知ろうと努めた。想像できるものとできないもの。それが母の45年という人生のすべてだ。自分の母親がこんな風に生きたのだと理解するには、たぶん僕は幼すぎたのだろうが、母親を亡くした時の年齢が若すぎるも何もありはしない。母が亡くなった時、母以外の人々や僕と、母自身の年齢差についてもそうだ。だから母について書いた文章では、彼女をナンシーと呼んでいる。ナンシーの旧友と話す時——僕は母の友人、ロジャーとメッセージをやりとりしていた——母のことをナンシーと呼んでいた。医師から終末期と宣告された時の母は、今の僕と同い年だった（"終末期"とは。人の命を列車のダイヤのように扱うのか）。あなたはもうすぐ死にますよと宣告された、あの時の母の年齢になったのか。やがてすぐ、母が現実を受け入れられなかった年齢にも、現実を受け入れた年齢にも達するだろう。動かしようのない事実だ。

　死を受け入れてからも、ナンシーには姉と僕という子どもがいて、友人たちがいた。何年も——何十年もの間——僕はそれが安らぎだとわかっていなかった。母に先立たれ、耐えがたいまでの孤独を嘆き、何もしてあげられなかったことへの後ろめたさを感じていた。そこにやってきたのが僕の第1子、娘のアイリスだ。彼女には本当の名が別にある。彼女の名は彼女のものであり、僕のものではないため、アイリスという仮名を付けた。娘はひとりの人間だ。僕もそうだし、ナンシーもそうだ。

母が亡くなった年齢になって、ようやく気づいた。僕らはひとりの独立した人間であると同時に、他者と形成する集団の一員であることを。母はナンシーというひとりの人間である。個人としての僕、ナンシーの息子としての僕。僕の娘、アイリス（彼女には本当の名が別にある）。ナンシーと、ナンシーだったものの脇に僕が置いた、この小さくて色あせた虹をくれた、僕の娘。

最初は野生の植物だと思ったのだが、野生のアヤメ（アイリス）はとても珍しいと教わった。アヤメは種をまいて栽培する。アヤメは主に欧州やアジアからの外来種である。原産種もある。黄色い波状の舌に似た花びらを持つ、アヤメに似た花はヒオウギアヤメといい、バンクーバーからアラスカ州シトカのあたりに生息する。この花がどうやってヴァーモント州の小さな谷間にたどり着いたのだろう。球根で持ち込まれて庭に植えられ、花が咲き、植えつけられた。今では野生化して花を咲かせている。亡命者か難民か、侵略者か、ただ落ち延びてきたのか。

　山の、この道に沿って続く麓の一帯は、ここ220年ほど、いや、もっと前から耕地へと転用されてきた。畑、羊や豚の放牧場のほか、美しい平原も維持されてきた。その前はおそらく、ビーバーが草原をしばらくの間沼地に変え、ビーバーが狩りをし、沼地をまた平原に変え──沼地になる前、原野となった後、この場所は庭地だった。土をふるいにかけることができた。薬莢のかけらを探した。今もまだぬかるんだ地面には鳥の骨や、子どもの手による葬儀のなごりが残っているかもしれない。道を数km上ったところで、娘がわが家のライラックの花壇に埋めたゴシキヒワのなきがらのように。紫色をしたよそ者を抜くべきか確かめに行くと、木々の間から霧がしずしずと流れ込んでくる。ウィリアム・バトラー・イェイツの『さらわれた子ども』を覚えていた僕は、"大切な詩"と自認する娘とともに、夜、一緒に暗唱した──あちらへ行こうよ、人の子よ、湖へ、荒れ果てた野へ──この詩を一言一句、すらすらと頭に浮かぶほどあざやかに記憶しているので、霧の話す声が聞こえてきそうだ。「写真を撮ったら立ち去りなさい。ここはあなたの土地じゃない。この花はあなたのものじゃない」

　僕は霧を追い、その中に足を踏み込もうとする。「私はあなたの霧じゃない」と声がする。

　そうだ。また声が。「自分自身の霧でもないのに」

誰のものでもない。僕はしゃがんでアヤメを摘む。もうひとりの娘、ロージーに。彼女には本当の名が別にある。すると霧は、鯨が水面に浮上する時のようにふくらみ、異議を唱える。平原、沼、庭、羊、ビーバーや花、花を植える人、日暮れ時の土の匂いを嗅ぎながら、チクチクする背の高い草をかき分けて進む人。霧は動く。常に動いている。アヤメの好きなようにさせてやれ、と声がする。アヤメは野生のふりをしている。どこから来たのか、知らなかったふりをしてやろう。

あちらへいこうよ、人の子よ、
湖へ、荒れ果てた野へ
妖精と手をたずさえて
この世にはおまえに知らない嘆きが
いっぱい。

　　　　　　　　——W. B. イェイツ『さらわれた子ども』[*5]

メアリの自立宣言
——ニューヨーク州スケネクタディにて

　メアリ・マズール、61歳、真夜中近くに感謝祭のターキーを買い
に出かける。お気に入りの鉢植えを持ち歩いている。後で訊くと
「この子をひとりにできないから」というのが理由だそうだ。鉢植
えを白いショッピングカートに載せ、メアリは車椅子に乗り、スケ
ネクタディでもとりわけうらぶれた、ステート・ストリートをそそ
くさと進む。片手で車椅子のホイールを操り、もう一方の手でカー
トを押す。左手でホイールを押したかと思うと、今度は右手。左へ、
右へ、悪態をついていると、そのうち心やさしき若い女性が見かね
て車椅子を押してくれ、メアリをクラウン・フライドチキンまで連

れていってくれるだろう。「鉢植えも持ってきて！」メアリはその
若い女性に怒鳴るはずだ。僕はドアを押さえ、メアリが中に入るの
を待つことになる。

「足が悪いんだ」と、メアリが言う——切断された左足はかさぶた
で覆われ、かじかんで紫に変色している。スリッパの履きようがな
い。

メアリは紫一色のいでたちだ。スウェットも、フリースも紫。気温はだいたい－１℃。「あんたコート持ってんだろ」メアリはコートを欲しがってるのではない、事実をただ述べただけだ。距離感を測っている。僕との距離感。七面鳥を売っているウォルマートとの距離。どちらも遠い。「凍え死にますよ」僕は言った。「飢え死にが先だね」とメアリ。僕が買ってきましょうかと申し出る。「あたしはターキーが食べたいんだよ！」ならば電子レンジも必要だ。メアリが滞在中のモーテルには、電子レンジがない。

　「誰もあたしを助けちゃくれない。別に両目から血を流しているわけでもないのにさ」

　消防署から救急医療隊員（EMT）がふたり来た。警官もふたり。救急車が１台。「あんたたちを呼んでないけどね！」メアリが怒鳴りつける。「こっちは誰が通報しようが構いませんけどね」警官のひとりが応じる。救急医療隊員のひとりがブルーのゴム手袋を着ける。「これは持っていけませんよ——このしょげた鉢植えは」救急隊員が言う。「行くぞ」と警官が言うと「あんたはあたしの夫じゃないだろ！」メアリが返す。言われた警官が「そりゃそうだ」と言って大笑いする。それを聞いた全員が笑う。その中のひとりが、きっとこの鉢植えが旦那さんなんでしょと言う。おかしくて全員が笑う。「行かないからね！」とメアリが言う。「鉢植えは行くってさ」と警官が言う。メアリは根負けして片足で立ち上がった。「触んないでよ！」という彼女を、関係者らでストレッチャーに寝かせる。「持たせて」とメアリ。「何を？」EMTが尋ねる。「鉢植えだよ」警官が代わりに答え、カートから鉢植えを持ってくる。「丁寧に扱って！」メアリが大声で注意する。警官は苦笑いしながら言うことを聞いた。「ありがと」ガラガラ声でそう言ったのを最後にメアリは大声を出さなくなった。

　メアリ・マズール、61歳、毛布の中で縮こまり、唯一の友である鉢植えに向かって、ささやき声で文句を垂れる。

　救急車がメアリを病院に連れていった後、僕はステート・ストリートを歩いて、彼女が滞在しているモーテルへ向かった。名をスコティッシュ・シャレーという。24時間稼働する防犯カメラ、ガラス越しに対応するフロント。経営者の名はアショク・パテル。つるんとした禿げ頭、まん丸とした体の小柄な男だ。メアリのことをよく

知っていた。社会サービス課（DSS）だという。DSS案件。モーテルにとっては上顧客だそうだ。「きちんと毎回支払ってくれるからね」1泊60ドル。1回6週間分ほど。合計で3,600ドルになる。「シェルターに空きが出るまでの処置さ」当局が食事も手配するものだと思ったと語る。当初は支給されていた。「缶詰がね」メアリは缶詰をそのまま食べていた。「心配でしたよ」と語るのが、パテルの妻。「毎日彼女に電話していました」とパテル。スコティッシュ・シャレーで死人を出したくなかったからだ。

　缶詰が底をついた。メアリの胃も空っぽになった。メアリは持っている衣類をすべて身につける。紫のスウェット、紫のフリース、かさぶたに覆われた足にはフィットしない、紫のスリッパ。彼女はオルバニーの社会福祉サービスから供与された車椅子に自力で乗った。この車椅子、先代はメアリを病院に連れて行こうとした警察に壊され、これが2代目だ。鉢植えは白いショッピングカートに乗せた。これが彼女の全財産だ。メアリの行くところ、必ず鉢植えあり。この6週間というもの、彼女はどこにも出かけなかった。部屋から一度も出なかった。だが、引きこもるという手はもう使えない。警察を呼んでやろうかとも思った。だがあいつらでは、自分を食料品店に連れて行ってはくれまい。「あたし、フードスタンプ*注持ってるよ」メアリは警察に言った。「貧乏人じゃない」だが警察は彼女の主張には耳を貸さなかった。当局の対応は最初から決まっていた。メアリは鉢植えを抱え、車輪を繰って、夜の闇の中を進む。ターキーを手に入れるはずが、凍え死んでしまいそうだ。メアリ・マズール、61歳。モーテルの一室で死ぬわけにはいかない。

＊注：アメリカ合衆国政府が低所得者に支給している食料補助チケット。

翌日病院に電話した。メアリ・マズールが無事ターキーにありつけたか知りたかったからだ。入院患者に感謝祭ディナーを出すのだろうか？　なぜなら、感謝祭は特別だから。患者にとっても特別な行事だ。ところが、メアリ・マズールはターキーを食べていなかった。吹雪の中、退院したというのだ。滞在先のモーテルに電話した。メアリ・マズールは戻っていた。それなのにまた外出した。「雪の中をね」パテルの妻が言う。ターキーを買いにいったのだそうだ。「止めようとしたのよ」パテル夫人は警察に連絡したが、誰も来なかった。メアリにうんざりしたのだろう。下手をすると凍死しかねない。僕はメアリから教わった番号に電話した。社会福祉サービス課だ。電話に出た女性が、僕の名のスペルを尋ねた。生年月日。社会保険番号は？　「僕は受給者じゃありません」

「同じようなもんでしょ」

「あなたはどこの部署の方ですか？」

「緊急案内です」と返事があった。本人に代わって答えた。メアリ・マズール、61歳。入院中だったが、雪降る中、外に出て行方不明。「成人保護サービスにかけ直してください」と言われた。「こちらは児童保護サービスです」とはいえ、"成人"保護サービスにできることは何もない。

「彼女の身に危険がおよんでいるんです」僕は食い下がった。

「確認のしようがありません」緊急案内の係員は言う。

　そこで車を出し、吹雪の街に出た。道はがら空きで、車がスリップするリスクが十分にあったが、メアリ・マズールはいなかった。モーテルに戻った。ペット禁止／小切手禁止／払い戻しには応じません／パーティー禁止……シングル／ツイン／キングサイズベッドルーム／我らは神を信ず／期間限定。数々の掲示物。凍てつくフ

ロントに見知らぬ男が出てきた。パテルを若くしたような男性で、胸と肩に筋肉がついている。息子だ。「ご用は？」息子が訊く。「女性を探しています」僕は切り出した。「クラック常習者？」息子が言う。「61歳」僕は言う。「メアリ・マズール、車椅子利用者」あの人か。「あの人なら雪の中出ていきましたよ。引き止めたんですけどね」するとメアリは大声を出した。パテルの息子はドアを押さえ、彼女を締め出した。「ほかに何ができます？」確かに。「どうしたいんです？」パテルの息子はそう言って、1歩近づいた。「どうすれば良かったんです？」顔を寄せ合って親愛の情を示すとか。「社会福祉サービス」に頼みませんか。僕の提案に彼は同意した。「頼むから巻き込まないでください。うちの落ち度ではありませんから」パテルの息子は1歩退いた。「俺は6歳からここにいるんです」またもう1歩退いた。「うちはただのモーテルなんで」彼は背を向けた。「当てにされても困るんですよ」パテルの息子が奥に引っ込み、僕はフロントにひとり残された。

「大丈夫よ」玄関口から手を伸ばしてきた夫にカイラがささやいた。「記者さんだって」そしてこっちを向くと、カイラは微笑んだ。僕らはメアリの話をしている。彼女を最後に目撃したのがカイラだった。「様子がおかしいってすぐ気付きました」車椅子利用者だからでも、足が悪いのでも、吹雪の中、防寒具を身に着けずに外に出たからでもない。パーカーを見て異常に気付いたという。パーカーよりも、鉢植えの葉だった。メアリは鉢植えから千切った葉をテープでパーカーに貼りつけていたのだ。「20分待たないとバスは来ませんよと言ったんです」とカイラ。「だから、中で待ちませんかと誘いました」警察が早く来てくれればいいのにと思った。だが、彼らが来る気配はまったくなく、メアリはすぐにでも外に出ていこうと

する。「高齢の女性が使っているシルバーカートみたいなのを押してました」とカイラ。しょうがないので、カイラはメアリにフードをかぶせ、雪が降り、風が吹きすさぶ外に出した。

「こんな寒いところに出たら鉢植えが枯れちゃいますよ」カイラはメアリに言った。メアリが答えた。「あたしの鉢植えは内側から枯れていくんだ」植物は光がなければ枯れてしまう。メアリに言わせると、パテル夫人が照明を切ったという。

「そんなこと言ってませんよ」とパテル夫人。「そうですよね」カイラも言う。「照明は人感センサーに反応する仕組みです。メアリは動かないから」パテル夫人は毎日メアリの行動を防犯カメラ越しにチェックしていた。メアリとはドアを隔てて会話する。「だって彼女が服を着ようとしないから」

　赤ら顔の男がよろめきながらやってきた。男はパテル夫人をつかんで「あのさぁ！」と言った。「あんたは親切だ」とも。「こいつは警官？」「ライターです」と僕。「あの年配の女性のことを訊きにきました」と言うと、男はカイラを見た。「あんたか？」カイラは着ていたフードをかぶった。「あたしが年配に見えるっていうの？おっさん」男はまじまじとカイラを見た。「ほんとに若いな、嬢ちゃん」男はさらに言う。「デートしねぇか？」と、両手をパテル夫人の肩に置いた。「お客さん、勘弁してください！」

「おっさん、ここいらの人？」カイラが尋ねる。彼女が泊まっている部屋のドアが音を立てて開いた。中には彼女の子どもたちがいる。3歳と5歳。カイラたちはここに住んでいる。「あの人はあんたに触るなって3回言ったよね」と言って、カイラは男との間合いを詰める。男はよろめく。前後にふらつきながら、カイラから遠ざかろうとする。「1時22分に、俺と待ち合わせしようや」男は言った。「デートしてくれるんなら」

「問題は鉢植えなんだよね」とカイラ。「メアリは超潔癖症だから」自分がいない間に鉢植えが汚染しないかと気が気でないらしい。

だからと言って、ホテルに引きこもって自分が飢えるのも怖い。

　メアリはバスに乗ったんじゃないかとカイラは推理する。「あたしが見た時、もういなかった」カイラはバス路線に詳しい。「何時間でも乗っていられるんだ」

　その晩、僕は10時半にモーテルを出た。朝になって電話をかけた。メアリは戻っていた。「そうなのよ」とパテル夫人。「袋いっぱい食料品を買ってさ」食べるものを——そうなのよ——冷たい缶詰を、暗い部屋で、服を脱いで、鉢植えと会話しながら食べたそうだ。

　最初の頃、彼女はドアをうっすら開けた隙間から話しかけてきた。今、ショーツ穿いていないから開けられないのと言って。「あたしに取材したいの？」と、僕に訊く。「どうして？　あたしはそんなに偉くないよ！」ドアが大きな音を立てて閉まったかと思うと、2cmほど開いた。「あたしみたいなつまらない婆さんに何の用？」フライドチキンを売っている店で会った、あの男ですと説明する。メアリは3種類の身分証明を求める。「ちょっと待って」とメアリ。「手を洗ってこなきゃ」それから30分ほどぶつくさ言ったり、ドアの隙間越しに僕の顔と身分証明書の写真とを見比べたりして、メアリはドアを開ける。「入っていいよ。だけど、これであたしに気に入られたと思ったら大まちがいだからね」

「たらい回しにされてね」とメアリ。あっちのアパートからこっちのシェルター、移る途中は橋の下で過ごしたこともあった。ステート・ストリートとルート7の交差点に立つスコティッシュ・シャレーに住み始めて6週間になる。「虫けらも同然」彼女は小声でつぶやく。ホテル経営者の妻、パテル夫人には聞いて欲しくないと言う。同情されたくないからではない、追い出されるのが怖いのだ。「あの夫婦、あれを持ち込んだのはあんただって言いたげで」メアリではない。「あたしは潔癖症なんだ」だから彼女は僕を座らせようとしなかった。だからドアのハンドルに新聞紙を——車の売買広告を載せる無料の新聞『オート・トレーダー』紙をきちんと切り取って——巻いている。だから彼女は自分が恥ずかしいと言う。「あ、あ、あた——」メアリには吃音の傾向がある。「あたしね」泣きやんだ幼児が、懸命に言葉を選びながらしゃべっているみたいだ。「ま、ま、ま。まだ足りない、もっときれいにしないと」そして、指だけで僕を手招きする。小さな声で「こっちにおいで」と言う。メアリは片足で立った。もう一方の足は、もはや足として機能しておらず、かなり前にできた傷が化膿し、赤や紫、オレンジのかさぶたとなり、灰のような薄片が覆っている。メアリは手ぶりで自分の体を示した。両腕はとても長い。優美だ。

「どう——？」と、僕に訊く。鼻の頭にしわを寄せながら。

「昔はきれいだった」と言った。彼女はきれいだった。近寄ってまじまじと見る。瞳、頬骨のなごり。口紅を塗っている。メアリ・マズール、61歳、1日の大半を暗いこの部屋で過ごす、半裸で、来客の準備を整えて。

　1974年、メアリ・マズール、21歳。初めて生活保護を受給した。母親を亡くした年でもあった。「が、が、がんだった」1972年、メアリ・マズールは19歳で第1子を出産する。「ジェリー」という名だそうだ。息子のジェリーを手放したのは——「あの子が歩き始めた頃」と記憶している。メアリ・マズールは13歳で父を亡くした。

「介護施設で、3回卒中を起こした」彼女はどもることなく父の名を告げた。「短気な人だった」

　メアリは13歳で母親とふたりきりになった。「は、は、は、は、は」歯を失った顎を歪ませて黙った。長くて優雅な彼女の腕が、目に見えない何かを追い払おうとする。眉を上げ、唇をかみしめ、それでも言いたかったことを言おうとしている。若い娘のような声で。「母はあたしの友達だった」

「母の名は――」と言いかけて、メアリは口をつぐんだ。吃音のせいではなかった。「名前はアンナ・メイ」

「あんたはあの言葉を使わない方がいいよ」メアリが僕に言った。"頭がやられた"のことかと了解する。数日前の夜、「彼女の身に危険がおよぶこと」を告げた警官の言葉を、メアリはそのまま口にした。おっかなびっくりメアリの体に触れながら「頭がやられた婆さん」呼ばわりした警官がいたのだ。メアリは首を横に振った。彼女は、頭がやられてなんかいない。「あたしは手強い女だよ。あいつらに貼られたレッテルどおりの女じゃない」あいつらとは、警察であり、社会福祉サービスや成人保護サービスの職員であり、40年にわたって彼女を受け入れなかった緊急救命室の看護師や家主、食料品店の店長たちのことだ。はっきりとは言わなかったが、メアリの母親も、そのひとりだ。彼女が学校を中退すると、母親はメアリを西海岸に住む義理の兄弟に預けた。「言うことをきかないと、あいつらに無理矢理施設に入れられるよ、って」本当にそうだったのかもしれない。あいつらは強制的に執行する。本気でやる。彼女をモーテルに押し込んだ"あいつら"、ゴム手袋をして、彼女をパトカーに押し込んだ"あいつら"、刑務所に面会に来た"あいつら"、彼女を部屋に連れてきた"あいつら"、彼女を車に乗せた"あいつら"

12:07 p.m. ——スキッド・ロウにて

──メアリが"トラックの運ちゃん"と呼ぶ彼らとの間でトラブルは一切なかった。「殺されそうになったことは一度もなかった」──そして、彼女から3人の子どもたちを奪った"あいつら"。あいつらはメアリの子どもたちを児童養護施設に預けた。自分たちが正しいと思ってやってるんだよ、とメアリは言う。あなたのお子さんですか？　「子どもなんか産んでない」メアリはきつい口調で言った。「子どもはいたけど」ジェリーと──えーと──。子どもたちの名前を思い出せない。

　メアリは人生で何度か判断を誤ってきた。「でも、子どもたちはあたしのもの」と言って、彼女は手を広げた。僕が何も言っていないのに、メアリは「ちがう」と返した。「あたし、頭がおかしくなんかなってないから」彼女の頭を悩ませているのが上の階の連中だ。「ここに住んでる奴ら」と、天井を指す。3人兄弟だそうだ。「札つきのワルなんだ」嫌がらせをする。からかう。つけ回す。社会的に葬り去ろうとしている。あいつらをとがめる者はいない。「あたしゃ子守りじゃないんだよ、まったく！」メアリは本気で腹を立てている。あいつらの子守りって？　年はいくつなんだよ？　メアリは調べてみた。「あいつらがうろつくようになったのは94年から」当時、彼女はお世辞にも立派とは言えないアパートで暮らしていた。ところがその後も、あの3兄弟がついてくる。一緒に引っ越してくるのだ。しかも上の階ばかりを選んで。「ありゃゴキブリだね」どこかが雇ったスパイだとメアリは思い込んでいる。社会福祉サービスの回し者だ。「わかんないんだ、なぜ、そんなことをするの？」忌み嫌っているくせにつきまとう、メアリを悩ませているダブルスタンダードだ。「気づいたらそこにいて、あたしを頭がおかしい女扱いする」メアリはため息をつく。「わかってる、それって──」その先はどちらも口にしなかった。さしあたっての問題は、上の階の足音だ。「聞いて！」とメアリ。「あいつらが部屋にいる」

12:07 p.m. ——スキッド・ロウにて

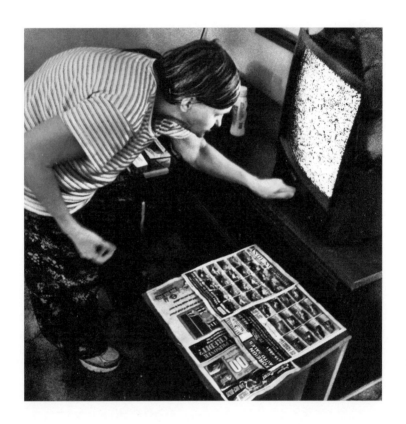

「こちらから手が出せないって思ってるんでしょうよ。でもあいつらは知らない」あいつらとは、メアリが言うところの、上の階に住む3兄弟、頭のおかしな3人のことだ。彼女の3人の子ども——彼女が生んだと主張する子どもたち——は死んだが、彼らが生きた証が消えることはない。「あの子たちはあたしの生命の灯火を消し、あたしの生きる道筋を変えてしまった」メアリは両手を握りしめた。まだ動く方の足で立ち上がった。「あいつらどうかしてるよ！」メアリは言い放った。「覚えてろよ、必ず仕返ししてやる」彼女は片足で部屋のテレビに歩み寄った。拳で軽く1発段った。荒々しくチャンネルを切り替え、映る局を探した。「雪のせいだ！」と大声で毒づく。ボリュームを上げ、テレビの音がどんどん大きくなる。上の階から足を踏みならす音がする。彼女は部屋のテレビに向かってニヤリと笑う。「聞こえた？」と叫ぶ——僕に向かって、あいつらに向かって、世界に向かって。

　メアリはテレビが好きだ。番組だと『HEY！レイモンド』*注1、俳優だとドン・ノッツ*注2、ジャンルでいうならホラーが好きだ。「おっかない映画」と呼んでいる。派手に血しぶきが飛ぶホラー映画が好きだ。「マイケルとジェイソンがいいねぇ」彼らは『ハロウィン』と『13日の金曜日』の主人公だ。彼女は推しのキャラクターをペアで呼ぶ。推しのベストがクリント（・イーストウッド）とバート（・レイノルズ）。バートはひょうきん者で、『トランザム7000』と『グレートスタントマン』のようなコメディタッチの映画がメアリは好きだ。「自死しようとしたせいで、みんなから頭がおかしいと思われる映画って何だっけ？」『ジ・エンド』、共演はドム・デルイーズだ。クリントは影があり、メアリに自分が強くなったと感じさせてくれる俳優だという。メアリは手のひらに星をひとつずつ描き、両手を握りしめた。ジョークと復讐の融合なのだそうだ。『荒野の用心棒』、『続・夕陽のガンマン』、『荒野のストレンジャー』、『ペイルライダー』」そして……。

「『許されざる者』？」僕が助け船を出す。メアリはうなずく。彼女はこの作品のエンディングを気に入っている。子どもたちを捨て、殺し屋である本来の自分を受け入れ、相棒を殺されてからのクリントの演技が。「モーガン・フリーマンですね」相棒の俳優の名を僕が付け足す。

だがメアリは聞いちゃいない。「鞭を振るうんだよ」相棒が鞭打たれるシーンがある。「ほんとに鞭で叩くの。クリントが娼婦を、売春婦のひとりを見つけて町に入る。雨が降っている。クリントは馬に乗って町を走る。そして、あああ」メアリは両目を手で覆う。雨、かがり火、酒場のポーチでさらし者にされた相棒の遺体。クリントがショットガンのを引く音が今も聞こえると言う。「まずバーテンダーを撃つ。そしたらジーン・ハックマンが『丸腰の男を撃ったな』って言うのね。で、クリントが『そうか、銃を持っておくべきだったな』と答える。クリントは——」メアリは黒い目を大きく見開いて言う。「殺されたくなかったら裏からとっとと出て行け^{*注3}」男たちは出て行く。とっとと出て行く。「名場面よね」とメアリは言う。

*注1：アメリカの人気コメディ番組。

*注2：アメリカの喜劇俳優。

*注3：『許されざる者』終盤の、クリント・イーストウッドの台詞。

50:58 −1:19:50

　　12:07 p.m. ——スキッド・ロウにて

閑話休題。重要なことを言い忘れていた。メアリは推しのふたり
——クリント・イーストウッドとバート・レイノルズの話をしてく
れたが、イーストウッドのウエスタン映画の中で陰惨、かつ、うさ
んくさい２大作品が『ペイルライダー』と『許されざる者』だそう
だ。ただし『許されざる者』の場合、記憶にあるストーリーと彼女
の妄想が一緒くたになっているのは否めない。前のページでは、イ
ーストウッドの演じたガンマンは死に、許されざる者であると同時
に情け容赦なく、その一方で弁解のしようがないほどの欠点の持ち
主である部分について言及した。「名場面よね」とメアリは言った。
彼女の感想はこれだけではなかった。「３人が一緒のシーンが好
き」——３人とは、クリント・イーストウッド、モーガン・フリー
マン、そしてスコフィールド・キッドを演じたジェームズ・ウール
ヴェットのことだ——「彼らが馬に乗って登場するシーンが良かっ
た」
　日の光に包まれ、穏やかな音楽が流れる平和なシーンで、キッド
はまっすぐ弾が飛ばせず、一度も人を撃ったことがないくせに口ば
かりというコミカルなキャラクターだ。彼は撃たない方が良かった
のかもしれない。そんな３人が一緒に大平原を進むシーンは、明る
い希望を予見させる。
　だからメアリは、このシーンが好きなのかもしれないと思った。
この映画を観た後でも、悲しいエンディングが待っているとは思わ
せない希望があるのだ。

12:07 p.m. ──スキッド・ロウにて

メアリはのどが乾いた。まだ動く方の足で跳ねるようにして、ロールスクリーンと窓に挟まれた冷蔵庫のところに行く。「糖分が足りない」と言う。ネスクイック*注1か、A&W*注2。「もう死んでもいいって覚悟ができたら水を飲むよ」メアリは外に出たがらない。「あたしはテレビっ子だから」テレビを観て眠り、フードスタンプで手に入れた食料品を食べる。健康的な食生活を心がけている。缶詰。ラザニア。冷凍のシーフード。「ひと晩置けば解凍できる」食品だ。みんな室温で食べる。引き続き彼女の食事を見守る。ネスクイックを飲み切り、ルートビアを開ける。するとメアリが言う。「喉にいいんだ。喉ごしがチリチリして」そして——ようやく——水を飲む。「クッキーが残ってるからね」クッキーを食べながら映画を観る。クリント・イーストウッド、バート・レイノルズ。ラブストーリーは苦手だと言う。「吐き気がする」と。やがて彼女は最後のクッキーを食べ終える。そのままテレビを観る。「虫だからね、テレビの虫、虫けらだよ」

　転落の人生はここから始まったとメアリは語る。1982年だったか83年だったか、思い出せない。彼女が産んだ3人の子どもたちを取り上げられてからまもなくのことだった。「加入したのは82年か83年」成人保護サービスのことだ。「サービスの内容は最低。聞いたら絶対、あたしのためにならない制度だと思うよ」メアリは両手を腿の上に置き、顔から表情が消えていた。一瞬、いい笑顔を見せていたのに。するとメアリは髪の毛を後ろに振り払い、両手を高く上げた。メアリ・マズール、61歳。頼れるのは自分だけ。「貧乏くじを引いたかどうかは気にしないね！」メアリは両手を回し、指さす。手は震え、オーケストラを指揮するように動く。「そんなちっちゃいこと、どうだっていいんだ！　あたしは世間の皆様とはちがうんだよ！」従順な一市民などまっぴらごめんだと語る。「あたしは自分で考える。やりたいことをやる」

　何週間も夜中ぶっ通しで好きなだけテレビを観る。子どもたちと

引き離されたメアリがやってきたことだ。テレビを観る、食べる、寝る、糖分たっぷりのドリンクを飲む、水を頼りに暮らす。あいつらは、そんな彼女からまたしても搾取する。子どもを奪った時のように。あの頃とちっとも変わらない。テレビを観る、食べる、寝る、飢える。初対面の時、メアリは7日間、何も食べていなかった。「負けるもんかって思ったね」メアリは誇らしげに言った。片方しかない目をギラつかせ、顔全体をくしゃくしゃにして笑うと、鼻の頭にまたしわが寄った——彼女が結んだ、決してほどけることのない絆。メアリの手に唯一残ったものだ。

　そうこうしてからパンプキンパイを食べる。バスタブが彼女の食品貯蔵庫だ。「だから体をきれいにできないんだけどね」バスタブを別の用途に使った功罪を、このように語る。体が臭うのは彼女の意に反しているようだ。「あたしだってバカじゃないから。人からどう思われてるか、ちゃんとわかってる」ホテルオーナーの妻、パテル夫人は、毎日のように部屋のドアをノックする。「あたしが生きているか確かめてるんだよ」ある時メアリの許可を得ず、パテル夫人がドアを開けたことがあった。「死んでるんじゃないかと思ったんだろうね」メアリは寝ていた。ベッドカバーをかぶって、その下は全裸で。「ベッドに寝ていても死んでいるとは言えないしね」メアリは死んではいない。不潔なだけだが、いつもそうだとは限らない。清潔にはできる。身ぎれいにもできる。部屋のどこかに青いスエードのコートがあったはずだ。「あんたの足先のあたりに！」コートの肌ざわりを思い出すかのように、メアリは自分の頬を静かになでた。青いスエードのコートを着る気になったら洗髪する。口紅を引き、新しい靴を買う。靴は今、灰色のスニーカー1足しか持っていない。彼女が立って歩けるような靴を買う。ここから歩いて出られるような靴を。パンプキンパイなんかどうでもいい。この部屋に置いていく。車椅子に乗るのもやめる。ゴミためのようになった部屋から自力で這い出す。青いスエードのコートをまとって。

「雨のようにきれいだろうね！」自分が住むアパートを借りる。冷蔵庫を買う。トイレットペーパーをくださいとフロントに頭を下げることもなくなる。表は青いスエード、裏地はフェイクファー。セールで170ドル。頭金として12ドル払ったという。その金は店にいた若い女性に渡した。残金は次回払いますと言って。

　頭金は誰の手に渡ったのだろうか。この女性はメアリの頭金で何を買ったのか。

*注1：スイス・ネスレ社のチョコレート味のドリンク。
*注2：アメリカの清涼飲料水ブランド。ここではルートビアのこと。

僕らはウォルマートに行く。電子レンジを買うために。メアリは
ギフトカードを持っている。僕は言う。「150ドル分ある。社会福祉
サービスが発行したカードだ。生活の足しにしてくださいってこと
だね」ここからがちょっとやっかいだ。「車で連れてってくれる？」
と頼まれたのだ。「バンディットも一緒に」例の鉢植えのことだ。
僕たちが話している間、バンディットはベッドの上でおとなしく鎮
座していた。メアリの親友。一緒にテレビを観る仲間。メアリはベ
ッドカバーの下にもぐり込み、バンディットはスクリーンカーテン
のすぐそばに置いてある。「実はね」とメアリ。「バンディットはテ
レビを観ていない」バンディットには目がないから、だそうだ。
「でも音は聞いてる」どうしてわかるかというと、音のボリューム
が大きすぎると、バンディットは葉をテレビから遠ざけるのだとい
う。

　メアリはこれまでたくさんのペットと過ごしてきた。「あたしは
鳥が好きなんだ」インコ、とくにオカメインコは二度ほど飼った。
鳥かごを持って路上で車椅子を操作するのはけっして簡単なことで
はない。「それでも鳥はかわいいんだよ」今、鳥はすべて手放した
そうだ。その後しばらくひとりぼっちだった。そしてバンディット
に出会った。というより、鉢植えにしてもらったのだ。元々はオル
バニーのセント・ピーターズ病院のものだった。「廊下から見える
よ」とメアリ。「とても見栄えが良くてね」退院する際、ソーシャ
ルワーカーが植木の一部と土をくれた。「彼女は親切だった」とメ
アリ。「とても親切だったよ」

　どこに行くにもバンディットを連れていく。「この子、ひとりに
するのを嫌がるからね」バンディットが人じゃないのはちゃんと理
解している。「鉢植えだよ」と答える。それはわかっている。認知
に問題はない。

　「バンディットに触らないで！」バンディットは、メアリが前回食
料品店で買った物に囲まれるようにしてベッドの中央にあった。持

ち上げようとすると、彼女に怒られた。僕に触れられてバンディット汚れるのが嫌なようだ。彼は病気にかかっている。葉に穴が空いている。メアリはバンディットの患部に絆創膏を貼っていた。手当てが必要。ひとりにしておけない。僕はドアを足で押さえて閉まらないよう固定した。これで大丈夫。バンディットには指1本触れないから。手を袖の中に入れ、直接触れていないとアピールした。この頃になると、メアリは僕の手を取れるようになった。ゴム手袋なしで。「いいって、わかってる」とメアリ。彼女の言うとおりだ。自分の潔癖症が他人にどう取られるかを理解している。

「バンディットって」足を引きずるメアリの歩調に合わせて歩きながら、僕は尋ねた。「スモーキー*注とか、そういうあだ名？」

「ちがう」とメアリは言った。鉢植えのバンディットの先代は鳥のバンディットだった。「鳥のバンディットはね、バートからもらった」バート・レイノルズのバートだ。「バンディットは」──メアリは鉢植えに笑いかけた──「鳥からもらった名前だよ」

*注：（バンディットとともに）どちらもバート・レイノルズ主演映画『トランザム7000』の登場人物。

　暗闇の中、僕は道に迷ったようだ。メアリとバンディットを連れ、凍てつくハイウェイに出た僕はウォルマートを探していた。雪道をヘッドライトだけで進む。メアリが不平を垂れる。彼女は暗い道がお気に召さないようだ。過去の記憶がよみがえるのだろうか。駐車場で過ごした路上生活者時代のことを。メアリはバンディットの葉の中に顔をうずめた。僕は彼女の気を紛らわそうとした。「『HEY！レイモンド』だけど」彼女の好きなテレビ番組だ。「お気に入りのエピソードを教えてくれますか？」

メアリは考え込んでから「あんまりよく覚えてない」と言った。「代わりにホラーの話をしようよ」やっぱり僕は道をまちがえていた。「ホラーの質問をしてよ」とメアリ。『ハロウィン』のマイケルとか、『13日の金曜日』のジェイソンとか。「ふたりともマスクを着けてる」メアリの解説が始まる。僕はスピードを落としてUターンする。

　「彼らのどこが好きなんですか？」僕はメアリに尋ねた。「あなたは怖がりのようだけど」

　メアリはバンディットの葉の隙間から僕を見上げた。「ちがう」声が鋭くなる。「小娘じゃあるまいし！　怖がってなんかいないよ！」彼女はホラー映画を観ても動じない人になりたいのだ。畏れ敬われる人になりたい。おっかないメアリに。

　「あれ、外はずいぶん暗いね」メアリが言う。「あんた、こんなに真っ暗なハイウェイを走ったことある？」僕はある。「真っ暗、ってことだよ」そうだ。「あんまり暗いから道連れを探してたの？」いや、そうではない。「あたしは探したな」メアリは言う。カリフォルニア。フロリダ。「ジョージア」と言って、彼女は肩をすくめる。やがて、僕らは正しい道に戻った。赤と青のネオンが描く、ウォルマートの文字。駐車場には車がほとんどなかった。「出入り口のすぐそばに停めて」メアリが言う。

出入り口のすぐそばまで来た。メアリは電動車椅子カートを選んだ。彼女は片手にバンディットを抱き抱え、もう一方の手で僕にすがりつき、まだ動く方の足でぴょんぴょん跳ねながら、カート置き場を歩き回り、シートの座り心地を確かめて、これ、という1台を選んだ。前方のかごにバンディットを載せた。メアリはシートベルトが必要だったが、このカートにはなかったため、バンディットを固定させなければならなかった。メアリが出発する。電動車椅子カートがフルスピードで走る。ロビーを1周する。『トランザム7000』で、黒と金の愛車トランザムに乗ったバンディットこと、バート・レイノルズのように。誰もバンディットに追いつけない。誰もメアリのスピードを落とせない。ヘルプデスクで購買欲をそがれそうなひと幕もあったが──メアリを生活保護の恩恵につなぎとめようと、ケースワーカーがプレゼントしたウォルマートのギフトカードは限度額が150ドルまでではなく、50ドルだった──だがメアリは店内を巡航する。彼女にはフードスタンプがある。このカードさえあれば、欲しいものが手に入る。電子レンジだ！　かつて愛用していた電子レンジ。また使えるようになる。今夜がその日だ。メアリがカードを取り出し、僕が電子レンジを運び、「決済を済ませましょう」とメアリを促す。「そうだね」とメアリ。時間はたっぷりある。商品もたっぷりある。「この店の照明が好きなんだ」メアリが言う。ウォルマートという空間が好きだという。「広々としてるじゃない」と。メアリは両腕をコンドルのように大きく広げる。買い物のウォーミングアップだ。ドアの取っ手をつかむ。出撃準備完了。あなたのものですよと彼女を誘う宝石売り場を通過する。クリスマス用セーター売り場も通過する──「すごいね」雪だるまがふたつ描かれた青いセーターを見てメアリが言う。チョコレートミ

ルクの売り場を尋ねたメアリにうまく受け答えができなかった在庫担当者の前も、気にせず通りすぎる。「ご親切にどうも」とメアリに言われるが、青年は解せずにいる。ここにあった、と、メアリはチョコレートミルクを手に取る。ウォルマートにはケースワーカーもいなければ、モーテルのオーナー夫人もおらず、彼女につきまとうクズたちもいない。亡霊も見えない。ウォルマートに来れば、彼女の資金——フードスタンプやクレジットカード、現金——は、みんなと同じ価値を持つ。メアリはみんなと変わらぬ価値がある人間だ。ひょっとしたら、もっと大事に遇されるかもしれない。「あたしはお客さんだから」とメアリ。ウォルマートで——山ほど自由が制約されてはいるが——メアリは買い物の決済をする。

　　　12:07 p.m. ──スキッド・ロウにて

メアリお気に入りの電子レンジのブランドはサンビームという。彼女がかねてから希望していたものだ。大型で、彼女お気に入りの冷凍ラザニアが温められるサイズだ。「この辺のモデルなら、どれもラザニアが入る大きさですけどね」と僕。

「そうじゃないのよ」メアリが探していた電子レンジには譲れない条件があった。白であること。

「ほら、この電子レンジも白い」と僕が言うと、ちがう、と返ってくる。タイマーがなければダメだそうだ。「この辺のモデルなら、みんなタイマーが付いていますよ、メアリ」そうじゃない、あたしが探しているタイマーとはちがう。大きなボタンも付いていなければダメだ。

「買いたいものはちゃんと決まっているから」とメアリ。念願がかなった。僕はそれ以上何も言わなかった。

「これは55ドルですね」と僕。「よかったら5ドルは僕が持ちましょうか」

「いらない。あんたがあたしに5ドルくれるのは構わないけど、電子レンジには使わないから」メアリは手を上げて、在庫担当のスタッフを呼ぶ。「サンビームを見せて」スタッフはにっこり笑う。メアリは顔を曇らせる。スタッフが笑った意味がわからないのだ。愛想のよさそうな子じゃないのに、と。「サ、ササ」しばらく出なかったメアリの吃音が再発した。「サンビーム」ようやく言えた。彼女のものになる電子レンジ。彼女が思い描いた理想のレンジ。「お宅の店なら何でもそろってるんでしょ」とメアリが言う。

「あいにく当店ではサンビーム製品を扱っておりません」在庫担当スタッフはそう言ってから黙る。メアリ・マズールという客を値踏みしようとしている。鉢植え。鉢植えに貼った絆創膏。油っぽくギトギトした髪。痛めた脚。切断口のかさぶた。体臭。鼻につく臭い。彼女の境遇と同様、さまざまな臭いが入り混じっている。汗と排泄物とゴミの臭い。そしてラザニア。室温で何日も放置した冷凍食品

の臭い、メアリが暗がりでむさぼり食った缶の縁に残った食品の臭い。彼女が億劫がって掃除しないせいで湧いたハエやウジ虫。メアリの部屋はいつも暑く、27℃はあるだろう。それなのにメアリは冷えた臭いがするとも言う。冷えた臭いとはどんなものだろう？　メアリ・マズールのように。在庫担当スタッフは大きくため息をついた——僕も、今回の取材で初めてこの時ため息をついた。世間との距離感がとてもつかみづらい人と対峙すると、決まってこうだ——それでも彼はメアリの希望を無碍にはしなかった。先ほどは笑ってもいなかった。思ったほど使えない社員ではなかったようだ。「承知しました」とスタッフは言った。「サンビーム社製電子レンジはきっと手に入るでしょう」必ず見つけてみせると確約はしなかった。できない約束だからだ。彼は販売担当ではない。ウォルマートは自分の店でもない。彼は一従業員だ。メアリは買い物に来ただけ。僕たちはモノの中にいる、ただの３つの肉体であり、提示されていない選択肢について、今できることは何もない。

　メアリにタクシー代を渡すと、僕は先に失礼した。メアリの好きなようにさせた。明るい照明、温かい室内、彼女の決断にとやかく言う者は誰もいない。それから24時間あまり、電動車椅子カートに乗ったメアリは商品棚を縫うようにして、手に取ってはまた棚に置き、質問をし、自分の要望や希望を店員に告げ、それに見合った商品を探させたりもした。

　次にメアリと会った時、何を買ったか訊いてみた。「嘘だろ！って言われそう」コート？　「水槽だよ！」

　水槽を１台に金魚を10匹。金魚の単価は2.39ドルか2.49ドルだったと思うが、メアリはあまりよく覚えていない。ピンキー、クレオパトラ、ビューティー。10匹のうち３匹。「これだけだよ」名前をつけたのは、ということらしい。「みんな欲しかったんだ」とメアリは言う。金色、銀色、黒の金魚を。「それにオレンジと赤と青、それに、こんな色見たことなかった！　あ、あ、あんたも見てみる

314

12:07 p.m. ——スキッド・ロウにて

かい？」これまでは亡くなった母親と、長く音信不通の子どもたちについて語ろうとすると、メアリは吃音になった。水槽を見にこないかと誘うのは、彼女にとってかなり重大な出来事なのだろう。有り金をほぼ全額使ったあげく、備品を買う予算がまったくなかった上、金魚は１匹すでに死んでいる——「エサを食べようとしないから！」——おまけに水は濁っている。それでもメアリ、あなたは鉢植えのバンディットやテレビの画面と同じぐらい金魚を大切に思っている。以前買っていた３匹のインコと同じぐらいにかわいがっている。インコの名は、クレオパトラ、ビューティー、ブルージェイだった。ピンキーは鳥の名前らしくないから、だそうだ。金魚はこの３匹のかわいいインコにちなんだ名を付けた。メアリ、あなたがやってはいけないことをしたせいで死んだインコたちだ。あなたは視線を落とし、しばらく言いよどんだ——「インコにパスタをあげた」あなたは小声で言う、伸びたパスタをインコに食べさせた「知らなかったから」——インコが３匹、名前が３つ。インコの名前の由来は——「由来なんて知らないよ」３匹の金魚、３羽の鳥、３人の子どもたち。

「助けようとしたんだよ」メアリは死んだ金魚の話をする。「あたしは往生際が悪いの」絆創膏を貼られた鉢植えのバンディット。ビューティーという名を引き継ぐこともない、死後数日経った金魚。「もうそんなにすぐあきらめたりはしない」写真を撮って、と彼女が言った。

　そんなわけで、僕は金魚とメアリ・マズール、62歳の写真を撮った。クリスマスは彼女の誕生日だ。この日は火曜日で、メアリは腹を空かせていた。食料が底をついたせいで、金魚のエサもなくなっていた。「このまま食べずにいると餓死してしまいますよ」その２

日前には買い物に出られたのだが、金魚が死んだのはそのせいかもしれない。メアリにはそれが理解できない。金魚の名前も思い出せない。

　悲しくなると、メアリは体に水を振りかける。「バカなことだってわかってるよ」メアリは言う。「こんなことしたって無駄だって」僕らは鳥の話をする。インコではなく、オカメインコの話を。鉢植えがその名を引き継いだ、バンディットのことを。メアリは彼を第三者に託した。オカメインコのことだ。託された女性は親切で、メアリをモーテルからウォルマートまで車で送り迎えしてくれた。スコティッシュ・シャレーに来るまで、彼女は2ヵ所のモーテルに移り住んできている。モーテルから退去願いが出た時、メアリはその親切な女性にオカメインコを託した。次のモーテルは、鳥を飼うには寒いらしいから。親切な女性は鳥を引き取ったが世話をせず、バンディットは死んだ。「あたしのせいだ」メアリは嘆いた。「路上で暮らしてたから、連れていけなかった」それなのに彼女はオカメインコのバンディットについて語ろうとはしない。わが子ジェリーの話はするのに。彼女は息子に寒い思いをさせたくなかった。1973年か、74年。具体的にはいつだったか思い出せない。どこかの寄宿学校に託し、メアリは去った。理由などどうでもいい。メアリは息子を捨てて逃げた。赤ん坊は乳母車の中、大家の女性は――「あのデブ女！」――通報した。「警察じゃないかね」そしてジェリーと生き別れになった。「あたしは母親なのに！」母親なのに、メアリは息子の年齢を忘れてしまった。ひとりで立っていられるほど大きくなったのは覚えている。空の乳母車も記憶にある。

　仲立ちがあったおかげで、メアリは息子と一度会ったことがある。玄関のドアをノックする音。メアリは返事をしなかった。「誰が来たかわからなかったから」とメアリ。「息子じゃないかもしれないじゃないか」

　ジェリーは42歳になる。「あんたぐらいかねえ」と、メアリは僕

319   12:07 p.m. ──スキッド・ロウにて

に言う。

　僕はあなたの息子じゃありませんよ。メアリは知っている。そんなこと、いちいち言われなくてもわかる。

　息子と二度と会えないのも覚悟している。ジェリーと、名前すら思い出せないふたりの子どもたち。このふたりは、メアリが出産後、退院前に取り上げられてしまった。「あたしの子どもたち」メアリが言った。彼女が"あたしの"と呼んだのは初めてだった。彼女はわが子を当局に託すべきではなかった。「知らなかったんだ」メアリは訴える。「知らなかったんだよ。今よりも世間知らずだったから」

　今にして思うと、レイプは一大事だったんだよとメアリは言う。最初にレイプ被害に遭ったのは、彼女が13歳の頃だった。「パンクス*注だった。髪は薄茶色だった」その後は？　メアリは握りこぶしを作ってから、1本ずつ指を立てて数えていく。加害者には実のおじもいた。「おじに殺されそうになった」のが17歳の時の出来事。例のトラック駐車場でもレイプされた。片手では足りず、もう一方の手の指も使った。ところがメアリは、レイプされたのは3回と答えた。それでいいんだよと言う。だいたいでいいんだ。自分は運が良かったとメアリは語る。レイプされた上、命を取られた女性もいるって聞いたから、と。

　僕は言った。「もしかしたら、僕はこの世にいない誰かを取材しているのかもしれない。そこには3人の子どもがいる」

　メアリはうなずく。「3人」

「インコが3羽いる」

　彼女はうれしそうに笑う。バンディットと呼ばれるものが3つ。バート・レイノルズ、鳥のバンディット、鉢植えのバンディットだ。

メアリはクスクス笑う。若い娘のような声で笑う。10匹中、残りの9匹の金魚に付けた名前は3つ。「そして、上の階であなたに取り憑いた男の幽霊が3人」

メアリは目をみはった。口をあんぐりと開けた。体内にこもった熱気が抜け出ていくようだった。僕はその臭いを嗅ぎ取った。僕たちは水槽が発する泡の音を聞いた。3人の幽霊。3匹の金魚。3羽の鳥。三度のレイプ被害。3人のわが子。メアリは平静を保っていた。彼女は若い頃のように世間知らずではない。「言いたいことはわかる」とメアリ。「3の呪いだ」ほんとは6なのにね、と続けた。「悪魔の印みたいに。6が3桁並ぶ」そこでメアリははたと思いついた。3つ並んだ6。「やっぱり3じゃないか！」彼女は今の気分を目で表現した。「そうか」納得した様子だった。「あいつらは3人だけど」自分につきまとっていると思い込んでいた3兄弟。「ううん、4人、あのクソ女を足して」クソ女とは子どもたちの祖母だ。「そう、あたしには子どもが3人いた」メアリは話を続けようとして、やめた。母親を足して4人だ。

僕たちは金魚を眺めていた。クレオ、ピンキー、ビューティー。「あたしはしぶとい女だよ」メアリが言う。自分に言い聞かせるように、続いて僕に。合計2度言った。「あたしはしぶとい女だよ」

メアリは部屋の隅に立ってくれと僕に指示した。「壁に向かって立って」彼女はベッドを出ようとする。ショーツを穿いていない。ビニール袋がショーツ代わりだ。「あんたはあたしの恋人じゃないし」

僕は壁から視線を離さずにいた。メアリから用を言づかった。ゴミ捨て。ゴミをロビーまで持って行くようにと言われた。

「回れ右」メアリが言う。彼女はゴミを3つの袋にまとめていた。中にはウジ虫がいた。持ち運びはしやすかった。

＊注：パンクロックの影響を強く受けた若者。

「ほんとに準備はできてる？」メアリが訊く。
「はい」
「じゃあ捨ててきて」

　メアリ最後の1枚。「そうだ、金魚のトリビアを教えてあげよう」水槽をのぞき込んでいる僕に彼女が言った。「こんな色の金魚はこれまで見たことがない」僕はこの写真を彼女に見せた。「へえ、これはきれいだ」と言った。たぶんそうなのだろう。「この金魚は特別だから」
　メアリの言うとおりだ。

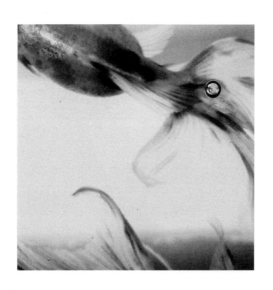

12:07 p.m. ──スキッド・ロウにて

デブラは足もとが
おぼつかない様子

　町の話題。このあたりは切り立った崖の下に位置するため、昨年の川の氾濫では被害に見舞われたが、この地形を"別な角度"で高く評価する声もある。昨夜、ヴァーモント州サウス・ロイヤルトンで15匹のブタ、8頭の乳牛が焼死した。毎年恒例の野焼きもまだだというのに。カーテン売ります：プリンセスタイプ、床につく長さ、白、キラキラ輝く素材、15ドル。求刑：デブラ・ブリストル、49歳、4児の母、致死量のヘロインを販売した罪により連邦刑務所で20ヵ月の懲役とする。

　検察側は有罪判決の正当性を疑問視し、母親の依存症、鎮痛剤、

処方箋、外科医、交通事故などの状況証拠から有罪にはできないと語る。「判決に大きく影響する事象である」とのこと。

　ネコを抱いたＥ氏は先日火災を起こした近隣の農場について語った。あそこの農場主は子だくさんの70代で、ふたりとも運に見放されたんだ——と。農場主の細君、デブラは町役場の事務職として働いていた。定年退職後、彼女はアルコールを手放せなくなった。デブラとは不仲の夫も酒びたりだった。つい先日、駐在所のない地域を巡回中だった州警官が火の手が上がった納屋を見つけた。納屋の正面には愛車のトラックが停まり、年輩の男性が乗っていた。全裸で。聞けば納屋から逃げるのに夢中で、服を着る余裕がなかったという。「納屋にはほかに誰かいますか？」と州警官に尋ねられ、男は「ああ、彼女はまだ中にいる」と言った。デブラのことだ。「あいつは寝ていた。目を覚まさなかった」男性は火災発生の緊急通報を怠っていた。

　州警官は現場をくまなく見て回った。炎の間からデブラの姿が見える。椅子に座ったまま、気を失っている。どうやって救出する？ほどなくして息子が到着。あいつは父親のことは毛嫌いしているが、母親のことは敬愛しててな、というのがＥ氏の弁で、息子は燃える実家に木の梯子を立てかけた。息子が上ったところで梯子も火に包まれた。中にいた母親は州警官が椅子ごと救出し、事なきを得た。女性は死なずに済んだ。息子も無事に梯子を下り、その間父親は恥知らずにも裸のまま、その様子を呆然と見ていたというわけだ。

　細君デブラは罪に問われなかった。

　デブラと夫はまた一緒に暮らし始めた。トレーラーで。納屋があったすぐそばで。Ｅ氏はたまに町でデブラを見かけるそうだ。足もとがおぼつかない様子だったという。

12:07 p.m. ──スキッド・ロウにて

クリスマスに店を開けている唯一の薬局。僕が店に入ると男が薬剤師を怒鳴りつけている傍らで、クスリをキメた男3人に囲まれ、年齢を訊かれていたのがホープだった。「当ててみなよ！」とホープ。正解はなかなか出てこない。「36！」ホープが言った。もう一度言った。左目の下に星(スター)のタトゥーを入れ、彼女とだいたい同世代の男が、3人のうち最年少で、ストロベリーブロンドの髪、シミだらけの顔の相棒を顎で指し示した。「こいつが20歳だぜ」"スター"が言う。スターのスマホが鳴った。短いやり取りのあと、スターは聞いたばかりのニュースを伝えた。「クロノピンを1袋5ドルで20袋用意したって」「行こうぜ」20歳らしき男が言った。3人は次々にホープをハグすると、ズルズルとした足取りで通路を歩いていった。

　ホープはつま先をトントンさせてリズムを取っている。薬局には無料の血圧計があり、ホープは機械に腕を突っ込み、測定が始まるのを待った。朗報来る。「あたし死んでないってさ！」ホープはあたりにいた人たちに告げた。そして、改めて僕に報告した「あたし死んでないって！　いつ死んでもおかしくないのに！」ホープには持病があった。グルテン不耐性疾患だ。セリアック病*注ではない。兄がセリアック病だが彼女とは症状が異なり、ホープはチョコレートで発症をコントロールできる。ダークチョコレートを食べればいいのだ。チョコレートが効かなければ小麦が蓄積して彼女の体に悪影響をおよぼしていた。ホープには子どもが5人いるが、小麦はもっとひどいという。小麦アレルギーは出産よりきつかった、ということだ。背中もよくつった。彼女は4階の窓から転落したことがある。背中の痛みはその頃から抱えており、その後5回の妊娠・出産のどれよりもひどい痛みだったと語る。5回産んだうち、どの麻酔も効かずに一度、麻酔なしで出産しているのだが、それにも勝る苦痛だったそうだ。「あんたも血圧測ってみる？」ホープに誘われ、僕も血圧計に腕を突っ込んだ。「さーて、笑わせちゃおうかなぁ」

とホープ。「くすぐっちゃうぞ！」彼女はどちらもやらなかった。代わりに「生きてる？」と訊いた。「あたしのジョークで笑えた？」

　ホープは昨夜、つまりクリスマス・イヴの晩に出所したばかりだ。夫はクズのＤＶ野郎だが、こいつも前科持ちだ。とは言えデイケア施設の請求書を払わなければいけない。フードスタンプ・カードの件でも役所と揉めている。正規のカードと偽造カード、それにバスタブを盗まれた。僕はあえて訊かなかった。ホープに問題があるとしたら、それは彼女の夫だ。夫を探さなければならない。サウス・アベニューにあるオートバイ野郎のたまり場、ソウ・ミルという居酒屋にいるんじゃないの。じゃあ行こう、と、その店まで歩いていくことになった。僕は彼女に８ドル渡した。「タクシー代だね」とホープ。「そう、タクシー代だ」と僕。ホープの処方薬がそろい、受付番号が表示された。薬が袋に入って出てきた。ほかに薬はあるのかとホープが薬剤師に尋ねた。「同じ方のお薬ですか？」

　　　＊注：小麦などに含まれるグルテンに拒否反応を示す遺伝性の病。

懸賞金２万ドルがかかった広告なのに、目撃情報が一度も寄せられたことがない。尋ね人、エリカ・ジェイン・フィラノリッチのポスターは、ハーレーダビッドソンのトラックと骸骨の上、製材所の鎖の下という、これ以上の場所はあるかというほどの好位置に貼ってある。このバーはバイク野郎のたまり場で、スケネクタディではもうここしかない。エリカは1986年10月13日から行方知れず、ふたりの男児の母で、既婚者だというのに、捜索願いが出されたのは数ヵ月経ってからのこと。事件性があるのではと疑ったが、州警察が発表できた情報は、エリカが失踪時、ブルージーンズのオーバーオールを着ていたこと、左膝にほくろがあること、前歯が２本“突き出て”いたことで、金目当ての犯行であっても、写真では断定できなかった。エリカは当時26歳、存命なら今年で59歳になる。当時の体重は45kg程度だが、今はもっと痩せているだろう。行方不明者捜索用ウェブサイトでも、彼女の名は忘れられかけている。

　どうして彼女の捜索を続けるのか、デス・ライジン・ＭＣの副会長、アーニーに尋ねた。

　答えは「知らんよ」だった。尋ね人の広告を見はするけど、尋ね人を見つけようとしない。遺体が見つからなきゃ証拠にならない。そういってアーニーは肩をすくめた。「誰も彼女を殺してないってことだ」

事情があるんだとヒルダは言う。「私の口からは言えませんけど」と前置きして、ヒルダは彼らの話を始めた。最初はスコティッシュ・シャレー116号室のドアの前に立ち、1時間ほど経ったら中に入って立っていた。テレビの灯りでわかったという。「私、もうすぐ50ですよ」とヒルダ。「テレビのニュースを観てますからね。時事問題には詳しいんです」時事問題には詳しいだろうが、こんなことはテレビでは扱わない。ドアの下、壁の裂け目からゴキブリやネズミが入ってくる。モーテルの隣に立つアパート、下の階に住むカップルの部屋の床板から、ゴムを燃やしたような悪臭が上ってくる。この悪臭を何と形容したらいいのか、ヒルダにはさっぱりわからない。処方された薬以外、彼女は触れたことすらない。クラック？　覚せい剤？　何のことやら。

　ヒルダはそのカップルに尋ねた。これ、何の臭いですか？　失礼のないよう、言葉を選んで訊いた。「私、普段から礼儀正しいので」ほっといてくれと言われたので、ヒルダはそれ以上訊かなかった。それが2013年のこと。ヒルダはその後、自分の住まいを持ったことがない。公共施設の椅子の上、モーテル、簡易宿泊所で寝泊まりしている。あのカップルがドラッグを精製していたのは知っていた。彼らのそばに住んでいたくはなかった。足もとには注射針が落ちているし、ラジエーターの中にはヌルッとした気味の悪いものがあるし、隣室から女性の変な声が聞こえる。「彼らがその女性に何をしてたかなんて、話したくもない！」と言いつつ、ヒルダは話をやめない。隣室にいた女性の話を。「病みますよ」彼女は言う。「精神がたまったもんじゃない」忠告されなくてもわかっていたし、だからヒルダはドアというドアに鍵をかけ、部屋の中に閉じこもり、誰のことも信じていない。自衛した上で、ヒルダは「ツインズ」モーテルで隣の部屋に滞在していた女性の話をしたが、「病みますよ」とは、隣室の女性は精神的に参っていたという意味であり、助けを求めていたようだが、あの女性が望むような形で解決すること

など、到底無理だった。「私は彼女を助けてあげられなかった！」ヒルダは声を張り上げて言った。そんなこと無理だった。「うめき声を上げてたのに」

　僕は訊いた。「その人は暴行を受けてたんですか？」「いいえ」ひとまずそう答えてから、ヒルダは「そう、いいえ、受けてました」と言った。音を遮るように左右の耳のまわりで両手を震わせ、「性的な暴行です」と言った。助けを呼んでいた女性の声がヒルダに聞こえなければ最悪の事態が起こっていたのだろうし、最悪とは言えないまでも、ヒルダが再現できなかった声すら上げられなかったのかもしれない。自分が直接体験したわけではないし、ヒルダには理解できない。それでも実際にあったのはまちがいない。「あなたにも、私にも起こりうることです」と、彼女は言った。

午前5時。こんなはた迷惑な時間に電話してごめん、でも、確か
めておきたくって、とペイジが言った。「あの記事、ハニー、あれ
ってほんとのこと？」チャーリーについての記事のことだろう。警
官数名に取り押さえられ、6発撃たれ、銃弾が骨まで達した例の事
件。スキッド・ロウについての記事。チャーリーが住み、ペイジも
住んでいた、あの場所のこと。はた迷惑な時間にみんなで集まって、
神に祈りを捧げたり、歌ったりバカ話をした、ミス・メッカの店の
こと。あの界隈のことをネタに、ペイジとあれこれ話をする。彼女
は思い出話をしてくれる。祈りを捧げたり、歌ったりバカ話をした
日々のことを。悲しかったこと、腹が立ったことについても。ペイ
ジから聞いた話はまず、記事にはしない。それは彼女も承知してい
る。最初からそのつもりなのだろう。ペイジは以前から、2ヵ月に
一度の割合で僕に電話をかけてきていた。スキッド・ロウの記事に
ついて質問があるというのは口実で、自分に言い寄る男たちの話が
したいのだ。男たちに追い回されているとの自覚はある。ごめんね、
面倒なことに巻き込みたくないんだけど、と、ペイジは僕に謝る。
「あんたが悪いんじゃない、ハニー、あんたの手には負えそうにな
いんだけど」自分なら手に負えるというのか。まあ、たいていはう
まくやっている。ただし、いつもそうとは言えない。行き詰まると
僕に電話してくる。「あの記事のことだけどさ、ハニー？」

　ペイジはトランスジェンダーの娼婦だ。あたしを追い回す男たち
には2種類いるの、お客さんたちには感謝してるけど、警察の奴ら
はノーサンキューだわよ、というのが彼女の持論だ。逮捕歴は12回
だそうな。警察の皆さんからたまに「やらせろ」と迫られるらしい。
警官からストーキングされることもあるのだとか。「警察なんか怖
くないもん」ペイジは言う。「だって、いい？　聞いてくれる？
あたし田舎育ちだけどさ、ちゃんとした家族に育てられたし、読み
書きもできるし、とぼけた警官なんか、ちっとも怖くないって。ね
え、知ってた？　警官の半分は4年間の初等教育も受けてないの。

あいつら、ただのいじめっ子集団。警察が複数でかかってこなけれ
ば、1対1でやっつけてやる。手のひらにのっけてアレを食べちゃ
う。あいつらそれがお望みでしょうし。情けねぇ、生っ白いケツの
白人野郎どもが」警察に対してこの口の利き方。僕があきれている
のも彼女にはお見通しだ。警察に連行されるのはもう慣れっこだ。
「あんたらを腰抜けにしてやる。二度と・立たなく・してやる」そん
なペイジにも夢があるのだそうだ。胸元に爆弾をくくりつけ、セン
トラル——スキッド・ロウ管轄の警察署のことだ——に歩いて入
っていくことだという。

　記事を送ろうかと彼女に言った。いらない、と断られた。紙の記
録は欲しくないそうだ。
「もう帰って寝てもいいよ」とペイジ。「おやすみ、ハニー」

12:07 p.m. ——スキッド・ロウにて

そうこうするうち、書けなかったストーリーのことを思い出した。そこで友人にこんなメールを送った。

ジェフリー・シャーレット：

　ちょっと調べたいことがあって、スキッド・ロウで撮った写真にざっと目を通してたら、アリス*が写ってたよ。彼女についてまったく書いてなかった。君にも話してなかったよな。ある朝早く、午前5時頃だったか、メッカの店に顔を出した。メッカにとっては真夜中も同然の時間で、段ボール運搬トラックが来て、路上生活者向けに段ボールベッドを運んできたところだった。メッカは当時、18歳になる娘を預かってた——スキッド・ロウで行き場もなく、困っていた子だった。それがアリスだ。彼女から履歴書を見せてもらった。確か推しのミュージシャンに会いたくて、フレスノからバスでロサンゼルスに出てきたんだった。ミュージシャンの名前は思い出せない。メッカと預言者クリスに見つかるまで、それこそ不特定多数の奴らに体を許していた。若い男に「ねえ、アレしたい？」と声をかけ——アリスはラッパーが好みだ——当然の流れでアリスはそいつらと寝る。お察しのとおり、アリスはちょっと問題を抱えている。いわゆる"境界知能"にあたり、療育施設を出てからは社会生活になじみ、普通の暮らしを送っていたんだが、ある日神の声が聞こえたとやらで薬を飲むのをやめ、今はここにいる。メッカとクリスはアリスをメッカの店に——正確に言うと彼女のガレージに——泊めてやり、アリスのスマホを調べた。母親の番号が見つかったので、午前3時に電話をかけた。

　　　*注：彼女には本当の名が別にある

A・ニューマン：

　大変だったんだな

ジェフリー・シャーレット：

　午前5時に僕が着く頃、メッカの店では対策会議が開かれていた。僕は言った。簡単だよ——僕がバスのチケットを買い、アリスをフレスノに帰してやればいい。だが、バスが出るまで誰かが彼女に付き添ってやらなきゃいけない。そんなわけで、僕とアリスは延々歩いて、バスの停留所に来た。僕はアリスにチケットを買った。アリスと一緒にマクドナルドに入って席に着くと、僕は彼女が推しているラッパーについて調べた。彼はロサンゼルスではなくアトランタ在住だった。アトランタってどこ？　と、アリスは僕に訊いた。彼女はトイレに行ってくると告げて席を立った。小便ならアリスより先に席に戻れるな、僕も行っておくか。トイレから戻ると、当たり前のようだがアリスがいない。その日は1日中、アリス探しに追われた。タクシーで1時間ほど周辺を探してもみたけど、見つからなかった。彼女がどうなったかなんて知るよしもない。いや、想像はつくよ——スキッド・ロウをほっつき歩いたアリスのいく末は、どうせこんなもんだ。もうムリって音を上げるまで男たちにやられまくったら、まず合成麻薬漬けにされ、クラックを打たれて、今もきっと、この界隈にいる。スキッド・ロウで生きてくって、そういうことだ。この話はどうしても書く気になれなかった。

　悲しすぎるじゃないか。この日の朝、僕はアリスの画像を見た——ぼやけた撮り損ないの画像だ——胸にグッとくるものがあった。悲しすぎるじゃないか。ソーシャルワーカーにとってはありきたりな出来事だろうけど。胸が痛くなったのにはもうひとつ理由があった——"ありきたりな出来事"って、実は人の心を癒やしてくれるもんだなとも思ったんだ。心とは大海原のようなもので、一見すると穏やかに感じられる僕らの人生は、陸地を見失った小舟なんだなと。ここまで僕の愚痴を読んでくれてありがとう。執筆に戻らなければ。

A・ニューマン：

ああ、がんばれ。

ジェフリー・シャーレット：

このエピソードは本のどこかで使うと思う。バスのチケットはどこかにまだあるはずだし。

A・ニューマン：

そうだね。君自身が思ってる以上にいい写真だよ。

ジェフリー・シャーレット：

ありがとう。アリスは中流家庭か労働者の家庭の出だった。娘の力になろうとした母親もいた。学校ではいい子だった。決してドラッグの誘いに乗ってはいけないのはなぜかという、いい教材になるだろうな。11年生*注からマリファナを吸うようになったら、その後の人生のすべてが崩壊する。もちろんアリスは別の問題を抱えてて――統合失調症だと話していた――でも、マリファナを吸うことで病状は活性化するんだけどね。アリスのお母さんは彼女にいろんなプログラムを受講させていて、いくつか技能を身に付けたおかげで事務職の仕事に就いたんだけど、神様の声が聞こえたせいでスキッド・ロウに来てしまった。今書いている本で［僕の娘に］ページをかなり割いた理由もそこなんだよ。言葉もない。親の愛情には、生まれたばかりのこの子を失ってしまうのかという不安がつきもので、わが子に良かれと思うことなら何でもできるし、どんなことだってできる。スキッド・ロウでパシリをやってた、ジャレドって若者のタトゥーのエピソードを書いたんだけどさ、彼の母親が僕のインスタグラムで息子を見つけたのに、オーバードーズでジャレドに先立たれた。あの母子は悩みながらもがんばった。僕にできるだろうか。

A・ニューマン:

できるよ。

ジェフリー・シャーレット:

ひどい話だよなあ、考えれば考えるほど、先に進まずにこだわる時間が長くなるほど、体験することがとても多くなるし、頭の中にエピソードがどんどん積み上がるから、わずらわしいことばかり増えてくる。消えない記憶となって残るだけじゃない。そういう記憶は人間の上っ面を覆っているだけのこと。過去にも未来にもある記憶だ。娘も、アリスも、ジャレドもそうだろう？　世間は何ともろくて壊れやすいものばかりだろうと実感する。大地に足を踏みしめて立つのではなく、舟の上、小舟の上に立ち、見えるのは大海原だけで大地はなく、だから、その舟の上に立つことが現時点で最大の希望なのだと感じる、そんな気分だな。

*注：日本の高校2年生と同等。

僕たちは反転する人生を歩んでいるのかもしれない。まず死に、その後に生まれる、みたいな？

　　　　　　――ケヴィン・ヤング 『ザ・グレイ・アルバム』

僕は自分の小さな写真を撮る

　深夜、車で山脈を突っ切って走っていた時のこと。まずグリーン
ズ山脈、続いてアディロンダック山脈を過ぎたところで、ラジオか
らトッド・ラングレンの〈瞳の中の愛〉が聞こえてきた。DJによ
ると、僕が生まれた1972年の曲らしい。するとレイク・ジョージに
ほど近い９Ｎ号線で、目の前を走る車の赤い左側のテールライトが
さらに左に逸れ、続いて右のライトが同じようにぶれて見えた。前
を走るドライバーが車線変更したようだ。無謀にもほどがある。カ
ーブにさしかかったところで２車線左に移動し、ギラつく白いライ
トが後続車を運転するこちらに迫ってきたのだから。ダブる赤、白、
ダブる赤。Ｊ・Ｇ・バラードが書いた『クラッシュ』という小説の
中の、機械が機械に突っ込む、エロティシズムを想起させるシーン

MOTEL

 INDOOR POOL
JACUZZI
EFFICIENCIES
HONEYMOON SUITES

が頭をよぎった。この本を読んだ18歳の僕はそれがクールだと思ったのだが、本音を言うと、内容がまったく理解できていなかった。まさに脈動と金属と肉体の物語で、衝突というより、"かくも壮大なる不動の一時停止"がテーマのファンタジーだ。とっさに頭に浮かんだのが、この"かくも壮大なる不動の一時停止"という作中の一節だった。時が止まり、ギラギラするような赤と白の色彩。この年になってようやくわかった。あの小説の絢爛たる世界観が。

　すると、ふたつひと組の赤いテールライトがもう一方のペアの後ろに回り、その後ろを白いテールライトが走る。もう勘弁して欲しくなる光景だ。すると、こんなものがあった。車もまばらなオフシーズンの駐車場に、"お値打ち"だの、"ハネムーンスイート"だの、恥ずかしさのあまり数万人単位で死者が出そうな、あけすけな売り文句が見えてくる。僕は車を走らせたままドアを開く。ニューヨーク州北部だから、次に流れた曲がレッド・ツェッペリンの〈天国への階段〉なのは当然の成り行きであり、僕は自分の小さな写真を撮る。

　Qは救急車の運転手なので、真夜中の道路に非常線テープで封鎖されている区域を目にしても、まったく気にしていない様子だった。経験則上、事故か事件があったのはQもわかっている。すると、封鎖区域の端にいた警官が僕の車を停めた。ひと区域まるごと封鎖されているのに、警官はたったひとり。ダイエット・スナップル*注を飲む恰幅のいい男。愛車のSUVにもたれている。少し寒くなってきたようだし、見物は車中で続けることにした。テープを貼った場所もそうだが、路上には誰もいない。撮影が終わった後の映画のセットのようだ。僕は道路の中央を歩く。警察の非常線テープのほかには何もない。テープは通りの両端に貼ってある。黄色いリボンでラ

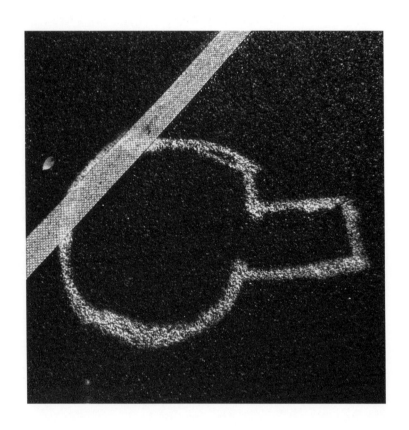

ッピングしたプレゼントのように、車体全体にテープを貼った車が数台。テープを貼りめぐらせた木々。やがて、閉鎖区域の真ん中あたりで事故現場に遭遇する。遺体もなければ血痕もなく、人の姿もない。数台の車と、それまで車だった残骸があるだけだ。車とは呼べそうにないほど損壊している。破壊状況は見た目を上回っていそうだ。細かく観察してみた。解決してみろと目の前に問題を突き出されたような気分になった。僕に解決できるわけがなかった。

　しばらくして、先ほどの警官からあっちへ行けと注意された。ここは犯行現場だからと。

　午前2時半頃、ふと気がつくと、僕たちは交通事故現場にまた戻ってしまっていた。テープは取り払われ、ボディがへこんだ車が数台、本来の駐車場所より少し曲がって停めてあった。明け方にしては意外な光景だ。チョークで遺体のあった場所を記録するように、スプレー塗料で外側をたどった跡が残っていた。

　僕はQを見た。この様子は、ただぼんやり眺めるようなものじゃないから。あくまでも僕の予想だ。僕は写真を撮った。車輪と車軸の一部がここにあった。それが動かぬ証拠だ。「助かった人たちのけがの様子を見たら驚くぞ」とQ。彼は仕事柄、このような事故に遭っても生存して救出された人たちを見知っている。「まあ、君も知ってるだろうけど」

　これもまた現実ということだ。

　　＊注：アメリカの清涼飲料水。

　2日前、1万㎡あるわが家の敷地を闊歩し、わが家と境界を接する、手入れをしていない70万㎡ほどある敷地に白昼堂々侵入しようとした、1匹の肥えた赤いキツネを、わが家の茶トラ猫、ニーナが

追い詰めた。わが家の愛犬、フリーダはミシシッピからやってきた赤毛のクーンハウンドの子犬で、こいつが吠えてキツネをいったん追い出した。その日の夜、キツネは真っ暗な道を進み、隣家で飼っていた最後の雄鶏を襲った。隣人に聞いた話だと、雄鶏は大声で鳴いて注意喚起を促し、雌鶏たちを避難させてから勇敢に戦って事切れたという。最初に闘った地点には雄鶏の黒と白の羽毛が散らばり、翌日にはブチイモリの寝床となった。

わが娘ビティア（仮名）と近所に住むフェーベ（こちらも仮名。ふたりの名は彼女たちと未舗装路に付けられたものだ）は、縦横に流れる付近の小川の水面に羽の残骸を浮かべると、死出の旅路を行く雄鶏を、暗きょの端から端まで走って見送った。

遺体を見てとフェーベがせがんだ。雄鶏の遺骸は紫の野の花を敷いた上に寝かされていた。キツネに食いちぎられた頭部と肩から赤い肉が露出している。フェーベは雄鶏の体に棒を突っ込むと、高々と掲げた。「パペットだよ」そうだねと言いたげにビティアがうなずく。ゾウのこと、象牙のことは学校の授業で学んできたし、牙や羽目当てで動物を殺すのがどれだけ罪深いかも教わっている子どもたちだ。「でしょ」フェーベが言った。「有効活用しないと」

棒が割れた。雄鶏の体がかしいだ。いとしのわが棒は、雄鶏の首の切断口に載った1匹のアリを指した。ビティアもよかったと言い、子どもたちはイチゴ味の棒アイスをもらいに家へと歩いて帰った。

この日の朝5時、僕は小川に行った。今のビティアぐらいの年だった頃、闘鶏に行ったがまるっきり勝てなかった祖父のアーヴィングから、闘鶏みやげとして黄色い雄鶏の蹴爪をもらったことがあった。10歳になるまで、この蹴爪は宗教的に意味のあるものだと信じていた。これをビティアに贈ろうと思った。もう写真しか残っていないだろうが。ところがその日の朝、雄鶏が死んでしまった。雄鶏は死してその羽を残し、肉はほかの動物の腹を満たした。

羽を1枚拾い上げ、暗渠のこちら側に落としてから走って反対側

　　　12:07 p.m. ──スキッド・ロウにて

に行き、羽が流れてくるのを待った。羽は流れてこなかった。水の流れと薄水色をした明け方の光だけがやってきた。

　愛車が燃えていると、まず嗅覚が捉えた。続いて黒い煙の柱が見えた。カーブにさしかかったところで炎が見えた。その日遅く、現場に見入っている僕らの懸念を警察が裏付けた。車に人が乗っていた。だが警察によると、対応にあたった警官が中にいた人を救出しようとしたが、名もなき人物は車中にはいなかったそうだ。僕は警官が来る前からそこにいた。男は確かにブレーキ音を上げて車を停めてから飛び出し、炎に向かって走ったのだ。実に勇敢な奴だ。だが彼は車の残骸から遠く離れたところで足を止めた。救出しなければならないものは何もなかった。車中に誰かいると思ったのは、実際に人影が見えたからではなく――金属を切り裂くようにして出てきた炎がじわじわと草地に進み寄ってきたのを見ただけだ――逃げ出した男がそう言ったからだ。覚せい剤でもやっていたのだろうか、ボロボロになって叫びながら、それでも彼は片手をもう一方の手で押さえて必死に震えをこらえながら、警官にきちんと事情を説明できた。その頃になると警官は走るのをやめていた（パトカーに戻り、水路におりて水の中に入ると、自分にできそうなことはないかと探していた）。ここまできたらやれることは何もなく、ただ男の話に耳を傾けるしかないとあきらめてもいた。警官は22〜23歳といったところか。自分の対応を恥じなくてもいい。勇敢だったのは逃げ出した男の方なのに、なかなかできない真似だと後日上司に褒められ、警官はいたたまれない気分になったと言う。
　僕が生まれて初めて撮ったのが火事の写真だ。確か7歳だったと思う。友人と自転車に乗っていたところ、我らが小さな町の老人ホームが火に包まれていたところに出くわした。野次馬がすでに集ま

12:07 p.m. ──スキッド・ロウにて

っている。大急ぎで帰宅すると、祖父に買ってもらったカメラを手に取り、自転車のペダルを猛然と踏んで火災現場に戻った。これが、僕が撮った最初の写真だった。これもそうだが、当時の写真は粒子が粗くて不鮮明で、しかもなぜ撮ったか理由がわからなかった。

　感動したから？　有り体に言うとそうだ。漠然と"すごい"と思ったのだ。何ものにも代えがたいものに遭遇しても立証するに足りる情報がなく、目で見た事実、目で見えたかどうかは関係なく、カメラが記録した事実しかないという条件がそろった上での感動である。

　昨日僕は燃える車の画像を投稿したが、その日の晩、自動車事故の夢を見た。明けて今日、6歳になる娘から、火曜日に見た事故現場で煙が立ちのぼる光景が夢に出てきたんじゃないのと言われた。夢の中で、僕らは焼け跡となったスケネクタディに引っ越してきた。スケネクタディには父親が暮らし、僕は16歳になるまで毎週火曜日と木曜日、そして週末父を訪ねていた。母が死ぬと、僕は川を越え、正式にスケネクタディへ越してきた。"正式に"。この言葉が持つ本来の意味よりも深い思いが込められている。悲しみに満たされた僕にとって、時の経過は大海原のようで、過ごしてきた時間を線としてではなく、時に埋没した体積として捉えるのだ。

　毎週のように車で山を越え、ヴァーモント州からスケネクタディの実家まで通っていたから、（僕のではなく、父の）大家とふたりで車を走らせ、廃屋が立ち並ぶサミット・アベニューに出て、人っ子ひとりいない駐車場の凍結した草の上でスリップしたこと、I-89号線で車両火災に遭遇したこと、そして1989年のこと——死んでまもない母親のことを考えながら、スケネクタディのイースタン・アベニュー、ついうっかり赤信号で停止せずに交差点へ進入し——。

あの車のことはよく覚えている。僕の車に衝突した方ではなく、母の車だ。あの車は同心円を描くようにスピンし、360度回って元の位置に戻った。

夢に出てきた車は、危険建築物と自治体から認定された家に突っ込むと、サミット・アベニュー沿いの崖で止まった。すると車はマンガのように後ろへ大きく傾いた。僕らは目をひんむき、車とともに崖を落ちていったのだ。シートベルトは締めていた。「生きてます」僕は大家に言った。大家は"どうだか"という顔をしていた。脚をじわじわと這いのぼる何かが頭の中へと入った。大家が叫んだ。救急車はなかなか来なかった。だが到着した隊員は親切で、ぼう然とする大家に薬を渡して搬送した。残された僕は丘をのぼり、崩れかけた側道に沿って、凍った芝生の上に売り物として、またはご自由にお持ちくださいと家財道具を出している古びた家々を行き過ぎ、歩いて家に帰った。

途中、立ち止まって1枚写真を撮った。男がふたり近づいてきて「そのスマホをよこせ」と言う。「でもこのスマホには、うちの子の写真をたくさん保存してるんです」と断ると、男たちはふっと息をついた後、僕に殴りかかった。男のひとりがしわくちゃの紙を差し出した。僕と彼が演じる台本だった。僕らはナイフをめぐって取っ組み合いの末、僕が彼の体を叩いてナイフを見つける、という筋書きだ。「ナイフを見つけたぞ！」夢の中だというのに、チャーリー・クネイン殺害に手を貸した警官に怒鳴る自分の声が聞こえた。チャーリーについてはたくさん書いたが、僕の記事では彼を救えなかったし、夢の中では自分も救えなかった。だから、僕を組み伏せた男の背に、力を込めてナイフを突き刺した。ねじるようにナイフを抜くと、刃物を手にして体がこれほど震えるのかと気付いて吐き気を催しながら、ふたたび車を走らせた。くだんの男は逃げた。そこで目が覚めた。写真を撮った。歩いて家に帰った。これまであったことを家族に話した。娘が言った「パパ、ずっと眠ってたよ」

　12:07 p.m. ──スキッド・ロウにて

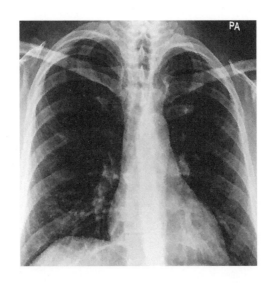

この、あざやかな闇

背の高い草が生い茂る野原を歩き、２年にわたってスナップショットを撮ってきた。この野原は“曲がり道”と呼ばれる、丘陵地のくねくねとした道のてっぺんにあり、沼と沢で構成される狭い谷へと続いている。僕の家はこの道をさらに進み、〈舗装路ここまで〉という標識をちょっと過ぎたところにある。撮影には自分のスマホを使った。ざっくりとした視点を投入したかったからだ。メモとして。日記として。記録として。文書として。この時、この瞬間を、無意識のうちに。

　この瞬間、といえば。別の日、病院に行って車で帰宅する途中、ふと考えた。この２週間、いろいろなことがあった。30時間という時の流れの浮き沈みとして見ると、二度の心臓発作は、大きなひとつの出来事とみなすべきかもしれない。発作は夜更けに時計台の仕事部屋で執筆中、前章の最後を「パパ、ずっと眠ってたよ」と書いたところで起こった。それからはずっと、いつ発作が起きてもおかしくない状態が続いている。

　痛みがあったらすぐ警戒するようにと言われた。僕はちがう。この痛みはもう数ヵ月前からあって、僕は警戒ボタンを押し続けていた。数年前からかもしれない。深刻に考えないのは楽だった。痛みと言ってもたいしたものではなく、波紋のようにやってきて、カモミールのように穏やかで、イラクサのように鋭くもなかった。つまり、これが心臓発作の痛みだとわからなかったのだ。そうこうするうち、あの日の夜遅く、胸に重苦しい液体がたまるような不快感を覚えた。呼吸が小刻みになり、やがて切れ切れになった。力強い手で押しつけられているようで、僕はそのまま明け方まで、ロッキングチェアに座ったまま過ごした。

　二度目の心臓発作は夕方に起きた。それまで僕は病院にいた。どうなるかは病院にいてもいなくてもわかっていたはずだ。ひどい発作だった。危うく死にかけた。医者もお手上げだった。「もう大丈夫ですよね？」と訊くと、医者のひとりが「全力を尽くします」と

答えた。こいつ何にもわかっていないと、僕は同じ質問を繰り返した。彼はまた「全力を尽くします」と言った。聞きたいのはそんなことじゃない。だがこれは医者が言える唯一の答えだった。

この場所。僕の土地ではなく、かつては沼地だった場所に背の高い草が生え、低い丘に位置し、雨が降りやすい独特の気候環境にある、この場所。湿度の高い大地、大気、呼吸をすると感じる海の気配。僕はゆるゆると逸脱する。僕は写真を撮る。この場所を、この瞬間を、無意識のうちに。

3歳児のエドガー（彼には本当の名が別にある）が使うようになるまで、ここは娘のテッラ（彼女には本当の名が別にある）の部屋だった。テッラは4歳の時、画鋲とダクトテープでこのカーテンを作った。この子は月明かりの下で眠り、日の出とともに目覚めたいのかもしれないと、僕らはテッラの好きなようにさせた。リチャード・エマニュエルの曲じゃないが、"松がささやく"ことまで考えもしなかった。

話を戻そう。この部屋と、カーテン越しに差し込む柔らかな光がしばらく僕のものになった。ベッドがこれぐらい低いと病後の回復にちょうどいいのだ。妻が窓のすぐそばに掛けている、額装した4つ葉のクローバーのコレクションが気に入っている。妻が幼い頃見つけた日付が一つひとつ添えられている。1980年5月1日、1980年6月1日、7月9日と、初夏の日付が入っている。1980年、僕は8歳で、レーガン大統領やカーター大統領がソ連と論争を繰り広げ、核戦争への懸念があり、僕らの日常にノイズのように鳴り続けているような時代だった。

循環器科病棟に入院中のある晩、真夜中に目が覚めた僕は、闇の中、ベッドの足側の先を見た。ドアが本を開くように開き、廊下の

照明が差し込んでいる。廊下で僕ら患者の心臓を管理する看護師の顔が、遠隔測定モニターの光を浴びて輝いていた。僕は1枚写真を撮った。病院の匂い、見たり聞いたりした印象をまとめた文章と一緒にインスタグラムに投稿した。隣のベッドにいる入院患者は、穏やかな寝息を立てて眠っている。彼は皿洗いという自分の仕事が好きで、退院したら、一緒に働いている"めんどりおばさん"たちから結構いろいろつつかれそうだと、下手なジョークを言いたくてしょうがないようだ。皿洗いの仕事を始めて16年になる彼だが、うつ症状に悩まされるようになってから「何をしでかすか不安でしょうがないから」運転を辞めたと言う。歩いて移動する方がずっと気が楽だそうだ。

　翌朝、警官がふたり僕の病室にやって来た。あなたが写真を撮っていたと通報がありました。病院内の撮影は認められていません——と。僕は謝罪の上、投稿を削除した。この社会は結構おっかない。森も、噂話も、画像も。

　　　この、あざやかな闇

　雪が積もった夜の草原を歩く。返ってくる言葉を探して。欲しい
かどうかもわからないまま。真の闇ではない存在を簡単に写しただ
けでも、記録したかった以上の成果が得られることもある。これま
での人生で一度も経験しなかったことがここにあり——キツネと牝
ジカとフクロウと、僕の鼓動と僕の恐怖と、熱くのどを通り過ぎる
凍った空気と——こんなにも印象深く感じられた。

友人のQに言われてはたと気づいた。寒さとは存在するものではない。寒さには実体はない。この場にはいない。寒さとは、熱という基準——つまり、僕らにとって都合の良いものさし——が存在しない空間に与えられた名前だ。ほら、熱が、丘から立ち上る。木立から立ち上るあれは何だ？　はるか高く上り、川に沿って南へと散り、行くも残るもその時の気分次第。僕らはこんな気分だった——忌々しいほど緩やかに渦を巻き、流され、腹立たしいほど偉そうに吹きつける大気の流れに名前を付けようとしていた。自分からそうしたかったのか、そうじゃないのか、熱が消えていくにつれ儚さを増す。名前もない大気の流れよ。

「なぜ書いたんだ？」執筆活動は今も続けているのにQは過去形で僕に訊く。現時点の僕は、少なくとも以前より文章を書いていなかった。「ありきたりな理由ばかりだな」と答えた。エゴやら芸術やら、怒りやら金目当てやら、喜びやら。たいていは喜びが原動力だ。循環器科のリハビリ施設で会った仲間なら、きっと感じている喜び。心臓発作を起こす前、僕らは大工であり、郵便配達員であり、レストランのオーナーであり、作家だった。心臓発作を起こした後の僕らは患者（ペイシェント）だ。辛抱強い（ペイシェンス）患者だ。

「生きていることを実感させられるからだ」とQに言った。「指先で電気がスパークしているような感じだね」

「心臓には良くない症状だな」Qが言った。ジョークのつもりだろうが、僕はつい考えてしまう。アドレナリンやコルチゾールのこと、血糖のこと、闘争逃走反応のこと、血管の炎症のこと、言葉を文にまとめようとする時の高揚感。名前を付けるという暴力行為。秩序への怒り。

　熱が奪われていく現象に僕たちが付けたもうひとつの名前が、死

だ。もちろん相対的な意味で。たとえば温度の場合、華氏なら−459.67°Fといったように、絶対的なゼロ地点というものが存在するわけだが、これはあくまでも"理論上の温度"だ。ご存じのとおり、死とは存在と不在、始まりと終わりとが同時に成立する。死の始まりが生の終わりだなどという気はさらさらない。心臓発作の間に死後の世界のことなどちっとも考えなかったが、あるとするなら水蒸気のように散ってしまうのだろう。

いるはずのなかったものの不在をどう呼べばいいのか。必然性など何もない。生きていると感じることの空しさに名前は要らない。

あの日の朝、ランニング中、肩に痛みがおりてきて、流れるように左の腕へと走った。痛みは続いた。ポケットに手を入れると、小さな錠剤が入った小さな瓶に触れた。そのまま走り続けた──7〜8 kmほど走った。朝の5時、痛みが消えた。顔の汗を拭うと、赤いものが手についた。血だ。乾いた冬のことだ、鼻血が出てもおかしくはない。体そのものに異変がなければ。異変とは信頼できない語り手だ。まさに時計だ。チクタク、ドンドン、分単位で、秒単位で、ビートを刻む。そんな調子で数日間続く。

手についた血を指先でこする。指先は無意識のうちに手がかりを探る。僕という人間。ひとまず手の皮膚はどうだろう。しわが寄ってたるんでいたので、ありあまるほどだった。僕という人間。太っている。太っている自分は嫌いじゃない。僕の体が空間を満たすのも悪くない。だが、僕の体脂肪は手の皮膚まで十分行き届いてはいない。

血で染まった指先を合わせる。指先は平らかで、手を広げても平らかなままだ。日中も、夜間も、その平らかな指先はつかんだもの、たとえばグラスや車のハンドルの形状にフィットする。

子どもたちを乗せ、草原を車で走る。「今は夜なの?」息子が僕に訊く。3歳になったMは何でも確認したがる年頃だ。「たぶんそうだね」僕は答える。夕暮れの大空に流れるようにして広がる青を何と

呼べばいいのか。強襲するスノーブルー、それともダスクブルー？あの日、雪が降り始める前の白い朝の空の下、血の色のように鮮やかなインクを塗り重ねるような色。独自の光を持つ色。手を流れる血潮のように、ひょっとしたら何かの兆しなのかと考える。言葉に耳を傾け、しっくりくるものを選ぶ時、受け入れようとする時。

　ひょっとしたら、その言葉を思いつく日が来るかもしれない。鏡に映る太った男の顔を眺めても、そこに我が祖父、アーヴィングの面影を見ることはない——顎にも唇にも、勝算を見積もる古物商のまなざしにも。むしろ口から目までの距離感と言行不一致なところは、僕の祖母にあたるルース、またの名を"ひょうたんの影"に似ている。

　Uターンして草原に戻ると、車の中で待ってなさいと子どもたちに言った。「1分で戻るから」と。この瞬間を。この色を記録したい。雪を斜めに切るように染めるヘッドライトの黄色い光。僕の静脈の赤。この青い空、雪に覆われた大地も。この、あざやかな闇を、僕は受け入れようとしている。

謝辞

謝辞というもの、最後になるが、決してなおざりにはしていないという形で、一番最後に家族への感謝を述べるものという慣習があるようだが、今回、子どもたちがいなければ本書は誕生しなかった——文字どおり、本として成立しなかった。だから本書は娘のRと息子のMのため、僕がしばし、道に迷っていた暗闇の世界から子どもたちを連れ戻す手だてとして書いた。本書『この、あざやかな闇』は、タイトルから最終ページまで、娘の疑問や、参考になるアドバイスに満ち満ちている——最後の章で息子のMが述べた最後の疑問には、僕らを取り巻く世界が希望のある答えを提示してくれるだろうと信じている。本書の執筆を開始した頃、Mはまだ1歳にも満たず、彼は最近ようやく、姉のように、詩や歌やお話を自分で編み出したいと思うようになってきた。また姉と同じように、Mが考えるお話も僕の創作活動を支え、僕という人間を形づくる——父親としてではなく、近しい人たちの言葉を間近で聞けるようになった作家としての僕。

　続いて、本書を書くきっかけとなった父のロバート・シャーレット。若い頃、僕は早く亡くした母親の影響で作家になりたかった。母は作家を目指していたのに、僕がその芽を摘んでしまったのではないかと思っている。母のこともあるが、成人した僕が作家になったのは、父が——学者ではあるが、彼も作家だ——幾度も道を踏み外した僕のため、母がかなえられなかった作家の道を進むことを許

してくれたからだ。読者であり、善悪の判断をつけてくれる父の目がなければ、作家を続けることはできなかっただろう。

　本書の執筆を開始した当初、父も僕と同様心臓発作を乗り越え、以前に増して健康になったのだが、草稿を仕上げ、この謝辞を書く間に急病に見舞われ、2019年1月26日にこの世を去った。本書の完成を誰よりも願ってくれていた父に見てもらえなかったのはやはり残念である。死を目の前にした父に、上述した謝辞を読んで聞かせることができたのがせめてもの慰めだ。父の希望どおり、本書を子どもたちに捧げる気持ちに変わりはないのだが、そこにわが父の名も加えたいと思う。

　27年前にハンプシャー・カレッジで、ウォーカー・エヴァンス、ドロシー・ランジ、ベン・シャーン、ダイアン・アーバス、ゴードン・パークスのことを教えてくれたマイケル・レジー。何より、僕は彼からスナップショットの持つ力というものを伝授してもらった。マイケルはその頃からの友人であり、相談相手だ。僕のデビュー作はピーター・マンソーとの共著だが、ピーターはその後も精緻な読み手として頼りにしている。リアーナ・スターハイム、ケイトリン・ジョイスもそうだが、ジャーナリズム界の同志、アン・ニューマンは本書を原稿の段階から読んだばかりか、足りない要素を補筆するためにアパートの部屋を貸してくれた。@thephatic ことランディ・ポッツとはインスタグラムで出会い、まだ実際に会ったことはないが、僕が執筆する上で非常に参考になる意見を寄せてくれる読者となった。僕はランディを古き友のように信頼しているが、彼もそうであって欲しいと願う。ポール・レインズは旧友で、ヴァージニア・クオータリー・レヴューで編集を担当したほか、僕の執筆活動をサポートしてくれた。ポールは本書にとってきわめて重要な最後の数ページをどうまとめるか、一緒に考えてくれた。このページは、僕たちが何年もとりとめのない会話を重ねた成果でもある。『GQ』、その後『エスクァイア』での担当、エリック・サリヴァン

は、僕が一緒に仕事をして良かったと思える敏腕編集者のひとりだ。同じく『GQ』のリサーチディレクター、ルーク・ザレスキーの力量にも助けられた。エスター・カプランとザ・ネーション・インスティテュートにも感謝したい。インターナショナル・レポーティング・プロジェクトで僕はケニヤに行った。スキッド・ロウで撮った動画をフォトグラファーのピーター・ユーゴに観てもらった。本書で使用した多くの写真はピーターの鋭い目と忌憚のない意見によって驚くほどクオリティが高まった。フォトグラファーのターニャ・ホランダーの招聘で、僕はハンプシャー・カレッジで執筆と写真を組み合わせた講義を受け持った。本書の草稿を読んだターニャは親身になって意見を述べてくれ、ビジュアルの迫真性について僕に指導し、写真の編集を手がけてくれたほか、イマジネーションと認知の流れを検討するという新しい考え方を紹介してくれた。

　僕のエージェント、キャシー・アンダーソンは僕の旧友のひとりであり、僕の原稿を実に的確に読んでくれている。20年以上前、W.W. ノートンの編集者、アラン・メイソンから僕の経歴について問い合わせる手紙をもらった。その時本を書く気はないかと訊かれた。僕らが打ち合わせた最初の本はまだ執筆の途中だが、僕がそれなりの作家人生を送っていられるのも、最初の頃、アランが熱心に励ましてくれたからだと感謝している。どんな形であれ、彼の優れた判断力と編集者としての鋭い目は、かなり本書に反映されている。僕の母は小さな出版社で制作業務を回す編集者だった。1989年に母が死んでずいぶん経つが、僕は母が手がけたものを知らないも同然だった。だが、今はインターネットの時代、こんな風に母について触れた謝辞をネットで検索すれば、彼女の仕事ぶりがわかるようになった。母の仕事ぶりを自著の謝辞に名前を挙げてくださった著者の皆さんに感謝するとともに、W.W. ノートンでの本書の担当編集者、特にモー・クリスト、サラ・ダニエルズ、ジュリア・ドラスキン、レベッカ・ホミスキ、スーザン・サンフレイ、ウィル・スカー

レット、サラメイ・ウィルキンソン、ウィリアム・ウィリス、そして校閲者のボニー・トンプソンに感謝したい。

　本書に先立ち刊行したエッセイ選集の版元であるロングリーズ社の編集者、マーク・アームストロング。『#Rise&GrindMF$』の原型となったエッセイ執筆の依頼元である、『ニューヨーク・タイムズ・マガジン』のジェシカ・ルスティグ。インスタグラムでの創作活動に特化したフォトカルチャー誌、『ドキュメントラム』特別号で、僕を共同編集として誘ってくれたウィリアム・ボリングとドーン・キム。執筆中の作品を特集記事として掲載してくれた、『エコトーン』のエミリー・スミスと、『テイク・マガジン』のマイケル・クセク。タラ・レイは、本書の一部を文芸誌『ホバート』に掲載するよう勧めてくれた。すでに著名なフォトグラファーであるのに、タラは僕のダートマス・カレッジでの講義を受講してもくれた。この時の受講者、ジェイミー・アリオッツ、サディア・ハッサン、サラ・カトリー、ジェイムズ・ナポリ、ミーラ・サブラマニアンとはその後友達付き合いを続けており、インスタグラム上での実験を通じて本書に携わってくれた。ダートマス・カレッジで一番近い立場にあった同僚のエイミー・バーンはその後、より好待遇の職場に移ったが、彼女とビル・ボイヤー＝バーンは現在も僕の親しい友人であり、本書の執筆中に出てきたあらゆる疑問を解決する上で頼りになる仲間だ。もうひとりの親友、ジェフ・オールレッドと会話を重ね、本書を今あるかたちに持っていけたことを感謝している。ジェフもそうだが、妻のグレッチェン・アギアーにも、本書の構想の段階から実現までの間、友情をもって僕を支えてくれたことを感謝したい。ダートマス・カレッジの同僚でもうひとり、シンシア・ハッチントンは、僕が心臓発作で倒れた後の歩行訓練に付き合ってくれた。彼女の著作は発作の前後両方で参考になった。本書に数回登場するクインス・マウンテンとブレア・ブレイヴマンは旅の相棒であり、夜に仕事をする仲間であり、記者と取材担当者という間柄で、

友人というよりむしろ同志と呼んだ方がしっくりくる。自分の書いたものを誰かに読んでもらいたいとき、真っ先に頭に浮かぶのがこのふたりだ。

　最後になったが、彼らの存在を決して後回しにしたわけではない。何を置いても、本書がテーマにした世界に生きる人々にお礼を申し上げたい。夜勤のパン焼き職人、ラストオーダーまで粘る酒飲みたち、バーというバーが閉まった後に出会う見知らぬ人々。恐れをなした人々——棄教者、もぐりの人工妊娠中絶医、ウォークインクローゼットの中に置いたクローゼットに隠れる男。相手を驚かせる人——銃を持った人々、ナイフを持った人々。路上生活者、住む家を失った人、モーテルを転々とする人々。依存者を食い物にしている常習犯、体を売って生計を立てている人たち、ギリギリのところでメンタルを保っている集団。人生というすばらしい脚本か切り取った一瞬の風景。損得抜きで生活の一端を見せてくれた皆さん、写真を撮らせてくれた皆さん全員に感謝したい。チャーリー・クネインとジャレド・ミラーの家族、キュー・ジャン＝マリー牧師、メッカ・ハーパー、ピート・ホワイトとロサンゼルス市コミュニティ・アクション・ネットワークの勇敢な主催者たち。ゼーニャ・ベリャコフ、エレーナ・コスチュチェンコ、そして、フルネームや実名を出せない勇敢なロシアの人たち全員。そしてメアリ・マズール。あなたが今どこにいても——鉢植えのバンディットが一緒でありますように。

解説：「あざやかな闇」を切り取る方法について～あるいは、この時代の正体

北丸雄二（ジャーナリスト、作家）

　父親の心臓発作の知らせから始まるこの、いかにもアメリカ的な
テキストを読み進むうちに、私は大きな勘違いをしていたことに気
づくことになった——ボブ・グリーンが好きだった。1980年代の後
半、私は一世を風靡したこのコラムニストの描く叙情的な物語を読
み耽って私のアメリカ像を築き上げた。だから「家に帰る時間にな
る。子どもたちが待っている」「僕が探し歩いてスナップ写真を撮
った被写体だって、家に帰りたかったのだと、今さらになってわか
ってきた。それがどれほど大変なのかも」という文章に触れて私は
グリーンに再会したような気がした。例えばまた、ダンキンドーナ
ツでの最後の夜勤を終えるマイクに「誰のための涙？」と訊く文章
でも。「右目そばに涙のタトゥーが彫ってあったからだ。『息子のた
め』と言う。『生後2ヵ月で死んだんだ』」——だが本書の著者ジェ
フ・シャーレットはグリーンではなかった。そして今は80年代でも
ない。あれから40年近く経って、世界は叙情ではすでに描けない。
なにせユダヤ系の著者に米北東部ルートの山間で「あんたの国籍
は？」と訊いてきたラルフの左腕にあるタトゥーは「88」。アルフ
ァベットの8番目は「H」。つまり88はHH、「ハイル・ヒトラー」な
のだ。

　そんな時代だ。シャーレットは「25年前に新聞記者としてのキャ

リアをスタートさせた日から」「取材範囲は軍法会議とホームレス」というシビアな「現在」が相手だった。それはおのずからクラックやヘロインや、老いたヴェトナム退役兵の取材にもつながる。そして2015年3月1日、ロサンゼルス・スキッドロウ地区のチャーリー・クネインの悲劇にも辿り着くのだ。BLM（ブラック・ライヴズ・マター＝黒人の命だって大切だ）運動のうねり。チャーリーは「アメリカの警察権力が2015年の1年で手をくだした175人目の死亡者」だ。冷徹なジャーナリストの筆致が、新聞でもテレビでも報じられなかったチャーリーの生きた姿を延々と描き続ける……なぜだ？

　その理由を、私たちは次のロシアの章で確信することになる。描かれるのはプーチンの「同性愛宣伝禁止法」で弾圧される勇敢な同性愛者たち、トランスジェンダーたちだ。息が苦しくなるほどの鬱屈、閉塞――殺される性的少数者たち、殺される黒人たち、ホームレスたち、名もなきメアリたち、デブラたち、ペイジたち……それは、シャーレットの2009年の労作『The Family: The Secret Fundamentalism at the Heart of American Power』（Netflixドキュメンタリー『ザ・ファミリー：大国に潜む原理主義』で映像化）で潜伏取材した「全米祈禱朝食会」、「宗教右派」、「ロシア」、「伝統的家族」、「LGBT差別」、「結託権力」、「トランプ主義」の獲物たちだ。

　彼ら彼女らを記録すること。それは彼ら彼女らを追いやる権威主義のネットワークを逆照射することだ。シャーレットは、そうやって私たちに、叙情的な物語にはすでになれない現代社会のあざやかな闇を切り取って見せるのである。

訳者あとがき

　今や生活必需品となったスマートフォン。電話やメール機能はもちろんのこと、電子書籍を読んだり音楽を聴いたり、最近では決済手段として、スマホにあらかじめ設定しておけば、現金の持ち合わせがなくとも何とかなったりする時代である。カメラもそうだ。よっぽど好きな人でないかぎり、スマートフォン以外にカメラを持ち歩く機会がめっきり減ったのではないだろうか。

　本書は、ジャーナリストのジェフ・シャーレットが世界各地を取材して出会った人、印象に残る風景をスマートフォンのカメラで撮りためたスナップショットにまつわるエッセイ、This Brilliant Darkness: A Book of Strangers の全訳である。

　きっかけは、実父の心臓発作だった。山をひとつ越えたところに住む父を見舞うため、仕事を終えてから深夜に車を走らせながら、著者は途中に立ち寄った場所で出会った人々の写真を撮り、彼らの暮らしに思いをはせる。インスタグラムを開き、#nightshift（#夜の仕事）というハッシュタグを頼りに、生活時間が深夜の人々にコンタクトを取る。悪意のないカジュアルなレイシズムに遭遇したり、「ほっといてくれ」とコンタクトを避けられたりしても、著者はスマホのレンズを次の被写体に向ける。

　ロサンゼルス市のスキッド・ロウでは警察の過剰捜査により射殺されたチャーリー・クネインの一生をたどり、モスクワやサンクトペテルブルクでは、同性愛宣伝禁止法の成立を受け、自分たちの生

活が次第に脅かされていく恐怖を語るLGBTQ+の人々への取材を続ける。著者の地元、ニューヨーク州スケネクタディでは、身寄りのない初老の女性の生活支援に心を砕く。社会の周縁に生きる、"本当の名が別にある"人たちを取材対象に選び、彼らに寄せる著者のまなざしは、とても優しい。

　本書の編集作業を進めていた2022年10月27日、ロシア下院は同性愛宣伝禁止法の改正案を可決、同性愛者やトランスジェンダーの活動や表現が事実上、全面的に禁止されることになった。アレックスは、アリサは、通訳のゼーニャはどうなっただろう。戦争は終息する気配も見せず、彼らのその後が気になってしかたがない。

　著者のジェフ・シャーレットは1971年、ユダヤ人の父、ペンテコステ派キリスト教徒の母の間に生まれる。ハンプシャーカレッジを卒業後、『GQ』、『ハーパーズ・バザー』、『ローリングストーン』などでライターとして活躍するかたわら、ニューヨーク大学で教鞭を執る。ダートマス大学教授（クリエイティブライティング）。2008年に刊行された『The Family』は、アメリカ共和党の支持団体であるキリスト教保守派、ザ・ファミリーに潜入取材し、同宗教と各国の首脳との癒着を暴き、Netflixドキュメンタリーとして映像化された（2022年11月現在、Netflix加入者なら日本でも視聴可能）。

　最後に、文中の引用文で邦訳のないもの、および一部は訳者が原文から訳しているが、巻末に列挙した書籍から引用、または訳出に際して参考にした。記して感謝したい。

本書について

　共感の本来の姿をかたちにする作業。

　世間の常識をはるかに上回る深度で取材対象と関わる、いわゆる"没入型ジャーナリスト"として知られるジェフ・シャーレットは、我々の傍らで大きく口を開いている闇に深く潜入している。

　本作の冒頭で、著者の父は心臓発作に倒れる。その2年後、40代の著者自身も、同じく心臓発作を発症する。ライターとしての自己欺瞞にとらわれた著者は、写真を撮ることに意識を向ける。スマホで撮ったスナップショットをインスタグラムに投稿し、テキストとして簡潔にまとめた物語はやがて花開き、一篇のノンフィクションとなった。この2年、著者はその大半を各地の取材旅行に費やした。父を見舞うため、深夜に車で山を越えていた時期に出会った夜勤の労働者たち。新進俳優としての夢が打ち砕かれた末、ロサンゼルス市内のスラム街、スキッド・ロウで警官に射殺されたチャーリー・クネインの生と死。同性愛者への苛烈な差別政策を打ち出すプーチン政権下のロシアで誇りを持って生き続ける人々への取材。ダブリンではホームレスとなった10代の薬物依存者と過ごし、鉢植えの植物を唯一の友とする独居の女性に付き添い、買い物へ行く。

　本書の一部は『GQ』など各誌で先行公開されているが、その際の読者は、アメリカ人の生活の現実に目を向け、ジェイムズ・エイギーが得意とする"散文を繰り返し"、"予見的な"声を集めていると評している。なかなか眠りにつけず、深夜、車を走らせる著者。夜の闇に紛れ、世界の周縁で生きる人たち――夜勤のドーナツ職人、ラストオーダーまで粘る客、おびえる側の人、脅す側の人、ホームレス、世迷い人（それともただ混乱しているだけの人）などとの交流を描いた本書『ブリリアント・ダークネス』は、著者、テーマ、読者との間にある垣根を取り払い、そして問いかける。苦しみを抱いて生きる人たちの営みとは。

（原書袖より）

引用一覧

＊1：『明るい部屋【新装版】 写真についての覚書』（ロラン・バルト著、花輪光訳　みすず書房
　　1997年）
＊2：『対訳 ディキンソン詩集　アメリカ詩人選（３）』（亀井俊介編　岩波書店　1998年）
＊3：『悪魔が映画を作った』（ジェームス・ボールドウィン著　山田 宏一訳　時事通信社　1977
　　年）
＊4：『ユリシーズ３』（ジェイムズ・ジョイス著、丸谷才一・氷川玲二・高松雄一訳　集英社
　　2003年）
＊5：『対訳　イェイツ詩集』（高松雄一編　岩波書店　2009年）

ジェフ・シャーレット

1971年生まれ。『GQ』、『ハーパーズバザー』、『ローリングストーン』のライターを経て、現在は執筆活動と並行して複数の大学で教鞭を執る。ダートマス大学教授（英語・クリエイティブライティング）。著書に、キリスト教保守系カルト組織への潜入取材をベースとした『The Family』（Netflixドキュメンタリー『ザ・ファミリー：大国に潜む原理主義』〈2019年〉原作）、『C Street』、『Sweet Heaven When I Die』があり、ナショナル・マガジン・アウォード、アウトスポークン・アウォードなどを受賞している。
Twitter:@JeffSharlet
Instagram:https://www.instagram.com/jeffsharlet

安達眞弓（あだち・まゆみ）

宮城県生まれ。訳書に『ヴィクトリア朝の毒殺魔』（亜紀書房）、『僕は僕のままで』、『どんなわたしも愛してる』（ともに集英社）、『死んだレモン』、『壊れた世界で彼は』（ともに東京創元社）、『オレンジ・イズ・ニュー・ブラック』（共訳）、『ジミ・ヘンドリクスかく語りき』、『都会で聖者になるのはたいへんだ ブルース・スプリングスティーン インタビュー集1973〜2012』（ともにスペースシャワー・ブックス）など多数。

この、あざやかな闇

行きずりの人たちの
スナップショットでたどる現代社会

2023年2月23日　初刷発行

著　　　者　ジェフ・シャーレット
訳　　　者　安達眞弓
発　行　者　井上弘治
発　行　所　駒草出版　株式会社ダンク
　　　　　　出版事業部
　　　　　　〒110-0016
　　　　　　東京都台東区台東1-7-1　邦洋秋葉原ビル2F
　　　　　　TEL＝03-3834-9087
　　　　　　FAX＝03-3834-4508
　　　　　　https://www.komakusa-pub.jp/
装幀・組版　佐々木暁
印刷・製本　シナノ印刷株式会社

落丁・乱丁本はお取り替えいたします。
定価はカバーに表示してあります。
2023 Printed in Japan
ISBN978-4-909646-65-1